故事会

2023·149

合订本

上海故事会文化传媒有限公司
上海文化出版社

图书在版编目（CIP）数据

2023年《故事会》合订本. 149期 / 《故事会》编辑部编. —— 上海 : 上海文化出版社, 2023.6
ISBN 978-7-5535-2760-4

Ⅰ. ①2… Ⅱ. ①故… Ⅲ. ①故事－作品集－中国－当代 Ⅳ. ①I247.81

中国国家版本馆CIP数据核字(2023)第095556号

书　　名：2023年《故事会》合订本149期

主　　编：夏一鸣
副 主 编：吕　佳　朱　虹
责任编辑：孟文玉
发稿编辑：吕　佳　朱　虹　丁娴瑶　陶云韫　孟文玉
　　　　　王　琦　曹晴雯　赵嫒佳　田　芳　彭元凯
装帧设计：王怡斐
责任督印：张　凯

出　　版：上海文化出版社
出　　品：上海故事会文化传媒有限公司
　　　　　(201101 上海市闵行区号景路159弄A座3楼　www.storychina.cn)
发　　行：上海文艺出版社发行中心
　　　　　(上海市闵行区号景路159弄A座2楼206室)
印　　刷：浙江广育爱多印务有限公司
开　　本：787×1092毫米　1/32
印　　张：9
版　　次：2023年6月第1版
印　　次：2023年6月第1次印刷
书　　号：ISBN 978-7-5535-2760-4/I·1062
定　　价：25.00元

上海故事会文化传媒有限公司所有图书可办理邮购，免收邮费（挂号除外）
汇款地址：上海市闵行区号景路 159 弄 A 座 2 楼 206 室（201101）
收 款 人：上海故事会文化传媒有限公司出版发行部
联系电话：021-53204159
如发现本书有质量问题，请与印刷厂质量科联系　Tel:0571-22805820

768

CONTENTS

扫二维码，可听全本故事。

2023

SEMIMONTHLY

2月上半月刊

开门八件事，扫码听故事。一本可读、可讲、可传、可听的全媒体杂志。

故事会

红版．上半月刊

社 长、主 编 夏一鸣

副社长 张 凯

副主编 吕 佳 朱 虹

本期责任编辑 陶云韫

电子邮箱 taoyunyun1101@163.com

发稿编辑

吕 佳 丁娴瑶 曹晴雯 孟文玉

美术编辑 王怡斐 郭瑾玮

红版编辑部电话 021-5320 4060

绿版编辑部电话 021-5320 4050

地址 上海市闵行区号景路159弄A座3楼

邮编 201101

主管、主办 上海文艺出版总社

出版单位 《故事会》编辑部

发行范围 公开

出版发行部

发行业务 021-5320 4165

发行经理 钮 颖

媒介合作 021-5320 4090

广告业务 021-5320 4161

新媒体广告 021-5320 4191

融媒体中心

《故事会》微博 @故事会

《故事会》微信 story63

故事中国网 www.storychina.cn

《故事会》网店

shop36332989.taobao.com

故事会公众号 故事会小程序

国外发行 中国图书贸易总公司

印刷 上海四维数字图文有限公司

发行：中国邮政集团公司报刊发行局总发行

国内代号 4-225 定价 8.00元

四大名著

语文课上，老师提了一个有趣的问题：“谁能用一段话，把四大名著串起来？”

班长小聪答道：“宋江问：宝玉，你怎么拿着猴哥的金箍棒、骑着关二哥的赤兔马，到我水泊梁山来了？”

只听小明接口道：“报宋头领，那诸葛亮带着梁山好汉们在大观园里吃唐僧肉呢！”

（风明月）

（本栏插图：包丰一）

赌谁赢

从前，有两个盲人在客栈里闹了矛盾，打起架来。两个人拿着棍子，在空中戳来戳去。

众人纷纷劝架，可他俩没人听劝。客栈掌柜灵机一动，喊道：“你们赌谁赢？我赌拿刀的那个赢！”

瞬间，两个盲人停了下来，过了片刻，两个人都逃走了。

（桃之之）

买单

有个人特别抠门。这天，他和朋友吃饭，快买单时，这人拿起桌上的手机，装模作样地说：“喂，领导，什么事？哦……”他一边打电话，一边示意朋友买单。

朋友耸耸肩，说：“不好意思，我手机没电了。”

这人掏出充电宝，说：“给你充电。咦，你手机呢？”

朋友无奈地说：“在你手上啊！”

（离萧天）

修来的

老公下班到家，见到一桌子丰盛的菜，惊喜地问："做这么多好吃的，花了不少钱吧？"

老婆说："钱是我修来的。"

老公笑道："老婆说笑了，你才是我前世修来的福分呀！"

老婆"啪"地一拍桌子："钱是老娘从咱家空调里修出来的！"

（瓜亚鸡）

怎么做到的

有一个女人携两万元进入股市。过了两年，她的丈夫登录她的账户，发现账上已有五万元。

丈夫震惊地问："你是怎么做到的？"

女人不好意思地说："我前些日子又转进去八万元。"

（月月鸟）

双胞胎

儿童乐园里，有个男人坐在长椅上玩手机，偶尔抬头看一眼身旁的小孩。

旁边一个人问："这对双胞胎是你孩子吧？长得和你真像啊！"

男人听了，抬头四处张望了一下，脸色煞白地说："糟糕，老三跑哪儿去了！"（小　喔）

手气不行

有个年轻人走进彩票投注站，只见他把纸放在地上，然后脱去右脚的鞋，用脚指头夹着一支铅笔，在纸上写了一串数字，交给投注站老板："买这注。"

老板左手捏着鼻子，右手在电脑上输入号码，嫌弃地说："你两只手好好的，干吗用脚写字？"

年轻人说："买了一年彩票，没中过一次。我去算了一卦，人家说我手气不行，我想试试脚气……"

（高国俊）

分手理由

一个青年和相亲认识的女孩交往了一段时间，突然，女孩提出分手。青年不明白，就去问媒人。

媒人说：“你有个碗，你用它盛过饭，用它装过水，还用它装过菜，是不是有这个事？”

青年说：“有啊，怎么了？”

媒人说：“女孩说，从你用碗的态度能看出你是一个花心的人，所以和你分手了。”

（任万杰）

有苍蝇

两个好哥们儿在烧烤摊吃夜宵，其中一个点了一道油炸蚂蚱。吃着吃着，他生气地喊：“怎么回事，这盘蚂蚱里有一只苍蝇！”

另一个说：“你都吃蚂蚱了，还在乎苍蝇？”

（雪姑鸟）

手相大师

阿辉找了一个手相大师，问：“请帮我看看，我生活中有哪些地方需要尝试改变？”

大师握着阿辉的手，说：“你皮肤有点干啊！先把护手霜换了，试试这个牌子，跟我买打八八折。”

（潘光贤）

纪念日

结婚后，丈夫常对妻子抱怨，说婚姻是爱情的坟墓。

结婚纪念日晚上，妻子特意点燃蜡烛，摆好果盘，等丈夫回家庆祝。丈夫完全忘了这天是结婚纪念日，深夜才回家。他看到桌上摆着蜡烛和果盘，好奇地问妻子：“你在干吗？”

妻子一肚子怨气，答道：“等你回来扫墓！”

（苏格兰没有底）

分巧克力

幼儿园老师问小约翰：“假设你有十个巧克力，给蒂娜三个，给珍妮两个，给茜茜三个，你现在有几个呢？”

小约翰想了想，说：“有三个女朋友。”（离萧天）

如此脱单

大金相了几十次亲，还是单着。他听说李半仙算姻缘很准，就寻上门去。

李半仙掐指一算，说：“你今年肯定能脱单。”大金听了很高兴。可到了年底，大金老妈都找到了新老伴儿，大金依然单着。大金找到李半仙，说了一下自家的情况，骂道：“你这个骗子！”

谁想李半仙说：“年初你还是单亲家庭，现在不是脱单了？”

（沈顺富）

剪趾甲

妈妈洗完脚，对女儿说：“我老花眼了，帮我剪一下脚指甲吧！”

女儿边剪边问：“老妈，我小时候你就是这么给我剪趾甲的吧？”

妈妈说：“还轮得着我剪？你天天捧着小脚丫，都是自己啃的。”

（卧龙城主）

实在吃不下

小美和老公吵架，一气之下回了娘家。临走前，她对老公甩下狠话：“说什么我都不会回来！”

晚上，老公发给小美一张照片，写道：“买了一份鸭头、一份鸭脖、一份蛤蜊、一份小龙虾，太多了，实在吃不下。”

小美生气地对她妈妈说：“你看看，我不在家他有多败家！我得回家收拾他去。”

（若 水）

本栏欢迎来稿。请将有新鲜感、有精彩细节的笑话佳作尽快投寄给我们。来稿一经采用，即致稿费，最高稿费为100元。本期责任编辑电子邮箱：taoyunyun1101@163.com。

在外星探测基地，有一个星球是宇航员们都不愿听到的名字，那就是“苦命星”。这个星球究竟有多可怕，只有去过的人才知道……

苦命星

□ 陈淮贵

去苦命星的飞船回来了。

船员们一个个灰头土脸、狼狈不堪，背着鼓囊囊、沉甸甸的行李，疲惫地从船舱里面爬出来，那可怜的样子令人几乎不忍直视。外星探测基地的司令官亲自上前迎接，感谢他们为探测苦命星付出的艰辛劳动。

基地召开了隆重的表彰会。会上，苦命星探测团队上交了土壤样本等探测成果。司令官为团队颁发奖章，并宣布，立即展开新一轮苦命星探测的报名工作。

不出所料，同前几批一样，报名者寥寥无几。自从第一批苦命星探测队队员回来后，谁都知道了苦命星的可怕。

在人类已经探测过的外星球中，苦命星的环境是最恶劣的：星球表面常年刮着十六级以上的飓风，最低温度可达零下一百度，而且，去苦命星的行程极为遥远，来回以亚光速航行，都需要在路上花费十年时间。顾名思义，“苦命星”的意思，就是说被派去这个星球的人太苦命了。

见几乎无人报名，刚回来的队员们自告奋勇，说自己熟悉情况，愿意参加下一轮探测。司令官感动得流下了热泪。有的队员已经连续参加了三轮探测，风格高尚，可是，作为司令官，总不能鞭打快牛，谁听话就一直使唤谁吧。最终，司令官从原来的五名队员中留用了两名最年轻的，其他三名落选队员露出了失望的表情。

在司令官的动员下，年轻的宇航员鲍勃硬着头皮报了名。他知道，自己资历最浅，没有后台，自己不报名还有谁报名呢？大家的眼睛都盯着呢。

其实，剩下的名额归谁，大家都有数，心里默默地排排队，比较比较资历背景，谁去谁不去不就一目了然了吗？至于那些有背景的人，自然会被派去温暖如春、风和日丽的星球，是绝不会去苦命星之类的星球的。

鲍勃的女朋友得知消息，哭得死去活来。鲍勃绝望地说：“十年太漫长了，你不要等我了。”女朋友却哭着说：“我要一直等你等到天荒地老……”

飞船朝苦命星出发了。经过五年孤寂的亚光速航行，终于抵达了苦命星大气层。这儿狂风肆虐，日月无光，飞船就像滔天巨浪中的一叶扁舟，又像狂风暴雨中的一个断线风筝，无依无靠。鲍勃战战兢兢，心都提到嗓子眼了。

一个老队员安慰他说：“别紧张，坚持一下就好了。”

飞船继续下降了一会儿，下面显露出白皑皑的雪山。想到那零下一百度的低温，鲍勃觉得不寒而栗，仿佛身体都被冻成了冰棍。

飞船继续下降、下降，终于越过了雪山，眼前渐渐出现黄色、蓝色、绿色等不同色彩。随着距离拉近，鲍勃发现，那绿色竟是大片大片的草原、森林，而黄色、蓝色，似乎是……啊，这不可能吧？

终于，飞船稳稳地停在一片宽阔的黄色地面上。鲍勃穿起防护服，却见两个老队员没穿防护服，直接打开舱门。

鲍勃急得大叫：“你们，防护服……”

“哦，不用。”一个老队员笑道，“忘了告诉你，在苦命星的高空和大部分地表确实是狂风不息，温度极低，但我们所在的这个区域却温暖如春，风和日丽。”

“这不可能！”鲍勃脱口而出。

老队员说：“这片区域，地下有丰富的地热资源，四周高山又阻挡了寒流侵袭，使得这里树木茂盛，

氧气充足。正因为有这片特殊的区域，我们才能坚持下来。”

打开舱门，一股清新的空气涌了进来，老队员们欢呼着冲了下去。鲍勃跟随着他们下了飞船。他看着眼前金黄色的地面，想起了自己刚才的疑惑，忍不住问：“这地面……是黄金？”

“哈哈哈……”老队员们笑起来，异口同声道，“是的！”

“那些蓝色的，是……钻石？”

“是的，你看出来了！”

鲍勃很震惊，不禁问：“你们为什么不汇报，为什么欺骗……”

一个老队员郑重地说：“我们并没有欺骗，年轻人。我们完成了所有的探测任务，所有数据都是准确的。我们也提到过这星球上有黄金和钻石，储量数据也是真实的。这一片区域的黄金山和钻石山，只是一个特例，尽管如此，我们也已将其储量计入总储量中，没有任何隐瞒和欺骗！”

“可这个特例你们没说呀！”

“没规定一定要说呀！”另一个老队员耐心地解释，“我刚来时也像你一样责问老队员，可我现在不会了。你想想，如果把苦命星上有黄金山、钻石山的消息传出去，会怎么样？”

鲍勃不假思索道：“会涌来大批人员挖掘！”

“对！到时这里会怎么样？”

“原始生态会被破坏！”

“对！那对观测研究是有利还是不利呢？”

“当然是不利了！”鲍勃恍然大悟。

老队员继续循循善诱：“还有，你觉得这些来挖黄金、钻石的大军中，会不会有我们呢？”

鲍勃苦笑道：“绝对不会！这种好事怎么轮得到我们？”

“那你认为还要报告吗？”

“不了！”鲍勃下了决心。他想象着给女友戴上硕大钻石戒指时，女友兴奋欢呼的场景。

老队员点点头，说：“好了，我们观测好数据，每人去捡些金子钻石装在包里带回去。只要一颗钻石，一辈子就不愁吃穿了……”

距出发十年后，去苦命星的飞船回来了。

船员们一个个灰头土脸、狼狈不堪，背着鼓囊囊、沉甸甸的行李，疲惫地从船舱里面爬出来，那可怜的样子令人几乎不忍直视……

（**发稿编辑**：吕　佳）

（**题图**：孙小片）

拙劣的演技

□卢金聪

卡尔是一名演员，虽说他演技精湛，但因为一直没接到什么好剧本，所以没什么名气，这让他整天郁郁寡欢。

这天，一名叫罗伯特的导演找到卡尔，说想让他试试出演一部电影的男主角。这部电影不光片酬非常高，制作、剧本、演员阵容都是超一流水准，属于那种谁演谁就能火的大片。之前罗伯特找了许多演员，但他们看完剧本后都表示里面的男主角太难演了，不敢接。于是，罗伯特想到了卡尔。

“难？”卡尔哈哈大笑道，“对于我这样的实力派而言，演技绝不是问题，你放心……”

罗伯特打断了卡尔的话：“恰恰相反，这部电影里，难的不是演得好，而是表现拙劣的演技。”

见卡尔一头雾水，罗伯特拿出剧本，向卡尔解释起来。这部电影叫《演员》，讲一个工人在影视圈摸爬滚打十几年后最终成长为好莱坞巨星的故事。全片最难演的地方就是，男主角刚开始不会演戏，因此在饰演时要表现得像一个从未接触过表演的人一样，将男主角那种拙劣的演技用最真实的方式演绎出来。

不就是装作不会演戏吗？这简单！卡尔立马当着罗伯特的面，故意用蹩脚的演技试演了一段戏。

罗伯特看完后满脸失望，说："你们这些专业演员有一个通病：把戏演好容易，但要把戏演差，总表现得不自然。我要的是最真实的拙劣演技，我来给你找个示范。"说着，罗伯特将头伸向窗外，把路边一个卖报的小伙叫进了屋。他问那小伙："你学过表演吗？"

小伙说："没有。"

罗伯特点点头，说："很好，现在请你扮演一个失去孩子的父亲，如果演得好，我就在我的电影里给你安排一个角色。"

"真的？"小伙听后立马开始了他的表演。只见他表情浮夸，动作僵硬，台词也说得磕磕绊绊，那演技简直令人不忍直视。

将小伙打发走后，罗伯特对卡尔说："看到了吗？这才是真实的拙劣演技，我要的是这种效果。"

"天啊！你要我把这么多年学到的表演知识通通忘掉，像个菜鸟一样演戏？这太难了！你为什么不找刚才那个小伙当男主角呢？"

罗伯特叹道："别开玩笑了，电影的后面男主角的演技越来越专业，我不可能在短时间里把一个从未学过表演的人培养成专业演员。电影还有一个月就开拍了，如果你做不到，我只好另找他人了。"

卡尔不想错过这次机会，他向罗伯特保证，给他一个月时间，他一定能表现出拙劣的演技。

从那以后，卡尔每天花大量时间对着镜子练习。可日子一天天过去，卡尔依旧表现不出拙劣的演技，他气道："该死，为什么把戏演差比把戏演好还难？我真恨不得从未学过表演！"

正是这句话提醒了卡尔，让他想起还没当演员时的自己。他在家里翻箱倒柜，找到了自己中学时演舞台剧的录像带。那是卡尔第一次演戏，当时由于忘了台词，他急得都快哭出来了。看着这段令他感到耻辱的录像，卡尔忽然眼睛一亮，不禁喊道："就是这个，我知道怎么表现出拙劣的演技了！"

开拍前一周，卡尔来到罗伯特的办公室，说自己可以演好男主角了。接着卡尔试演起来，只见他把男主角那拙劣的演技演绎得惟妙惟肖，仿佛真的从未学过表演一样。

罗伯特鼓起了掌，惊呼道："太棒了，你是怎么做到的？"

卡尔得意地说："我翻看了自

己中学时演戏的录像，发现菜鸟演员和专业演员之间最大的区别就是紧张感，演戏时越紧张，表现出的演技就越拙劣。你知道我是如何让自己保持紧张感的吗？”罗伯特摇摇头。卡尔将袖子一掀，只见他手臂上的汗毛全都焦了。他解释道：“为了保持紧张感，我一遍遍地练习拙劣演技，每当演不好时，我便电一下手臂。久而久之，电流的痛苦让我产生了肌肉记忆，我一表现拙劣的演技内心就莫名紧张，一紧张演技也就更拙劣。”

罗伯特佩服地竖起了大拇指，说：“卡尔，你真是一位敬业的演员，这部电影的男主角非你莫属，明天早上来我办公室签合同吧！”

梦寐以求的男主角终于到手了，卡尔激动极了。第二天，他迫不及待地跑进罗伯特的办公室，谁知罗伯特告诉他一个坏消息，制片方那边已经选了科林当男主角，他们认为科林更适合这个角色。

科林？！这家伙卡尔认识，论名气和演技他完全比不过自己，凭什么他能当男主角？卡尔仿佛当头挨了一棒，彻底蒙了。隐约中，他听见罗伯特带着歉意说：“抱歉，卡尔，如果你不嫌弃的话，可以在电影中饰演男三号。”这男三号全片加起来还不到五句台词，卡尔气得差点破口大骂，但他还是接下了这个角色，目的是为了去见识一下科林究竟比自己强在哪里。

很快电影开拍了，卡尔一直关注着科林。经过几天的观察，卡尔不得不承认科林确实比自己演得好——男主角那拙劣的演技被他演得十分真实、自然。然而卡尔还是越想越气，毕竟如果没有科林，男主角就是自己的，到时名声、财富都会滚滚而来。这该死的科林！一个邪恶的念头出现在卡尔的脑海里，他决定除掉科林，拿回男主角！

为了实现这一计划，卡尔开始跟科林套起了近乎。在一次交谈中，卡尔得知科林每天晚上都要独自一人出门散步。说者无意，听者有心，卡尔决定利用这一机会除掉科林。

这天晚上，科林像往常一样出门散步，走着走着碰见了卡尔，两人便结伴而行。卡尔一边与科林交谈，一边把他引到一处废弃的农庄。这附近一个人也没有，正是下手的好地方。卡尔先来到一口井边，然后故意指着井口喊：“嘿，快看，井里好像有什么东西！”

“什么？”科林好奇地将头伸向井口。这时，卡尔绕到科林身后，抓住他的双脚，一下子将他掀进了井里。

做完这一切，卡尔以最快的速度溜回了自己的房间，他的心“怦怦”跳个不停。他知道科林死定了，大晚上的，那附近不会有人经过，那口井也很深，这么冷的天在井里泡上十分钟必死无疑。这下男主角又是自己的了！

第二天，卡尔像个没事人一样来到片场，他早已准备好无数套面对警察盘问时的说辞了。然而当他推开演员化妆间的门时却傻了眼，只见科林好端端地坐在一把椅子上，正与罗伯特交谈呢！

科林没死？难道他爬出了井，

或是有人救了他？卡尔吓坏了，他赶忙跑到科林跟前，假装激动地说：“太好了，你没事！昨晚我只想和你开个玩笑，结果不小心真把你推到了井里，当时我吓坏了，赶忙跑去叫人，结果路上遇到车祸昏迷了，今早才在医院醒来……”

一旁的罗伯特打断了卡尔的话：“你认错人了，之前你遇见的那个其实并不是科林，而是科林的双胞胎弟弟。”

“双胞胎弟弟？”

“没错，科林的弟弟从未学过表演，制片方就想出让他饰演前期的男主角，这样他就能真实地表现出男主角那拙劣的演技了，等真需要演技时，再让科林本人出马。让两个人饰演同一个角色，这个想法太妙了，所以才把你换了……”

原来认错人了！卡尔刚准备开溜，却被科林一把拉住了。科林一脸严肃地问卡尔：“你刚刚说把我弟弟推到井里是什么意思？我弟弟现在在哪儿？”

“我不知道，他、他……”卡尔涨红了脸，支支吾吾地辩解着，仿佛一个滑稽的演员用最拙劣的演技上演了一出穿帮了的戏……

（发稿编辑：曹晴雯）

（题图、插图：孙小片）

我的段味日记

◆ 香蕉是一种攻击性很强的水果。你可以在搅拌机里加入 15 种水果，但只要加入一根香蕉，它就是香蕉奶昔。

◆ 给我外甥女一个橘子，她妈妈问：“别人给你橘子你要说什么？”外甥女犹豫一会儿，对我说了一个字：“剥。”

◆ 建议大家都去学做饭，真的很有用，自己做了饭才知道外面的饭有多好吃。

◆ 一句话就能总结我的一生：不断地给自己制造麻烦。

◆ 我有时候确实很好骗，但是你也不能往死里骗啊，我只是好骗，不是智障！

◆ 古时候一个碗能卖几百万，为什么大家还总说古代人穷啊？

◆ 我和同事早上打招呼的方式：“我好困……”“我也是。”

（**推荐者**：虚拟波波）

神转折

◆ 她一定不是什么好姑娘，不然为什么每天晚上都夜不归宿，而是待在我的心里。

◆ 小李决心再也不边走路边玩手机了，于是他买了一辆轮椅。

◆ 如果一个人做事雷打不动，说明此人已被雷劈死。

◆ 我妻子作为一个妈妈简直太过分了！她居然把孩子的存钱罐砸了，把里面的钱全都拿去银行存了起来。太过分了，我以后还怎么偷孩子的钱买烟啊？

◆ 爸爸两年前失踪了，失踪前给儿子留了短信：“爸爸干碰瓷这行很多年了，至今没有收获，这回发现个新目标，这票干好了咱就发了。不说了，火车来了。”

（**推荐者**：司马缸）

万万没想到

◆ 张飞太黑了，晚上看不见他。刘备太白了，早上看不见他。到黄昏时两人现身了，关羽又不见了。

◆ 刚刚老板看到我们办公室有人上班吃零食，有点生气，开口批评我们："说句不好吃的……"

◆ 刚才接到证券业务推销电话，邀我进微信群推荐牛股。我说我是老年机，装不了微信。对面话术崩盘，顿了一会儿开始劝我："大哥，5G来了，你要跟上时代啊！"

◆ 从前，有一只北极熊买了一副墨镜，它戴上墨镜之后沉思了一会儿，说道："突然好想吃竹子哦。"

◆ 有一天，单身许久的舍友跟我说："很久没跟女生说过话了，我要给我妈妈打电话了……"

◆ 老妈说话虽然言简意赅，却总能一语惊醒梦中人。比如，今天早上她对我说："迟到了！"

◆ 孩子回家说，老师让他明天带两斤鱼，要红烧的，全班一起做水饺。后来才知道是带两条金鱼，要红色的，班级做生态角。

◆ 一同学有封情书，开头称呼是"嗨"，接下来是表白内容。情书结尾是这么写的："如果你不喜欢我，请把这封情书还给我。"结果，从初中到高中，那封情书整整用了六年。

（**推荐者**：苏格兰没有底）

就爱谐音梗

◆ 郭靖给老婆买了一床被子，黄蓉钻进去就觉得胸闷喘不过气，原来这是一床压蓉被（鸭绒被）。

◆ 一个文盲走在路上突然发现自己认识字了，半天才反应过来是因为自己站在了识字（十字）路口。

◆ 曹操带儿子曹冲拜访刘备。曹操走到门口大声喊道："曹操携幼子前来拜访！"刘备笑道："来就来嘛，还带什么水果嘛！我也不喜欢吃柚子啊！"

◆ 为什么罗贯中把张飞这个人物塑造得这么立体？因为3D（三弟）立体。

（**推荐者**：尘埃2046）

（**本栏插图**：孙小片）

八十年代那会儿，工人的月工资不算多。有些人便想出来一个办法，好让到手的钱可以多一点……

兑会

□ 司健安

师徒兑会

二十世纪七八十年代，寇连升是单位钢窗组的组长。他这人，资格老，技术好，管人不多，脾气不小。

由于长时间在钢窗组说一不二，寇连升做事就养成了武断的坏习惯。因为这个，还办了坏事儿。

那时候，厂里给的工资不多，寇连升因为工龄长，工资收入倒还算可以，但因为老婆是农村的，家里孩子又多，日子过得也很紧张。平时他抽烟都是两毛钱一盒的“黑老虎”；去单位澡堂洗澡，他从来不带肥皂，见谁不用的肥皂头，凑合凑合搓两把就算了。正好他姓寇，单位同事私底下都叫他“老抠”。

那一年，钢窗组里又来了一名新学徒，叫许雪岭，刚满十八岁，是个刚刚高中毕业的学生娃。年纪虽然不大，但人家已经有相好的啦！许雪岭刚进组那天，寇连升就看到两个小年轻在厂门口难分难舍的。那姑娘噘着嘴，眼眶都有些红了，许雪岭便耐心哄着，说等放假了，一定回老家好好陪她。到时候领了工资，还能带她去看电影呢！

呵，真是年轻人啊！寇连升在

一边看着，笑了笑，没说话。

许雪岭第一个月发工资那天，寇连升把三个徒弟叫到一起，说："前几天，我去其他厂参观，发现好多人都在'兑会'，我也想在咱们钢窗组实行，征求一下你们的意见。"徒弟们都问什么是兑会。寇连升抽了一口烟，接着说："就是每个月发工资了，大家都拿出一部分，凑起来，轮流交给一个人先去用。这样，轮到兑给谁了，手里有不少钱，也能办点事。有急救急，没急救穷。要不然，咱们每个月的工资，吃吃喝喝，很快就没了不是？你们仨考虑考虑，看看中不中？"

那俩徒弟平时都怕寇连升，哪敢说不中。许雪岭刚参加工作，第一个月的工资还没到手呢，心里有点不乐意，可是见俩师兄都点头了，也没敢吭声。

寇连升一看三个徒弟同意，拿出四张事先写好的纸条，说："兑会的标准，就按每人每月二十块吧。再兑多了，怕你们吃饭的钱就不够了。至于用钱的顺序，咱们抓阄。"说着，他摘下头上的安全帽，把纸条揉成纸团，放了进去。

第一个月，是寇连升用钱。他把兑会的钱扣除后才发给徒弟们。许雪岭的工资总共才四十多块钱，一下子扣了快一半，不免有些失落。不过想想自己抓的阄是第二，下个月发工资，自己一下子能拿到一百多块钱，心里也就平衡了。

入不敷出

哪知道，第二个月发工资时，寇连升私下里找到许雪岭，说："小许，师傅想请你帮个忙。"说着，他掏出一支"黑老虎"递给许雪岭。这个老抠门，平时抽烟从来不让人的，今天给他这个当徒弟的让烟，看来是真为难了。许雪岭忙一边摆手示意自己不抽烟，一边说："师傅，有事您只管安排。我是您徒弟，

当然都听您的。”寇连升把那支“黑老虎”重新装进烟盒，然后说：“这个月，兑会的钱该给你了。可是，我孩子他姥娘身体有些毛病，要去住院动个手术，急需一些钱。你看，这个月的钱，能不能先让我用？等下回轮到师傅拿钱时，再让给你。”说实话，许雪岭心里一百个不愿意。他当时十八岁，正是能吃的时候，上个月剩下那点钱，也就马马虎虎填饱肚子，连个电影都不敢去看。可是师傅说出来了，他敢不答应吗？于是他笑着说：“师傅，您尽管拿去用好了。”他嘴上这么说，心里把老抠恼得不行。这和上个月可不一样，还得再过几个月，才能轮到他拿钱呢。这中间，师傅要是不还钱，他可咋过？

等啊，盼啊，好不容易又熬到师傅拿钱了。发工资的前一天，寇连升给许雪岭带来了一兜子瓜子和糖果，说：“小许啊，我闺女下个星期出嫁，我不打算大办，可是单位那些老伙计们，我咋着也得招待几桌。这两天，有空去给我招呼着买点喜烟喜酒。”作为徒弟，这事，许雪岭当然责无旁贷，他忙不迭地答应了。可是接下来，寇连升又说道：“家里孩子多，置办闺女的婚事，我有点罗锅腰上树——前（钱）紧，不但上次欠的兑会钱，我暂时给不上你，而且等下个月轮到你兑会了，钱我还想再用几天，回头一起还给你，你看中不中？”许雪岭听后，差点没哭，不但兑会的工资拿不到，还得出份子钱。要是不想办法借点，下个月看样子都得去喝西北风了。有心不答应吧，他又不敢。他年底转正，师傅可是有否决权的！家里好不容易托关系给他找了这么个工作，要是出了岔子，他爹还不揍死他？没办法，咬咬牙，忍着吧！

好不容易坚持到给师傅兑会的月份，唉，也不知道咋就那么倒霉，寇连升的老家发了洪水，整个村庄墙倒屋塌，成了废墟。单位工会组织大家捐款捐物，支援灾区。发工资的时候，寇连升装糊涂，不但没有还钱给许雪岭，甚至连提都没有提，逼得许雪岭差点红了脸！

弄巧成拙

日子过得很快，转眼间就要过年了。看着工友们一个个收拾东西置办年货，许雪岭愁啊！今年单位的效益不好，年终奖取消了，师傅要是再不还钱，他连家都回不去。

那天下了班，许雪岭正躺在宿舍的床上生闷气呢，师傅寇连升笑

呵呵地推门进来。说实话，许雪岭上班这一年来，还很少能见到师傅的笑脸呢！寇连升坐下后，说："小许，刚才劳动科长对我说，你转正定级的事已经通过了。"他一边说，一边去摸口袋。

自己能顺利转正，也算意料之中，许雪岭心知肚明。他的眼睛，一直盯着寇连升掏口袋的手。此时此刻他最需要的，是钱！等这个臭老抠的那只大手从口袋里拿出来时，许雪岭失望了——他掏出来的只有两张纸片，连一毛钱都没有。

寇连升没说话，把那两张纸片展开，摆在许雪岭面前。许雪岭一看，竟然是存款单！寇连升抽了一口"黑老虎"，说："你每次兑会的钱，我都给你存起来了，事先没给你说。你们这些小年轻啊，都这样，辛辛苦苦挣俩钱，分分钟就能花没了。尤其是你这种谈了对象的，更是存不住钱啊！"

许雪岭盯着那两张存款单，愣了好一会儿，眼泪不知不觉地流了下来，他哽咽着说："师傅呀，我知道您这样也是好意，可是……我的钱还有别的用处呢，您耽误我的大事了！"

寇连升有些出乎意料，却故作镇定地抽了一口烟，问："你个毛孩子，能有啥大事？"

"唉——"许雪岭抹了一把眼泪，长长地叹了一口气，说道，"我是谈了对象，我们是高中校友，她比我晚一届，今年她也没有考上大学。我知道她学习比我好，就鼓励她复读，可她说家里穷，不想读了。我告诉她，我上班挣钱了，能资助她一些。您也知道，上班后我手里一直没钱，甚至连自己吃饭都要想办法，根本不能兑现承诺。我昨天收到她的来信才知道，您老家发水那个月，她思前想后，觉得家里实在没有能力再供她，即便考上大学，也读不起，于是……就退学了！"

"咳……咳……"寇连升突然像是被"黑老虎"呛住了，猛地咳嗽起来。

后来，寇连升仔细打听了一下才知道，人家兑会一般都是十个人左右一组。拿出来兑会的钱，也没那么多，压力都不大，不至于影响生活。他当时因为时间匆忙，还没弄清楚就开始实施了，误以为越"抠门"越好呢，没想到，结果却办了件坏事儿。

（发稿编辑：丁娴瑶）

（题图、插图：陆小弟）

这个规定有温度

□黄　平

梧桐山风光秀丽，峰险谷幽，虽然偏僻，但还是有很多人慕名而来。这不，深圳游客谢祖光和小王在山里转了一整天，到傍晚才恋恋不舍地离开。

山脚下有个村子，车子开到村东头时，一只小羊忽然从路旁一家餐馆的院子里蹿出来，小王赶紧刹车，却已经迟了，只听“砰”的一声响，小羊倒在地上，抽搐了几下就不动弹了。听到动静，一个大婶从院子里跑出来，上前拦住车子，朝里面喊道：“老头子，快出来，羊被撞死了！”小王紧张地说：“糟糕，有麻烦了！”

话音刚落，一个老汉冲出来，手里拿着一把明晃晃的菜刀。

小王立马跳下车，喊道：“大爷，您先把刀放下，有话好说！”

老汉听了，把刀递给老伴，责问道：“开这么快干吗？”

小王解释道：“抱歉，是羊自己突然蹿出来……”

“不管怎么说，是你的车撞死了羊吧？”小王点点头。老汉看了看车牌，又问：“深圳的？来这里旅游？”

小王赔笑道：“对，听说这里风景很美，我们专门过来看看。”

“那好！”老汉喊道，“老婆子，把我手机拿来，我通知村主任过来。”

谢祖光一听，赶紧下车，阻拦道：“大爷，叫村主任过来干什么？我们自己可以处理……”

老汉摇摇头，说：“不行，一定要叫过来。”然后他接过大婶拿出来的手机，打通了电话：“李主任，跟你说个事，我的羊被外地游客的车子撞死了，你过来处理吧！什么？村干部都在县里开会，那怎么办？哦，好的，我知道了。”

听到村主任赶不过来，谢祖光松了一口气。老汉挂了电话，用手机将现场拍了下来。谢祖光见状，说道：“大爷，您也别拍了，我赔钱。您说，赔多少？”

老汉“呵呵”一笑，说：“别担心，不要你们赔钱。”

“什么，不用赔钱？”谢祖光一怔，怀疑自己听错了。

“是真的，这羊啊，村里会买单的。”大婶在一旁说道。

“村里买单？”小王不敢相信，问道，“大爷，怎么回事？”

老汉擦了擦额头的汗，说：“天气这么热，进来喝口水吧，我慢慢告诉你们。”然后他上前一把提起小羊，走到院门口，见两人没动身，猜测他们还有顾虑，于是说：“刚才我是从厨房里出来，忘记把刀放下了，你们别害怕。”

见老汉这么诚心，谢祖光和小王对视一眼，进了餐馆。

老汉热情地让座倒茶，然后说开了。老汉姓何，是土生土长的本地人。村后的梧桐山风景好，这几年旅游业渐渐旺起来。村委会一帮人眼光长远，说发展旅游不仅要有地利，还要人和，热情纯朴才是留客之道，不能像有些景区那样过于商业化，目光短浅，坑人宰客。前段时间，县里把梧桐山列为旅游开发重点项目，村主任作为招商工作组成员，还到上海、广州、深圳等地招商引资呢。

谢祖光听了颇感兴趣，夸道：“你们村委会挺有远见啊！”

“可不是嘛！上半年，有个游客来自驾游，轧死了村里的一只鸡。那鸡主人欺负游客是外地人，硬是索要了五百元赔偿。李主任知道后非常生气，骂他为了小钱败坏了村子的名声。后来村里专门制定了新规定，以后再发生游客车辆撞死家禽家畜这种事，村民的损失由村委会承担，不得向游客索赔。”

“怪不得您说不用赔钱，原来如此啊！”小王听得津津有味。

何老汉咧开嘴笑了，说道："本来这事要让村干部现在过来处理的，可是他们都不在，李主任就让我拍好照片，用来证明。"

谢祖光点点头，又问："大爷，您这羊值多少钱？"

"这羊不大，值五六百吧。"何老汉说，"现在说清楚了，天也快黑了，你们就在这里吃晚饭吧，我给你们做羊肉汤，我请客。"

谢祖光推说急着赶路，谢绝了何老汉的好意，起身去了一趟卫生间。何老汉见挽留不住，只好将两人送到门口，惋惜地说："欢迎下次再来！"

车子发动后，谢祖光从车里探出头来，对何老汉说："大爷，我们走了。羊是我们撞的，不能让村委会出钱，我已经把钱放在卫生间的水箱盖上了。您放心，我回去后会给梧桐山做宣传的，让更多的人来旅游。"说完，两人开车走了。

一离开村子，小王就迫不及待地说："他们村的这个规定太有意思了，不过，村委会不是亏了吗？"

"其实这种事情难得发生，村委会出不了几个钱。这事处理好了，游客高兴而来、感激而归，就会免费做宣传；处理不好，游客就会投诉曝光，毁了声誉。花小钱办大事，这是村委会高明的地方！"谢祖光"呵呵"一笑，感叹道，"李主任还真有格局！"

晚上，两人在县城找了一家宾馆住了下来。

第二天一早，谢祖光和小王来到宾馆前台，准备退房。这时，大堂角落的沙发上站起来两个人，朝他们走来。谢祖光一看，惊道："你们怎么来了？"

来人竟是何老汉和他们的村主任李大勇。李大勇一见到谢祖光，也惊道："谢总，怎么是您？"

原来，谢祖光是深圳一家实力雄厚的旅游开发集团老总，上次李大勇去招商时就专程拜访过他。谢祖光在商海多年，做事谨慎，对有意向的投资项目，都要事先实地考察。这次，他和小王特地跑了一趟梧桐山，发现这里果然山美水美人也美，确实可以考虑投资。因为两人是悄悄来的，所以昨天也不好在何老汉家多待，怕万一李大勇开会回来，遇上了不好办。在谢祖光看来，在没做好决定前，双方还是不见面比较好。不过，谢祖光已经让小王连夜准备好考察材料，拟定合作意向书，准备回去后开会研究。

李大勇说，昨晚他和村干部回村后，便到何老汉的餐馆询问羊被撞的事。何老汉原原本本讲了一遍，最后掏出钱，说："我没破坏村里的规定，这钱是他们偷偷留下的。"还有这事？村干部纷纷议论起来。李大勇看着何老汉手机里的照片，仔细想了想，说道："虽然这钱是游客主动留下的，但既然村里有规定，就要执行。这样，我们马上去找人，争取把钱还回去！"

大家听了这话，都非常惊讶：人都不知道跑哪儿去了，怎么找啊？李大勇却自信地说："他们大老远地从深圳过来，天又晚了，应该会在县城住一宿。开这种豪车的人，肯定会住高档宾馆。大家就辛苦一下，先去各家宾馆找车，找到车不就能找到人了吗？"

何老汉说只有自己见过他们，自告奋勇一起去。大家忙活了半夜，还真在这家宾馆的停车场找到了那辆车，但不知道人住在哪个房间，夜深了也不便打扰，李大勇和何老汉便一直在宾馆大堂等着，没想到等来的竟然是谢总……

谢祖光看着两人，心里热乎乎的。他对李大勇说："你来得正好，我们把合作意向书签了。"

李大勇眼睛瞪得溜圆，问："真的？现在就签？"

"对！你先看看条款。"

这时，何老汉抢先说："谢总，李主任，你们还是去我店里谈吧，昨天的羊还没动呢！"

大家一听，都笑了起来。

路上，小王开玩笑地说："谢总，不是说回去再决定吗，怎么现在就签？是不是惦记那只羊啊？"

"那当然！李大勇用一只羊换了大项目，我吃他的羊，过分吗？"这下，谢祖光当仁不让了。

（**发稿编辑**：曹晴雯）

（**题图、插图**：豆　薇）

·新传说·

青花瓷罐

□ 刘忠山

侯四是个小贼，这天，他来到海西城古玩街上的一家古玩店，想让店主张沈阳给鉴定一样物件儿。张沈阳一看侯四展示出来的照片，眼睛一亮，说：“东西在哪儿？”

照片上是一个青花瓷罐。侯四怎么见着的呢？得说回前几天。那天，侯四在城郊，忽逢暴雨，他急忙躲进一家农户避雨，偷听到农户爷孙两个说什么“大青花，小青花”，话没听全，隐约还听到一句，“祖传的”……

于是，侯四留了下来，找到机会，钻进那家农户屋里，在不起眼的角落里发现一个腌着酸菜的青花瓷罐。重重灰尘下，是喜鹊登枝图案，青花描得很是精美。侯四看着像古董，可他不确定，只好先拍张照片，跑来找张沈阳看看。

侯四贼精，一看张沈阳的眼神，知道有戏，他讳莫如深地笑笑，说：“老规矩，等我到手，咱们一手交钱、一手交货，别的不问不说。”

张沈阳故意说：“行。不过招呼打在前头，这罐子算是大路货，顶多千把块。”

侯四心里暗骂张沈阳：好小子，少蒙老子，看你那两眼放光的样子，就知道这玩意儿值钱。到时候要是出价少了，我绝不卖给你！

几天后，侯四重新返回那家农

户，他小心翼翼地把青花瓷罐抱起，倒掉泡菜，得手而归。

回来不久，侯四就接到张沈阳的电话，询问货是否到手。侯四留了个心眼，假称还没到手，要再等几天，转头去了另一家古董店。店主见了那罐子，细细端详，说:“明朝成化年间，官窑有个工匠姓罗，人称神笔罗。他画工了得，擅长画喜鹊登枝，只是他作品很少。前几年，咱们海西的古玩行里出现过一个神笔罗的喜鹊登枝罐，拍出了百万高价。你拿的这个,真不好说，建议你再去打听打听。”

听了这个店主的话,侯四心想：这张沈阳，果然诳我，我这宝贝绝对不能贱卖给他。

这晚，侯四回了家，藏好宝贝，特意把门锁闩牢。他单身一人，喝了点小酒，迷迷糊糊地睡过去了。半夜时分，侯四被热醒了，他走到窗边，点上根烟，想那个青花瓷罐如何出手。想着想着，他走了神，烟屁股都快烫着手指了。他顺手把烟头往外一扔，却听窗外“啊呀”一声惨叫，接着是“咚”的一声，然后是有人在叫骂。

不大一会儿,听楼下闹哄哄的，紧接着有警车的声音。侯四做贼心虚，猫在家里没敢探头。谁知第二天一大早，侯四还没出门，就被警察堵在家门口，带走了。

在派出所，侯四上来就喊冤叫屈：“警察同志，我一直规规矩矩，没干什么违法的事儿。”

审案警察说：“昨晚你家窗户里扔出个烟头，烫着人了，你知道不知道？”

侯四说：“这事儿啊，我不是故意的，一时疏忽扔了个烟头，多少钱我赔人家就是了。”

警察转而问：“张沈阳你认识吧？他们可是全都交代了！”

侯四晃晃脑袋，表示自己什么都不知道。所长看侯四那副无赖的样子，直接说出了实情：“张沈阳为了立功赎罪，已经全部交代了。他说，你偷了一个青花瓷罐，却骗他说东西没到手。张沈阳怕你卖给别人，就趁夜半，让他同伙顺着排水管道爬上去，从窗户钻入房间行窃。他同伙爬到三楼，忽然一个滚烫的烟头飞出来，掉进他衣服领子里，他疼得手脚一松，掉了下去，幸亏只是断了腿。不过，他把候在下面望风的张沈阳砸昏了。”

侯四听完，连连摆手，说:“胡说！我根本没偷过青花瓷罐，他们想入户盗窃不成，反咬我一口！”

警察笑了："侯四，你住处天花板上藏的那个宝贝，我们已经搜出来了，别以为我们不知道你犯的那些事儿。说吧，坦白从宽。"

证据都有了，侯四只能招了。

警察听完，立刻让人去找那爷孙俩来派出所，了解情况。同时，为了查明古董真伪，还邀请市博物馆的文物专家，到现场鉴定。毕竟被盗物品价值是关键，因此，这东西是不是文物，必须先查清楚。

经专家鉴定，那个罐子是清代仿品，不过也是高手之作，水平接近神笔罗。按行情，大概值十几万。

那爷孙俩先是一头雾水，听说自己家的泡菜罐竟是古董，都惊呆了。爷爷语气肯定地说："我们在家从来没讨论过古董，那贼怎么会以为我们家有青花瓷呢？"

警察也觉得蹊跷，就问侯四到底咋回事。侯四信誓旦旦地说："我真是亲耳听到的，不信你问他们，他们说了大青花、小青花，还有什么祖传的……"

听完侯四的解释，爷爷笑了，说："你耳朵估计有什么毛病吧？我们爷孙俩那天正喝酒，我给孙子说'大清花、小清花'，是白酒的酒花！倒酒时，酒杯里浮起的小气泡，俗称酒花，气泡大的叫大清花，气泡小的叫小清花。看酒花大小，能知道酒的大概度数，这是祖传的经验。你咋能听成我俩在研究青花瓷？不过话又说回去，没你这顿瞎折腾，我们还不知道腌泡菜的罐子是个值钱物件儿，谢谢你啊！"

侯四臊得满脸通红，差点背过气去。

（发稿编辑：陶云韫）

（题图、插图：陆小弟）

·新传说·

绿水青山一盘棋

□相忘江湖

腰营村不过六七十户人家，却出了两个了不起的人物：一个叫丁满仓，父亲早年开小煤窑，为他攒下了家底，丁满仓拿着这些钱在邻省干铁矿，赚了几亿身家；另一个人叫任乐山，打小就是学霸，重点大学毕业后进入一家跨国公司工作，几年后自立门户搞起了旅游产业。

按说一个地方出来的，两人应该惺惺相惜才对，可事实恰恰相反，这么多年来，丁满仓与任乐山之间一直明争暗斗——丁满仓回乡每家发一万块钱现金，任乐山包机带全村人去海南旅游；丁满仓回村修条公路，任乐山包下了全村孩子的学费……细究起来，任乐山每次花的钱都比丁满仓少，但村民们却感觉任乐山更贴心。你想呀，一万块钱家家都有，可谁舍得去海南旅游呢？公路这东西就算丁满仓不修，政府也打算修，孩子的学费可是要持续交十五六年呢！

几个回合下来，丁满仓没占到上风，气得牙根直痒痒。要问俩人为啥针尖对麦芒地斗下去，还要从三十年前的一场棋局说起。

那时候丁满仓的父亲是远近闻名的小能人，在村里仰着脸走路，谁见了他都点头哈腰的；任乐山的

父亲是民办教师，喜欢写些文章，三天两头在报纸上发表，深得村民们的尊敬。

这天傍晚，老丁在外面喝完酒回村，发现任老师正在打谷场的碾盘上和人下棋，周围围着不少人。老丁来了兴趣，摇摇晃晃地分开人群，对下棋的两人说道：“谁棋臭谁腾个地方，让我这棋王来！”

和任老师下棋的村民立刻起身，恭敬地说道：“丁老板，你和任老师下。”

任老师不高兴了，觉得老丁太霸道，于是冷笑一声道：“以前是我让着你，还真以为自己是棋王了，看今天我不连灭你三局！”

任老师认真起来，老丁根本不是对手，果然连输三局。下到最后，老丁脸色越来越难看，竟然一把掀翻了棋盘，骂骂咧咧地走了。

回到家后，老丁依然愤愤不平，边骂边舀凉水往肚子里灌，刚喝到一半，老丁两眼发直，摇晃了几下，一头栽了下去。等送到医院，人已经没了。

任老师得知消息后，心里非常过意不去，几次登门道歉，但丁满仓和母亲都没个好脸色。这事儿虽然不能怪任老师，但也确实和他脱不了干系。

大年三十晚上，别人家都欢声笑语迎接新年，丁满仓却见母亲强做欢颜，边包饺子，边不时转身擦拭眼睛。丁满仓被勾起了怒火，偷偷揣着一根闪光雷，来到任老师家窗后，点燃了对着他家一阵扫射。任老师妻子正在锅边煮饺子呢，玻璃忽然炸裂，一团火光飞了进来。她被吓得一个趔趄，手插进了滚烫的开水中。

任老师连夜将妻子送进医院，她却还是留下了轻度残疾，左手皱皱巴巴的伸不直，握不住东西。虽然没有当场抓住丁满仓，但大家都知道是他干的，两家的仇恨也就此结下了。

最近，丁满仓回乡时注意到腰营村周边红色的岩石非常多，他采样带回来化验，发现岩石中铁含量非常高。他经营的铁矿资源面临枯竭，急需找到新矿脉，丁满仓盘算着，村里现在剩下五十多户人家，每家给个五六十万搬迁补偿，岂不是一举两得的好事？

想到这，丁满仓立刻派人去办手续，自己则到老乡家做铺垫。他不提开矿的事儿，就说要给大家在县里盖高楼。乡亲们听完后都非常兴奋：村里只剩下些老人和孩子，房子贵贱卖不出去，如今丁满仓不但承诺白给一套楼，还掏钱给他们养老，去哪找这么好的事儿呀？

一圈走完，丁满仓心里有了底。谁知他刚把事情交代下去，项目就遇到了巨大阻力。负责搬迁的经理从腰营村回来，苦着脸说："那些老乡忽然全变卦了，都不肯搬迁。"

原来，有人花三百万买下了腰营村最西面的一间破房子。村民们都说，那间破房都值三百万，他们的好房子起码值五百万。最关键的是，这间破房子处在两山之间的必经之路上，进山开矿怎么也绕不过这个地方。

经理继续说道："我已经派人去调查是谁买下了这个房子，看看能不能在他身上做做工作。"

丁满仓阴沉着脸道："不用查了，除了任乐山还有谁？我亲自去会会他！"

来到那间破房前，丁满仓看见两个人正坐在院里喝茶，其中一位是原来的房主赵大爷，另一位正是处处和自己作对的任乐山。

赵大爷见了丁满仓，热情地招呼道："满仓来了，快坐下一起喝茶。"

丁满仓冲他挤出点笑容，扭过脸质问任乐山："姓任的，你这步棋够毒的，把我往绝路上逼是吧？就这破房子值三百万？"

任乐山不急不缓地喝了口茶："你听错了，这房子我一分钱没花，是赵大爷送给我的。"

"那三百万的说法是从哪传出来的？你真高，一个谣言就把我的局全搅了！"

赵大爷打圆场："也不是谣言，乐山打算投三百万，在这里盖一个养老楼，全村的老人都可以在这免费吃住。我一个老光棍要那么多钱有啥用，有人管比啥都强。"

丁满仓气得快要吐血："你掏三百万就把人心收买了，老子出十倍、百倍，不信斗不过你！"

任乐山语气严肃起来："满仓，说了你可能不信，这些年你一直抱着和我斗的念头，可我从来没有过。我是真心想为乡亲们办点好事，我打算把腰营村建成一个旅游村，乡亲们用自家房子入股，每年享受分红。换做你是他们，我想也会选择我的方案。"

丁满仓猛地站起身来："姓任的，别说得那么好听，这盘棋没完，我一定和你斗到底！"

任乐山微微一笑："那我就陪你玩一局。你先别急着推进项目，三个月后，如果你还想继续推进，我赔偿你五千万，并且帮助你动员乡亲们搬迁；如果三个月后你放弃了，只需要答应我一件事就好。"

丁满仓脑子里转了几个念头，没发现对自己不利的地方，于是说道："好，赵大爷做证，咱们现在就签合约，我等着你乖乖把五千万送过来。"

三个月转眼就过去了。这天，任乐山还是坐在院子里喝茶，一辆车忽然停在了门前，丁满仓扶着一个老太太走下车。任乐山失态地喊道："妈，你怎么来了？"

丁满仓把任母搀到凳子前坐好，跪下重重磕了三个响头："任婶，当年我不懂事，害您落下一辈子残疾，满仓给您赔罪了！"

任母老泪纵横，颤巍巍地扶起丁满仓："都过去了，婶子早就没放在心上了。你们哥俩以后好好处着，一个地方出来的，斗来斗去让人笑话。"

丁满仓惭愧地对任乐山说道："乐山，感谢你不念旧恶救了我一把，我和我父亲的格局都太小，输给你我心服口服。如果不是你拦着，我投再多的钱都是打水漂！"

原来，丁满仓刚刚接到消息，许多同行的开矿项目都被紧急叫停，幸亏他和任乐山打了赌，不然亏大了！

任乐山握住丁满仓的手笑道："国家早就开始加大环境治理和保护的力度了，在这个节骨眼上，你把钱砸到破坏环境的项目上，搞不好真的会满盘皆输。"

丁满仓郑重地说道："乐山，我认赌服输，需要我做什么尽管开口，我绝不抵赖。"

任乐山扭头看向远方，感慨地说道："和我一起做绿色产业吧，下一局双赢的棋！"丁满仓顺着任乐山的目光看去，满眼的绿水青山如同一个巨大的棋盘……

（发稿编辑：赵嫒佳）

（题图、插图：陆小弟）

杰弗里·阿彻（1940— ），英国作家，被誉为“全世界顶级说书人前十名”，代表作有《生而为囚》《美国恩仇录》等。本篇改编自其同名小说。

停车场管理员

乔是市政停车场的一名管理员。最近，乔的运气不太好：妻子莫莉刚怀孕，他却被解雇了。主管告诉他，市政厅要削减开支，不得不让他走。

这时，一个在动物园工作的亲戚听说了乔的窘境，答应把他介绍给动物园经理，看看有什么合适的工作机会。

这天早上，乔穿上干净的衬衫和笔挺的裤子，应约去动物园。可是，到了动物园门口，乔并没有进入大门，而是朝相反的方向走去——他被动物园旁边的一大片荒地吸引住了。这片荒地上面停满了车。乔花了一整天的时间看着轿车、商务车，甚至是大客车来来去去，一个大胆的想法开始在他的脑子里酝酿……

第二天，乔去了市政厅的地产部门，与一位年轻的工作人员聊了聊。乔看似随意地问起动物园旁的那片荒地，工作人员查看了几张地形测量图，说他也没法确定那块荒地到底是市政厅还是动物园的。乔听后心里有底了，他认为这件事值

得冒险一试。

在接下来的一周里，乔每天坐公共汽车去动物园，记下有多少人把车停在那块地上，以及他们在动物园大约待多长时间。他一直等到晚上动物园闭园，最后一辆车开走了，才步测出那块地的面积。他在小本上写道：226 步乘 172 步。

整个周末，乔都在计算那块场地可以停放多少辆车。在仔细核对了测量数据后，他认为足以容纳 114 辆小型车和 5 辆大客车。

晚上，乔向妻子莫莉宣布了自己的大胆计划——把动物园旁的那块荒地改造成停车场，收取停车费。

莫莉大吃一惊，说：“这是非法占用吧？你不会成功的！”

乔耸了耸肩，说：“也许不会，但也没什么可损失的。”

莫莉扬起眉毛，问：“那你下一步打算怎么做？”

乔胸有成竹：“我要学着画停车位。你得先给我一点钱，我要买几罐白漆，还要一把刷子、一桶水，另外还需要一些绳子和钉子，有它们才能画出直线。”

莫莉拿出了一星期的薪水。乔带着白漆和工具前往城郊一个没人的地方，在那里，他画了生平第一个停车位。

经过不断练习，乔很快得心应手，他可以在 40 分钟内画完一个停车位，画得还不错。

接下来正好是圣诞假期，放假期间，动物园将关闭，不会有人来参观。乔利用这段时间，一口气在荒地上画了 20 个停车位。他本想多画几个，可惜白漆用完了。

动物园重新开园的第一天，乔穿着以前的市政停车场管理员制服，站在场地的角落里，远远地看着。他看到，每辆车都像受人指挥一样，自觉地驶入他画得整整齐齐的停车位。这给乔带来了信心。他有些犹豫不决地走到一个正在停车的顾客旁边，说道：“早上好，先生，停车费一共两先令。”

如果那人叫他滚开，乔不会多说什么，但那人老老实实交了钱。

“谢谢你，先生。”乔说着给对方开了一张票，然后摸了一下帽檐，向他的第一位顾客致意。

到这一天结束时，乔接待了 14 位顾客，收到 1 英镑 8 先令，比他之前工作一周挣得还多！到第一周结束时，他已将 31 英镑收入囊中。为了庆祝，乔带莫莉去酒吧喝了一杯，还分享了一份美味的苏格兰蛋。

每周一是动物园的闭园日，乔本可以休息一天，但他继续埋头苦干，又画了6个停车位。日子就这样一天天过去，随着车位的增加，乔的收入也在不断增加，这让他变得越来越自信。然而，在第三周的星期二，他看到动物园的经理朝他走来，心想这下完蛋了。

经理主动向乔打招呼，说:“早上好，乔，我们能私下谈谈吗？”

“当然，先生。”

经理说：“以前我在这里停车的时候，从来不用付钱。但现在市政厅接管了这块地，我想……”

乔立刻明白了经理的意思，他说：“你一分钱也不用付，先生。我会给你分配一个私人车位，这样别人就不能停在上面了。”

“市政厅不会找麻烦吗？”

乔狡黠地一笑：“如果你不说，我也不会说。”

“你真好,乔。”经理感激地说，“如果需要我做什么,尽管吭一声。”

于是，乔在动物园入口正对面的地方画了个车位，还花了一整天时间，用刷子蘸上油漆，仔细地写下“动物园经理专用”的字样。

没多久，莫莉生下一个可爱的男孩。孩子的出生让乔有动力去画更多的车位。

不到一年，包括一个大客车专用区域在内，这个原本荒芜的地块上出现了120个车位。

产假结束后，莫莉没有再去上班，她专职为乔管理收入。她每周往银行里存入20多英镑，这是市政停车场管理员的平均工资，余下的现金则藏在卧室的地板下。

时间过得很快，几年间，莫莉又生了个女儿，而家中地板下的空间也快不够用了。

乔提出买一幢大点的房子，莫莉却说，不能冒这个险。“如果我们这么做，人们会开始说闲话，怀疑一个停车场管理员怎么能挣那么多钱。”

“如果我们不能支配这些钱，那么赚钱又有什么意义呢？”乔大声说道。

“别担心，我自有安排。”

这年夏天，莫莉安排全家前往地中海的马略卡岛度假。当乔带着孩子们去海滩时，莫莉走访了岛上的房地产经纪人。在结束度假前，她爽快地交了5000英镑定金，在港口认购了一块土地，从那里可以俯瞰大海。

平时，乔和莫莉继续在英国过着节俭的生活。每逢暑假，他们全

家才会去马略卡岛上那能俯瞰大海的豪华别墅度假。

时光匆匆，当儿子小乔被利兹大学录取攻读法律专业时，乔感到特别自豪，这在他家可是破天荒的事。两年后，女儿珍妮特获得了杜伦大学英语专业的奖学金，超过了她的哥哥。

乔对生活很满意，除了一个问题让他有些困扰：“等到了退休年龄，我们该怎么办？”

莫莉显然已经考虑过这个问题，她说：“到时我们就去马略卡岛生活，享受我们的劳动成果。”

“那我的停车场怎么办？”

“你可以让别人去操心了。”

作为一个传统的家伙，乔在60岁生日那天正式退休了。他和莫莉简单地收拾了行囊，握着两张单程票前往机场。

没多久，乔就成了马略卡足球俱乐部的副主席，莫莉则当选为居民委员会的名誉司库。小乔现在是执业律师，珍妮特则在学校教英语。他们都定期去马略卡岛看望父母。

这天，乔在报纸上读到一则报道，他不禁对莫莉喊道：“你看看，他们对我的停车场做了什么？这一帮笨蛋！”

原来，新年刚过的时候，动物园的新经理布雷斯韦特先生给市政厅地产部打电话，询问乔的继任者什么时候报到上班。

“乔是谁？”地产部经理问道。

“他负责动物园旁边的停车场，已经干了40年。我们还为他举办了欢送会。”

“我不知道你在说什么。”地产部经理说，“我一直以为那块地是你们的。”

“但我们以为是你们的！”布雷斯韦特说。

于是，事情就这样败露了。这导致了市政厅和动物园之间旷日持久的法庭之争。结果两败俱伤，停车场变得杂草丛生。

三年后，法官才最终裁定，由市政厅负责管理停车场，但所有利润必须由双方平分。

乔把报上的最新消息读给莫莉听。莫莉忍不住道：“我只是奇怪，他们怎么没来找我们。”

乔想了想，说：“我想，那会让他们看起来像一群笨蛋。别忘了，市政厅这帮人将在5月竞选连任，他们绝不会泄露这个秘密的……”

（**译者**：鞠　薇；**改编**：罗　杰）

（**发稿编辑**：吕　佳）

（**题图**：佐　夫）

惹祸的药片

□韩　冬

这是我年轻时候的事了。一天，我接到老同学张百川打来的长途电话，他说他要结婚了，日子定好了，要我去参加他的婚礼。我爽快地答应了。

随后，张百川在电话中用恳求的语气说："能不能借我三千块钱？我想买辆二手解放牌汽车搞运输。最多一年，钱就能还你。"

在读职业高中时，我和张百川最要好。我虽然感到为难，还是答应了下来。要知道，那是八十年代末，三千元不是小数目。我拿出工作几年攒的两千块钱，又跟亲戚朋友凑了一千元，把钱汇给了张百川。

张百川婚礼那天清晨，我坐着小客车去了。他家在翁牛特旗，离赤峰市市区五百多公里。一路颠簸，直到中午，我总算到了张百川的家。他见我来了，非常高兴。只见院子里一张张桌子都已经摆好，几个人正在热火朝天地做菜办酒席。

跟张百川进了屋我才知道，他家里只有两口人，他和爷爷。父母前几年都因病先后去世了。现在他有了媳妇，总算凑够了三口人。

我见到了张百川的新媳妇赵秀。她皮肤微黑，身材高挑，眉眼俊俏，有种健康朴实的美。

见我望着赵秀发呆，张百川轻轻捅了我一拳，戏谑道：

“怎么样，漂亮吧？谁见了都想多看几眼哩！”我点点头，暗想，这么漂亮的媳妇，他怎么追到手的？不过，张百川挺会要小聪明的，估计是靠那些唬人的甜言蜜语吧。

晚上吃席，我不胜酒力，喝得头昏脑涨。客人都走了，张百川给我安排了住的地方。他家三间房，分东屋和西屋，他和新婚媳妇睡东屋，让我和他爷爷睡西屋。

临去西屋前，张百川叮嘱我：“爷爷有病，行动不便，晚上要是发作，你给老人家找个止痛片、倒杯水。”我爽快地答应下来，怎么也不能让他新婚之夜抛下新媳妇伺候老人啊！

进了屋，我见到了张百川的爷爷。他太瘦了，像个骷髅，盖着被子躺在炕上。老人勉强抬起眼皮，跟我打了声招呼，就喘息着不说话了。我告诉老人，晚上尽管招呼我，老人点了点头，无奈地说：“麻烦你了。”我安慰了老人几句，躺在炕上翻来覆去地睡不着。陌生的环境，又守着个病人，让我很不适应。等好不容易睡着了，我又被老人家喊醒了。我迷糊着找到灯绳，拉亮电灯，老人颤巍巍地指着一个抽屉。我拉开抽屉，拿出两片药，老人喘息着点点头，接过了药片。我倒了杯水给老人，让他把药服了下去。

不知过了多久，老人呻吟起来，一声比一声大。我赶紧又摸索着拉亮电灯，见老人头上冒出了豆大的汗珠子，紧锁眉头、闭着双目，让人怪害怕的。

我一琢磨，赶紧去了东屋门口，敲了屋门。张百川起来听我一说，忙来到西屋。我告诉他：“你爷爷自己指给我看的，我从这个抽屉里拿了两片止痛药。”

张百川立时脸色变了，一拍大腿，说：“坏了，我爷爷老糊涂了，这边抽屉里放的是兽药！”我一听脸吓白了，赶忙说：“送医院！”此时，外面天色已经蒙蒙亮了，张百川叹息着说：“这不是城里，找个车就送到医院。我们这里看病，最近也是乡里卫生所，坐车得一个小时。何况村里没有汽车，只能套个马车。爷爷这身子骨，经不起折腾！”我又着急又愧疚，都不敢瞅炕上的老人。那一声声呻吟犹如一支支箭射中我的心脏，时间仿佛凝固了一般。

这时，赵秀过来了，一见这情况，她也吓傻了，想扶起老人喂他点水，让他吐一吐。但老人牙关紧咬，脸色蜡黄，气息微弱。赵秀轻轻叹息一声："够呛了……"我听了，霎时双手抱头，蹲在了地上。

片刻之间，张百川拿定了主意，对我说："你现在赶紧走，我找个人送你去车站。别人问起爷爷的事，我就说他半夜一个人忽然发病。千万不能让人知道你和他昨晚在一个屋里，否则说不清楚了。"

没过多久，张百川找来了一个骑马的人。我坐上马背，在万分愧疚与忐忑不安中离开了那里。

虽然回了家，可我一直惴惴不安。如果老人有个三长两短，我可怎么向老同学交代？万一出了事，是不是要坐牢？我胡思乱想着，可那时候城里电话都还不普及，农村更别提了！

到了第三天，我终于接到了张百川的电话，他声音低沉地告诉我，他爷爷在我离开他家后不一会儿就去世了，现在丧事已经办完了。这事除了他媳妇，任何人都不知道详情。他安慰我："这事不怪你，是爷爷的命。"我不知说什么好，感动之余带着哭音说："老同学，我太对不起你了！要打要骂随你了。"

电话那头迟疑了片刻，有点为难地说了他的要求："本来借你三千块钱准备买辆二手车拉货，没承想出了这事。花了一半给爷爷办丧事，现在钱又不够了。你能不能再替我张罗两千块？"

我一听，连连说好办。其实我哪有钱？但因为他爷爷的事，我非常愧疚，觉得对不起人家。我跟父母说了这事，弄来两千块，把钱给张百川汇了过去。

这以后，我再也没有接到张百川的电话。因为愧疚，我也没再联系过他。就这样，我俩断了往来。

时间到了十年后的夏天。这一天，我意外接到一个电话，电话那头告诉了我一个万分吃惊的消息：她是张百川的媳妇赵秀，张百川去世了，明天举行葬礼，问我能不能去。吃惊之余，我赶忙答应下来，第二天就坐车去了张百川的家。

到了村里一看，张百川的家大变样了，原先的土坯房如今盖成了红砖大瓦房。一群神情肃穆的人围在院子里，窃窃私语，好像有什么事不能明说。这么多人，我也不好追问老同学究竟出了啥事。

接下来，在村民们神色异常的互相议论中，我才得知他死亡的真实原因：这几年，张百川拉货的生意挺红火，小日子过得一年比一年强。但他以前开大货车往北部草原上送货，每次空车返回，他都要顺

手“牵”两只牧民散放在草原上的羊，扔上车去。草原上的牛羊都是散放的，数量都是上千只一群，牧羊人有时也照看不过来。

这次，张百川空车返回时，没发现羊，却见有头驴在公路边悠闲地吃草。张百川把车停下，看四外无人,就和副手过去用绳子套住驴,费了一番力气弄上车去,拉了回来。到家卸驴时，这头驴死活不下车，张百川挺生气，捡了根木棍跳上车厢，狠狠打了这头驴几棍。驴脾气上来了，一双后蹄尥开了蹶子，猛地一下子踢在张百川肚子上，当时人就不行了，送到医院人也没抢救过来！

张百川以这种方式结束了人生。我很伤感，要知道他才三十一岁！

正安慰赵秀时，一个老人蹒跚着挤到我面前，一把拉住我的手，哭着说：“我孙子这岁数，唉，咋不让我替他死呢！”我定睛一看，吓得几乎跌坐在地，这人竟是张百川的爷爷。要不是人多，我可能会大叫起来，这究竟是怎么回事？

安葬完死者，已经是下午了。赵秀看我神色不对，问道：“怎么了？你不舒服？”我摇摇头，说：“这怎么可能呢！”她显然误会了我的意思，说：“是呀，谁也没想到他是个短命鬼，丢下我和两个女儿，加上一个快八十岁的老人，今后这日子可怎么过！”她抹了把泪,随后又说,“天晚了，你就在这儿住一宿吧，陪百川的爷爷说说话。这些年，爷爷一直在念叨你，要感谢你治好了他的病！”

我如坠云里雾里，为了弄清这一切留了下来。

一宿之后，我才从老人口中知道他要感谢我的原因。那天我走后，老人没有死，而是忽然要上厕所。家人给他一个便桶，老人竟排出半桶蠕动着的绦虫。后来去乡卫生所，经过打针输液，身体竟一天天好了起来，再也不用吃止痛片了。

做梦也没想到,因为我的失误,反而帮老人打下了肚里的虫子，让他恢复了健康！

而这一切，张百川竟瞒了我这么多年，就为了不还我钱。

直到第二天临走，我只字未提自己被骗的事。没有必要再去责怪一个已经死去的人了，虽然这个人在活着时，骗了一个曾经那么相信他的人。

（**发稿编辑**：陶云韫）

（**题图**：佐　夫）

宛西第一刀

□陈志国

民国年间，南阳府涅阳城南门外剃头师傅老常，手艺非常了得，上至政府官员，下至土匪司令，甚至后来侵入南阳的日寇大佐，都会特意找他理发。老常身份见涨，就把剃头的价钱也涨了，别家剃一次头就几个铜板，老常笃定要一块银圆。他还花重金请人做了一块金字招牌，上面赫然题着——“宛西第一刀”。不料招牌一挂出去，老常就摊上了事儿！

这天下雪，老常忽听有人在铺子外大声念道：“苑西第一刀！”原来是一个叫花子般的疤瘌脸汉子念错了字。老常揶揄说：“那是个‘宛’字，宛城的‘宛’！”

疤瘌脸没有理会老常，嘴里嘟囔着：“管他什么‘碗’，反正看着不顺眼！”说着，他两眼仍旧盯着金字招牌，好像在琢磨能不能从上面刮下金子来。老常不耐烦地吼道：“来捣蛋的吧！滚，到别处找乐子去！”

不料汉子说自己要剃头，见识见识“宛西第一刀”。老常一听就乐了：以往进店的顾客大都是有头有脸的人物，再看这疤瘌脸，穿一件没有扣子的破棉袄，用一根草绳束着腰，能是正儿八经的主顾？老常抢白道：“省省吧，你能掏出一

块钢洋吗？”哪想汉子说话特硬气：“别说一块钢洋，就是十块‘袁大头’，爷们能眨巴眼皮子吗？”说着，他一头扎进店里。咳，瓜子里嗑出个臭虫——啥人（仁）儿啊！

老常与汉子的争执，惊动了左邻右舍，不一会儿就围过来一些看热闹的闲人。反正雪天生意清淡，老常就权当解闷儿，系上围裙陪汉子寻开心。他先给汉子出难题：“杀猪杀尾巴，一人一杀法。你是文剃呀还是武剃？”

咦，剃头咋能与杀猪相比？

见汉子一脸茫然，老常解释说，文剃是用一把刀子剃，武剃是用两把刀子剃。汉子又是一头雾水，老常更加得意地解释，所谓文剃，就是用一把刀子慢条斯理地剃，还要施展自己“刀锋洗眼”“刀把掏耳”的绝技，再加上敲打推拿、揉捏按摩等绝活，使顾客达到飘飘欲仙的境地。说起武剃，那就简单多了，两把剃刀上下翻飞，轮番从头皮上划过，大约一刻多钟就完事了。

疤瘌脸眼珠子一转，说自己是个粗人，不啰嗦讲究，就用武剃！

“好嘞！”老常胡乱给汉子洗罢头，随即亮出两把锋利的剃刀。他先闭目养神片刻，然后突然用左手捏住汉子的头皮，疼得汉子咧了咧嘴巴。老常喝道：“别动，刀落在头上可是要见红的！”说着，他右手操着两把刀子就开始武剃。一只手如何使唤两把剃刀？看，老常先将一把剃刀“嗖”地抛起，手持另一把剃刀在汉子头上“刺啦”就是一刀；接着一甩手，又把剃刀抛起，恰好原先的那把剃刀已被老常稳稳接着，“刺啦”又是一刀。就这样，两把剃刀在空中轮番飞舞，在老常手中交替“刺啦”，整套动作流畅自如，引得一片喝彩。待到最后“收官”之时，老常索性放开捏头皮的左手，用力把剃刀抛得更高，冷不防转身来了个漂亮的“胡旋舞”，然后准确无误地接过刚好落下的剃刀，“刺啦”刮掉了汉子头上最后一缕头发！看热闹的人们爆发出阵阵叫好声。

剃完之后，老常发觉糟了：疤瘌脸咋躺着一动不动？他慌忙俯下身去，掐住汉子的人中连呼：“伙计伙计，醒醒！”不料疤瘌脸悠然地坐起，连呼：“舒服舒服，我都梦游去见太上老君啦！”

完事儿之后，当然要付剃头钱，汉子开始在自己的破棉袄里摸索着。老常鄙夷地摆摆手：“算啦，别装模作样了，权当爷们得空露一手，让你开开眼！”

疤瘌脸立马支棱起三角眼:“咋,你当我是来‘混头’的?我告诉你,十块‘袁大头’,一个子儿也不少，你要也得要，不要也得要！不过，咱们也得说道说道，今儿个你剃头分文剃和武剃，我掏钱也得分出文掏和武掏！”

老常眯着眼问:“这文掏咋说?武掏咋讲?”

汉子摸出十块叮当作响的“袁大头”，一边把玩一边告诉老常，所谓文掏，就是要老常摘下“宛西第一刀”的招牌，他不配这名号，甭让人瞧着膈应窝火；所谓武掏，就是只要老常受几分钟委屈，十块钢洋全归他。

嘿,难不成这汉子是来挑战“宛西第一刀”的称号的?莫非他另有剃头绝招?老常不以为意地说：“好，也让俺见识一下你的功夫，就来个武掏吧！”

疤瘌脸一声呼哨，门外走进来两个彪形大汉。他解下腰间的草绳扔给同伙：“今儿个天冷，这位师傅想陪爷们练练，门外伺候着！”

两个大汉架起老常来到门外，把他用草绳结结实实地捆在拴马桩上。人们像看猴戏那样，围了个里三层外三层。老常不知汉子葫芦里卖啥药，但一想到顷刻之间就能得十块钢洋，他甚至有点得意地要求:“兄弟，大冷天的，放麻利点儿，好早点完事儿！”

疤瘌脸微微一笑，先掏出两块钢洋，凑到老常脸前一晃。突然，两块钢洋落地，老常只觉得两道眉骨一凉，他的两道浓眉被刮掉了！有人惊呼：“天哪，根本就没见汉子亮出刀子，老常的眉毛眨眼间可就没啦！”老常也嚷起来：“谁让你刮俺眉毛！”疤瘌脸平淡地说：“俺刮你两道眉，是要告诉你，休得目空一切，狗眼看人低——两块钢洋归你啦！”

老常继续嚷着：“剩下的钢洋哩？”疤瘌脸答应一声：“来啦，爷们再送你三块！”接着，他甩掉破棉袄，露出腰间的一圈儿飞镖。只见他扎好弓步，左手叉腰，右手拔出三支飞镖，依次抛向空中。三支飞镖像三只蝴蝶在空中飞舞，汉子如杂技演员那样，用一只手不停地抛刀、接刀，整个动作如行云流水，收放自如。突然，他把三块钢洋撒向空中，只听“当当当”三声响，三块钢洋应声落地，三支飞镖也“噗噗噗”地戳在老常脚边。

老常大惊失色,杀猪似的号叫:“好汉爷呀，您这是在玩命啊！我答应现在就摘下招牌！”汉子叫道:

“好啊，我来帮你！”说着，他两手一甩，两支飞镖“嗖嗖”飞出，正中固定招牌的两根绳索。只听“哗啦”一声，招牌掉在地上，众人一阵喝彩。老常见招牌落地，自己悬着的心也随之落地，他再次哀求：“爷们呐，快放了我吧！”

疤瘌脸又是微微一笑：“大丈夫一言，驷马难追！十块钢洋还差你五块，俺全部奉还！”说着，他把剩下的五块钢洋码成一摞，端放在老常的头顶上，然后退到十步开外，又亮出一支寒光闪闪的飞镖。

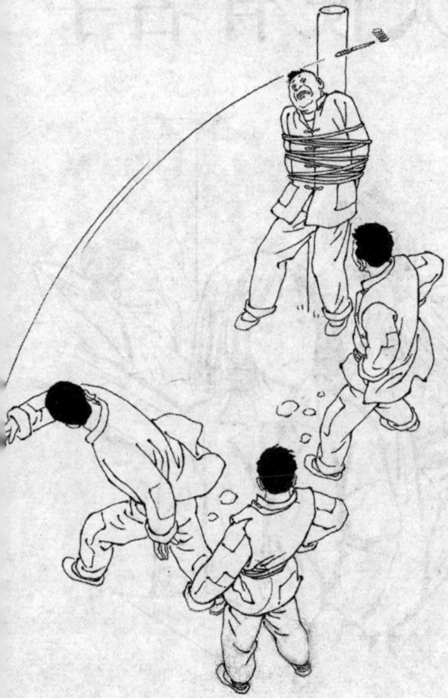

老常早已吓得魂飞天外，不住地哀声求饶。疤瘌脸转身对大伙儿说：“俺这样做，也是为了让师傅长长记性，记住要当一个堂堂正正的中国人！”说着，他模仿老常剃最后一刀的架势，也忽地转身来了一个胡旋舞，只听他“呀嗨”一声，随手飞出了最后一镖。飞镖贴着老常的头皮“嗖”地掠过，五块钢洋全部落在雪地上。围观的人们立时掌声四起：真是山外有山、天外有天，这才是真正的“宛西第一刀”啊！

疤瘌脸与同伙走后，邻居们搀着半死不活的老常回到铺子里。有人告诉老常，那疤瘌脸叫刘宝彬，是伏牛山绿林队伍中的“总瓢把子”，他脸上的疤瘌是日本鬼子给留下的。

看热闹的人们纷纷散去，凌乱的脚步踏在那块金字招牌上。这时才有人看清，招牌上“宛西第一刀”这行字的下方，还有一行小字：“大日本涅阳驻屯军司令龟田大佐书”。

有好心的邻居从雪地上捡回十块钢洋交给老常，老常这才想起来：为了龟田写的这几个字，他整整花了十块“袁大头”呀！

（发稿编辑：丁娴瑶）

（题图、插图：刘为民）

陪嫁难题

易安和男朋友刘家铭快谈婚论嫁了，可从未带他见过家人。每次刘家铭提起，易安都故意推托。这天，刘家铭开玩笑地说：“你再不带我回家，我可自己去了！”易安知道不可能永远回避，便答应了。

就这样，刘家铭第一次来到了易安家。易安家在一个老旧的小区里，居住环境很一般，家里收拾得非常整洁，就是寒酸了些，只有一些旧家电。

易安的爸爸去世十多年了，妈妈林晚秋是个小学教师。见女儿带男朋友回来，林晚秋很高兴。她跟刘家铭寒暄两句，就出门买菜了。

这时，一个五六岁的女孩从房里跑出来，叫易安“姐姐”。她看着很机灵，只是嘴唇上方有一道明显的疤痕，嘴型也有些错位，一说话那疤痕就跟着扭动，有些吓人。

还没等刘家铭反应过来，易安就说：“糖糖，自己回房间玩！”女孩走后，易安解释：“糖糖是我妈捡来的，天生重度唇腭裂，这几年做修复手术，已经把家里的积蓄折腾光了，以后还得做正颌手术、整形手术……我妈每个月发了工资，第一件事就是去超市买打折的挂面，那就是我们家的主食……”

刘家铭这才明白，易安心底竟有着这么深的自卑感。他牵起易

如果天使有名字

□高伸武

安的手，坚定地说：“你要相信我，你能面对的，我都能面对。”

不久，两人便把婚礼提上了日程。双方家长见面时，刘家铭的妈妈提出，让林晚秋给易安陪嫁一辆十几万的车。林晚秋面露难色，正要开口，易安抢先说：“阿姨，您放心，我妈早就给我准备好了！”林晚秋默默看了易安一眼，没有说话，这一切都被刘家铭看在眼里。

节外生枝

林晚秋一个月工资只有几千块钱，糖糖还需要那么大的花费，易安的车钱从哪来？回家后，林晚秋表示一下子拿不出那么多钱，但可以给易安三万块钱，先付个首付，分期买辆车。易安不同意：“我说的是陪嫁一辆车，我们自己分期买算怎么回事？谁家嫁女儿不得有陪嫁？我倒好，一进门就带着贷款，以后在婆家怎么抬得起头？”

林晚秋惭愧地说：“是妈对不住你，可家里真没那么多钱……”

易安听了这话，掰着指头算账：“怎么没有？你这两年的工资不都攒着吗？买辆车肯定够的啊！”

“那些钱是给糖糖做手术的，我已经和医院预约好时间了……”

易安烦躁起来，说：“什么都是糖糖的！如果你没有把她捡回来，我们本可以过得很好……”

两人争执间，糖糖正扒开一条门缝偷看，听姐姐这么嫌弃自己，顿时哭了。林晚秋急忙走过去把糖糖揽在怀里，气道：“易安，你怎么这么自私？你小时候生病，妈妈不也是到处借钱给你治好了吗？”

“我自私？你把她捡回来时我才上高三。大学四年，生活费都是我自己挣的！别的女孩都买漂亮衣服，只有我，大学里还穿着高中校服。你要做大善人，为什么要我一起牺牲？这对我公平吗？我和糖糖，到底谁才是你亲生的？”

林晚秋不由得落下泪来。糖糖见妈妈和姐姐都在哭，吓得茫然无措，紧紧贴在林晚秋怀里。易安见妈妈流泪，原本有些后悔，可一看糖糖“霸占”着妈妈，就气不打一处来。“车是一定要买的，从今天开始我就先住在公司宿舍，一天不买车，我就一天不回这个家！”易安放了狠话，当晚就搬出了家。

刘家铭很快知道了这事，他正色说：“那次我妈提出来时，你抢先答应就不妥，现在又因为这件事赌气，太不应该了！”

易安委屈地说：“我妈收养糖

糖就是给自己找了个大麻烦！是，当年糖糖被遗弃时下着雪，我妈不捡回来她就得冻死，可为什么不送去孤儿院呢？再说我坚持要辆车当陪嫁，也是为了在你家有点底气。”

“我能搞定我妈，也没人会小看你。晚秋阿姨和糖糖是你的亲人，你这么任性，会后悔的。”

在刘家铭的劝说下，易安答应搬回去。刘家铭将易安送到她家楼下，只见那里摆满了她家的家具家电。易安忙问搬东西的人是怎么回事，这才知道林晚秋把房子卖了！

易安赶紧跑上楼，在楼梯间堵住了正扛着一大包衣物下楼的林晚秋，怒声问道：“你卖房子了？”

林晚秋说：“老房子不值钱，但加上家里的存款，刚好够你和糖糖用的。现在好了，你结婚陪嫁的车能买了，糖糖的手术也不耽误，妈能想到的只有这个办法了！”

易安急了，说：“你把房子卖了，以后你们住哪儿？”

“我在一楼买了个储物间，收拾收拾就能住。”林晚秋说着要下楼，被易安拦住了。易安坚决不同意：“储物间一年到头不见天日，怎么能住人？我不同意卖房子！”

“已经签了合同，你不同意也晚了！”林晚秋侧身从易安身边挤过去，不料还没下两级台阶，突然一脚踩空，连人带肩上的大包一起滚了下去。易安惊慌失措，扑过去想扶林晚秋。林晚秋闭着眼睛，一动不动，后脑勺慢慢渗出殷红的血液，易安整个人都呆住了。

刘家铭立刻叫了救护车，将林晚秋送到了医院。林晚秋在手术室抢救，易安跟着刘家铭来回跑着拿各种化验单，待她看到林晚秋的血型时，突然怔住了。刘家铭问她怎么了，易安把林晚秋的血液检测报告递给刘家铭，疑惑地说：“以前我跟着爸爸去献过血，我记得他是A型血，我妈是AB型血，可我是O型血啊！”

易安意识到，自己可能和糖糖一样，都不是林晚秋亲生的！可她明明看过妈妈怀孕时拍的照片啊，家里的相册里还保存着她的医学出生证明……这到底是怎么回事？

暖心真相

林晚秋经过抢救，顺利度过危险期，但一时半会儿还醒不过来，刘家铭、易安和糖糖都守在病床前。

这天，易安的大姨闻讯赶来了，见妹妹躲过一劫，不由得眼圈发红，说：“一定会没事的……”

易安把大姨叫到走廊里，问自己到底是不是林晚秋的女儿。大姨对易安最近的表现有些不满，没好气地说："你不是她女儿，她会卖房子给你买车当陪嫁吗？"

易安羞愧地说："大姨，我知道错了，你别生我的气了。你告诉我，我到底是不是妈妈亲生的？"

大姨这才说出真相：林晚秋确实怀过孕，但肚子里的孩子并不是易安，那个可怜的孩子没能活过一个星期就夭折了。林晚秋备受打击，日夜流泪。有天半夜，她突然听到门口有孩子在哭，开门一看，地上有一个刚出生不久的女婴。

"肯定是有人知道晚秋的孩子没了，才专门放在她家门口的。那个女婴有先天性心脏病，晚秋说要是把孩子送到孤儿院，没有妈妈照顾，她可能就长不大了。我妹夫也是老实善良，就把女婴留下了。"

"我就是那个女婴？"

大姨点点头，说："你妈可是拿你当亲生女儿对待的，后来为了给你治病，不但花光了家里的钱，还找我借了不少呢！大家都说她傻，花那么多钱给别人的孩子治病，还不如自己再生一个呢！"

易安想起自己说糖糖的话，羞愧不已。不知什么时候，刘家铭已经站在了她身后。易安转身把头埋在刘家铭的怀里，泪水汹涌而出。

那晚林晚秋终于醒了，易安和糖糖紧紧攥着她的手，不停地叫着"妈妈"。林晚秋看着姐妹俩，苍白的脸上浮现出一丝满足的笑意。

一周后，林晚秋要出院了。这期间，刘家铭和买房子的人谈妥了，补偿他们一部分违约金，把林晚秋的房子保住了。

大姨在病房里一边帮着收拾东西，一边给糖糖讲故事："小孩子出生之前都住在云朵里，伸着小脑袋往下看，他们在看什么呀？原来是选择要出生的家庭！每个小孩子出生时，上天都会派一个守护天使照顾他们，因为大家不知道天使叫什么名字，所以统一叫妈妈……"

糖糖打断大姨，认真地说："我知道天使叫什么名字！如果天使有名字，她一定叫林晚秋！"

糖糖的话让大家都大笑起来，易安也笑了，笑过之后又觉得很感动。她想，妈妈没有选择更聪明、更健康的孩子，而是选择了自己和糖糖，她简直是所有守护天使里最美丽、最善良的一个！

（**发稿编辑**：曹晴雯）

（**题图**：豆　薇）

学会轻声教育

刘宗周在绍兴办了证人书院，来的学子很多，其中有后来的史学家黄宗羲。

学习时，黄宗羲发现一个现象：同学表现不管好坏，刘宗周都会在课后把对方叫到自己屋里，关上门，小声地表扬，或指出对方的不足。

等黄宗羲学成，他问刘宗周：“老师，为何不当着大家的面，指出别人的优缺点？为什么要把人叫到隐蔽处，小声地说呢？”

刘宗周说：“从前有个叫黄喜的相国，微服出访。他路过一片农田，坐下来休息时，见一个农夫驾着两头牛正在耕地，就问农夫哪头牛更勤快，农夫没有回答。等农夫看见牛走远吃草去了，才悄悄来到黄喜身旁，压低声音说，那头黄牛更勤快一些。黄喜很奇怪，问，为什么要远离两头牛、压低声音评价它们？农夫说，两头牛会从人的手势和表情中判断人对自己的评价，这会让被批评的牛自卑，让被表扬的牛骄傲。”

黄宗羲明白了老师的用意。

有一种教育方式，是俯下身子，轻声说出对方的优点与不足。

（**作者**：任万杰；**推荐者**：白丁儒）

自己有把伞

我十一岁那年，父亲意外离世。母亲悲痛欲绝时，外婆来了：“你们娘几个跟我回去。”

就这样，我们一家四口来到了外婆家。每天，外婆都会为我们做可口的饭菜，衣食无忧。

这样的日子没有持续多久。记得那天天还没亮，母亲轻声叫醒我们姊妹几个，背上提前整理好的行李，悄悄地回到了我们穷困的家里。父亲是个榨油匠，母亲把父亲生前留下来的榨油机器清理了一下，油坊重新开张了。

一年四季，母亲独自默默地辛苦工作，支撑着这个贫困的家。

一天，母亲终于支撑不住，

累倒在油坊里。邻居发现后，叫来大夫为她打了点滴。看到母亲操劳的样子，我们姊妹三个趴到病床前号啕大哭。我说：“娘，我不想上学了，我替您在家做家务。”

母亲摸着我的头说：“好孩子，娘希望你们能继续读书，做有文化的人，不然我对不起你们的爹。”

我小心翼翼地问母亲：“外婆家条件好，您何必跑回来吃苦受罪？”

母亲慢慢坐起来，摸摸我们姊妹三个的头，说：“孩子，你们要永远记得，别人的屋檐再大，也不如自己有把伞啊！”

（**作者**：郜爱巧；**推荐者**：落花雨）

『虚拟车祸』警示牌

近几年，巴黎每年都有约4500人因闯红灯而导致意外。法国道路安全局打算请人设计这样一块警示牌：既能警醒闯红灯者，又能发挥良好的宣传作用。

朱斯蒂娜是一名创意设计师，她接下了这个重要的任务。朱斯蒂娜想：闯红灯，驱动力是省时。那么，怎么阻止这一行为的发生呢？不外乎两个方面：一是减少行为动力，二是增加行为阻力。

此前，朱斯蒂娜看过一些交通部门用高清车祸照片来揭示乱穿马路的危害。这样的照片虽然有效，但对孩子而言，太血腥了。

朱斯蒂娜开动脑筋，经过努力，她设计出一款“虚拟车祸”警示牌。

这个警示牌是一个智能的互动显示屏，上面安装了运动探测仪、扬声器和相机。当有行人闯红灯时，警示牌就会发出高分贝的刺耳刹车声。当闯红灯者惊慌失措时，警示牌会捕捉下他们狼狈的模样，立即放大，显示在大屏幕上，生成即时宣传“海报”。“海报”还搭配了警示语：“别考验生死！看清信号灯，安全通过才是上策。”

不得不说，这个“虚拟车祸”警示牌的效果非常显著。那些因为闯红灯被拍照的人，都庆幸那只是音效而不是真的发生意外。

经历过这样的“虚拟车祸”之后，绝大多数闯红灯者都表示：“不敢再冒险了。万一是真的车祸，我的脸就不是出现在街头海报上，而是出现在殡仪馆的黑白相片里了。”

（**作者**：宝　谷；**推荐者**：田龙华）

（**本栏插图**：陆小弟）

遗嘱谜题

□ 谢天海

民国的时候，天津有一位书画大家，名叫郭陆以。他画风隽永，文人气十足。到了晚年，郭陆以已经非常有名气了，哪怕随手画的一幅小画、写的一封书简，都能卖出很高的价钱，因此生活非常富裕。

郭陆以有三个儿子，分别叫铭心、铭意和铭智。他很注重孩子的教育，把三个儿子都培养成了很有学问的人。郭陆以虽然是书画泰斗，为人却并不古板，他喜欢制作一些雅致的谜题和别人开开玩笑，就连和自己的儿子们，也经常玩一些文字游戏。

郭陆以活到九十岁安然去世，临终前没留下任何话。待老人入土为安之后，有一天，老人的三个儿子突然接到著名律师陈平仲的口信，让他们来自己家，谈谈老人遗嘱的事情。

三个儿子来到陈府，陈平仲拿出老人的遗嘱，遗嘱把家中房产和财物分给三个人，分得很公道。然后，陈平仲对三个人说道："令尊生前在我这里留了几件东西，让我在他去世后交给你们，也算给你们留下个念想。"

三个人从来没听父亲提过这事，觉得很意外。陈平仲先将一柄白色的象牙折扇递给了老大郭铭心。郭铭心是著名书法家，他打开

扇子一看，上面写了“塞雨浥尘”四个字，知道这出自唐朝王维的《渭城曲》“渭城朝雨浥轻尘”一句。父亲年轻时曾在咸阳住过很长一段时间，郭铭心也是在那里出生的。他把扇子拿在手中玩赏着，心里有一种说不出的滋味。

接下来，陈平仲拿起一个盒子递给老二郭铭意。郭铭意打开盒子一看，里面是一个郎窑的双连葫芦瓶，两个瓶子连在一起，难得的是瓶子的颜色，一个是上黄下黑，另一个是上黑下黄，看上去浑然天成。郭铭意喜欢瓷器，收藏瓷器也有几十年了，知道烧出这样的颜色，需要极大的技巧和耐心。他拿着瓶子，爱不释手。

陈平仲将第三样东西递给老三郭铭智。这是一轴画，郭铭智打开一看，是父亲亲笔画的工笔双鹿图，画上一对梅花鹿在古松下面嬉戏。最绝的是，两头鹿的旁边画着两只黄莺，一只落在左边鹿旁边的枝头，另一只落在右边鹿的角上，意韵天成，栩栩如生。郭铭智是绘画鉴定的大行家，一看就知道这是父亲近期的作品。工笔画比写意画更耗心神，父亲如此高龄，画出这么细致的工笔画，显然是费了一番功夫。

三个人注意到桌子上还放着一个盒子，上面带着密码锁。郭铭心问陈平仲：“陈先生，这里面是什么东西，是给谁的？”

陈平仲答道：“令尊没有说。”

郭铭意问道：“那他留下密码了吗？”

陈平仲摇摇头：“没有。他说让你们自己动动脑子，你们知道老头的脾气。”

三个人拿起盒子看了又看。这就是一个普通的紫檀木盒子，密码是四位数。

“咱们试试吧，多试几次没准就打开了。”郭铭智建议说。

“不行不行。”陈平仲微笑道，“令尊说了，这个密码锁最多只能试三次，然后锁就失效了，再也打不开了。”

三个人把盒子放回桌上，分别坐在桌子的一边，思考着。过了一会儿，三个人不约而同地笑了起来。

“我知道密码是什么了！”三个人异口同声地说道，“就在父亲给我们的礼物里。”

老大郭铭心笑着对两个弟弟说：“真没想到，九十岁的老人还是童心未泯，和咱们玩这种孩子的游戏。那咱们就像小时候一样，分别把密码写在手上，然后对一下，再讲讲为什么是这个密码，好不好？”

“好啊！”

三个人分别拿出笔来，在手心上写下数字，留神不让别人看到。三个人虽然都已五六十岁，但此时此刻，他们就像三个在认真考试的小学生一样。

写完之后，三个人把左手凑在一起，同时展开，手上写的都是“5335”四个数字。他们不由得哈哈大笑起来。

陈平仲有些摸不着头脑，问道：“为什么是这四个数啊？”

“我先说吧。”郭铭心打开扇子，指着上面的四个字，“‘塞雨涅尘’，分别代表土字底、雨字头、三点水、土字底，对应五行金木水火土的第三位和第五位，换成数字，就是5335了。”

“到我了。”郭铭意接口说道，“我这个双连瓶也是一样。五行对应五色，白青黑红黄，土为黄，水为黑，因此也是5335。”

郭铭智接着说道：“我这幅画上画的是双鸟加双鹿。鸟代表羽毛，也就是羽，而鹿代表角，对应五音宫商角徵羽中的‘羽’和‘角’，所以也是5335。”

三个人把密码锁调到5335上，盒子果然打开了。

陈平仲在一旁称赞道：“三位才智过人，老朽佩服。”

三个人打开盒子一看，里面有一张巨额支票，支票上签着郭陆以的名字，收款人写的是一家儿童基金会的名字。看来，郭陆以是要把这笔钱捐给儿童。

郭铭心不由得感叹道：“心存大义，不拘小节，我们要向父亲学的，还有很多啊！”

（发稿编辑：吕　佳）

（题图、插图：张恩卫）

做饭厨娘

□ 乔文革

那一年，靳家村靳老根家的老四讨了一个巧媳妇，名叫春花。春花模样俏丽，手脚麻利，可嫁到靳家后却成了众矢之“的”——老大、老二、老三媳妇总是针对她，弄一些弯弯绕绕，想着让她在公公婆婆面前出丑。

要说原因嘛，很简单，春花做的饭太好吃了。靳老根夫妇俩吃过她做的饭后，总是不停地夸她心灵手巧、聪明能干，把她仨嫂子的风头全压下去了。

这天，春花刚蒸好一锅米饭，忽然想起猪圈里的猪还没有喂食，于是她便慌慌忙忙地离开了厨房。

老大媳妇瞅准时机，从水缸里舀了一瓢水，倒入锅里。这下，蒸好的米饭变得饭不是饭，汤不是汤了。然后，她招手叫来老二、老三媳妇，给她们说了自己做的坏事。三人就凑到一块儿，心里憋着笑，伸长脖子准备看春花的笑话。

春花回来，看到米饭泡了水，眉头皱了皱，赶紧用勺子把水往外舀。看着不管用，她想了想转身进了自己住的房间，在神像前站了一会儿。她回到厨房后，在灶里添了一把火。

等到春花端上米饭后，公公吃了一口，就不住地点头：“这米饭圆润、清香。”婆婆吃了一口，也夸道：“嗯，好吃，软甜、可口。”

老大、老二、老三媳妇不相信自己的耳朵，各自端起了碗，果然觉得米饭比往日的还要好吃。三人像张飞瞅针眼，都瞪大了眼睛。

这是怎么回事？

第二天，老二媳妇偷偷地把家里的油藏了起来。没有油，看你春花还怎么炒出好菜来！

到春花准备炒菜时，把厨房翻了个底朝天也没找到油。公公婆婆等着吃饭呢，现在去集市上买也来不及了。她眨眼想了想，又转身进了卧室，在神像前弯了弯腰。不一会儿，春花便把一盘凉拌什锦菜和一盘无油煎蛋端上了饭桌。什锦菜入味、爽口，公公夹了一筷又一筷。更绝的是那盘无油煎鸡蛋，软糯可口，色香味俱全，婆婆配着米饭吃，还多添了一碗饭。

得，老二媳妇的“阴谋”也落空了！

说起来，这妯娌仨就数老三媳妇最坏。她一边数落着俩嫂子的蠢笨，一边肚子里憋着坏主意呢！

这天，老三媳妇闻着香味走进厨房，发现是春花炖着鲜鸡汤。公公婆婆年纪大了，不爱喝太油腻的，春花特意把浮着的一层鸡油撇了出去。哪想老三媳妇趁她不注意，挖了一坨猪油化进了汤里。

开饭时，妯娌仨等着看春花的笑话，却见春花一揭开锅盖，鸡汤香味扑鼻而来，汤色看着一点都不油。公公婆婆各盛了一碗喝，连连称赞，汤鲜味美，唇齿留香。

妯娌仨凑在一起又嘀咕开了，她们三次使坏，次次落空，难道老四有神助？

“老四媳妇人长得漂亮，我看她八成是狐狸精转世！”老三媳妇说。

“什么狐狸精转世！你们发现没有，只要咱们一使坏，老四媳妇都要拜她屋内的神像，肯定是那神像保佑的她！”老二媳妇说。

“我也老见她一有事就在神像前转悠！”老大媳妇附和道。

这么一想，妯娌仨心有忌惮了，她们怕得罪神灵，便收敛起来，不敢使坏了。

就这样过了一阵太平日子。一天中午，春花听到老三屋里传来摔盘子打碗的声音，还有老三媳妇“嘤嘤”的哭声。春花赶紧过去劝架，老三媳妇委屈地说：“他想吃菜饭，

我就给他做了，可不小心放了两次盐，饭咸了点，他脾气就上来了，说我故意不让他吃饭！”

听了这话，老三火气更大了：“分明是我先前跟你拌了几句嘴，你故意整我吧！放这么多盐，想齁死老子！”

春花忙说：“不就是多放了盐吗？看我施展‘神力’，给你们变回来。”她说着，独自端起饭来到厨房，东瞅瞅，西看看，终于发现墙根处放着几个土豆。她把土豆削皮、切片，放进饭里，等加热好了，再把土豆挑了出去。

“现在看看，还咸不咸？”春花端出菜饭，对老三说。

“还真神了，饭味正合口，比原先的饭还香哩。”

“四妹，这又是你家神像显灵了吧？若不是神灵护佑，今天老三非把我打死不可！”老三媳妇拽住春花的手，“走，我得去给神像上炷香！”

“世上哪有什么神仙？”春花笑了，“我不过是在饭里放了几片土豆，土豆能吸出饭里的盐分，所以饭就不怎么咸了。”

“啥？不是神仙保佑？以前我和老大、老二媳妇对你使坏，我们见你进屋拜过神像后，都能化险为夷，以为是神像在庇护你呢！”

“拜神像？”春花愣了愣，笑了，“原来是那事……嫂子，你们误会啦！其实我那神像下有一个抽屉，我在抽屉里存放了一些做饭用的‘特殊’材料，比如馍干，蒸米饭时水放多了，可以用馍干吸去多余的水；还有紫菜，遇上汤里多油，把紫菜烤一下，可以放进汤里吸油；还有，遇到没油时，用水炒鸡蛋，也是又嫩又香……每当出‘乱子’的时候，我哪是拜神呢，我是在找东西呀！”

（发稿编辑：丁娴瑶）

（题图、插图：刘为民）

『电子借条』管用吗

□李　锦

大明和王某相识于生意场，关系算不上铁，但也不错，隔三差五会在网上聊聊天。

一次，王某以生意资金周转不灵为由，向大明借款两万元，承诺一个月内还清。这笔钱对大明来讲，不算太多，大明直接微信转账给了王某两万元。

一个月没到，王某又说："大明，最近生意实在是不好做，能不能再借我三万元，一个月后与上次的借款一起还。"

虽说是朋友，但两个人毕竟算不上深交，再借三万元，大明有些犹豫了。

王某见大明不肯借钱，说了很多好话，并保证会如期还款，否则天打雷劈。大明耳根子软，又借给了他三万元。

一眨眼，三个月过去了，大明觉得情况有些不对，他等不下去了，向王某讨要欠款。

每一次，王某都像挤牙膏一般，先还个几百元敷衍一下。断断续续一年多，大明只要回四万元。

最后一万元，无论大明如何讨要，王某却是百般推托，每次都有新的借口。

见王某想要赖，大明萌生了让他打欠条的念头。

因为两人不在一个城市，大明左思右想后，便用“腾讯电子签”中“小借条”功能，向王某开具了一份电子借条，要求他一年后必须得还款，并注明了双方的身份信息、借款事由、借款金额、利率、还款方式等。

这次王某倒是爽快，根据上面的要求，签了电子借条。

一年后，王某依旧没有按约定还款。

大明用电子借条催要欠款，王某却说：“电子借条无效的，又不是我本人签的名！”

大明十分生气，无奈之下，把王某告上了法院，并提交了电子借条、微信聊天记录、转账凭证等一系列证据。

承办法官在审理中，对微信“电子借条”进行了详细研究，最后认为，大明、王某使用“腾讯电子签”开具的电子借条，系经过人脸核实确认身份真实后，在线上签署的借条。签署完成的借条，也使用了区块链存证技术确保其不可篡改。整个流程符合法规要求，具有法律效力，故判令王某按借条要求向大明还款。

王某很是不服，他认为仅凭微信聊天记录和电子借条，无法证明借钱人的身份，依旧不愿还款，进行了上诉。

二审维持原判。

王某无法再赖账，只好乖乖地把钱还给了大明。

律师点评：

本故事涉及的一个法律问题，即电子借条的法律效力。

根据法律规定，可靠的电子签名与手写签名或盖章具有同等法律效力。

当事人订立合同，以电子数据交换、电子邮件等方式，视为书面形式。任何一方均不得仅因采取电子签名而否定法律效力。

故事中，大明和王某之间签约电子借条，根据其反映事实和内容完全具备相应法定有效要件。

（**发稿编辑**：陶云韫）

（**题图**：张恩卫）

2023年1月（下）动感地带答案

神探夏洛克答案：真正的滑雪客因为风吹日晒，脸上的肤色都比较深而且很粗糙。但杀手因为贴了几天的大胡子，皮肤明显发白泛红。

思维风暴答案：不需要调整角度很容易就可以盖严。

虎伥

□ 大刀红

归州异事

楚直道是一个江湖侠士，他生性直率，好打抱不平。一次，他惹下官司，被下了大狱，幸好被湖广巡抚许恪所救。许恪看中楚直道的为人，将他收在门下，做了一名公差。

前段日子，许恪去归州巡查知府秦百利贪腐一案，楚直道因在外办案，没有随许恪前往。当楚直道回到巡抚衙门，便收到许恪的飞鸽传书，说归州发生了许多怪异的事情，让他火速前往援助。

楚直道接到信，骑上黄骠马就出发了。

要去归州，从凤凰山走是最便捷的。凤凰山上有一条商道，一向行人如织，车马如流。可是，楚直道这次经过，惊讶地发现，原本繁华的商道竟已成了一条杂草丛生的荒道，一路上几乎没有遇见行人。

楚直道单人匹马行至半山腰，终于看到前面有一个年轻人。楚直道招呼道："老弟是去归州吗？"

年轻人闻声，吓了一跳，说："你是什么人？"

楚直道说："我姓楚，名直道，有事前往归州。你叫什么名字，为何驻足不前？"

年轻人打量了楚直道一番，确信他并非恶人，才苦笑着说，他姓王名成，在邻县做生意。今天，他

收到从归州来的书信，说他姨父死了，后天早上出殡，明天天黑前他必须赶到归州。本来他是要乘船的，但货物运价飙涨，客船都去拉货了，没办法，只好独自翻越凤凰山。

楚直道说："翻一座山而已，你怎么还慌里慌张的？"

王成说："楚大哥，你不知道，三年前，这凤凰山来了一群吊睛白额大虎，吃人无数。官家放任不管，这繁华的商道便荒废起来。最近，归州城里也出现了老虎吃人的事情，你说我能不紧张吗？"

"什么，归州城里有老虎吃人？"楚直道心中暗暗惊讶，许大人飞鸽传书，说归州发生了怪异之事，莫非就与此有关？

王成眼含热泪，说："我姨父就是被进城的老虎所伤。"说完，他拿出姨母捎来的书信。书信上说，姨父外出和朋友饮酒，夜半回家，在一条偏僻的巷道，被两只猛虎一前一后拦住。猛虎将姨父活生生地咬死，食其肉，吞其头，只留下残缺不全的尸身……

楚直道听了王成的讲述，说："我年轻时习过武，捕过猛兽，不如我们结伴去归州，一路上也好相互照应。"

王成求之不得，连忙答应了。两人又行了几里路，天色暗了下来。王成说，前面有一个村庄，叫牛家村，他在村里有一个熟人，名叫牛二，今晚可以在他那里歇息。

让王成意想不到的是，三年未到牛家村，村里的屋舍都成了残垣断壁，全村空无一人。楚直道看出王成的尴尬，忙说："我随身带着干粮，只要找个歇息的地方就行。"

两人在牛二家荒废的小屋里找到一张床，王成见床太小，让给楚直道歇息。楚直道摇摇手说："我们江湖中人自有地方歇息，你安睡于此，不要随意走动。"说完，他如同猫一样，爬上屋旁的一棵大树，找到一个树杈，将树枝折断架牢，铺上树叶，便如同鸟巢般安稳……

夜半惊魂

夜半时分，楚直道被黄骠马的嘶鸣声惊醒。他躲在树上，轻轻探头一瞧，吃了一惊。在月光的照耀下，一只硕大的白虎出现在废墟之中。这白虎比平常的老虎大了足有两倍，见了黄骠马，它似乎察觉到周围有危险，并不急于上前，而是谨慎地退入林中。楚直道知道，这是一只异常狡诈的白虎。

过了一会儿，白虎似乎是舍不

得到口的食物，又回到了废墟。只见它张开血盆大口，从口中走出一个小人，那小人遇风变大，变成了一个小伙。小伙匍匐在白虎面前，白虎低吼一声，小伙便吓成一团。白虎恩威并举，用舌头舔了一下小伙的头，又轻吼两声，如同在嘱咐什么。那小伙领了命令，走进王成睡觉的房间。

过了一炷香工夫，仍不见小伙出来。白虎又吼了一声，小伙这才从房中出来，来到白虎面前，对着白虎的耳朵轻声细语，仿佛在解释什么。白虎根本不给他解释的机会，张开血盆大口，将小伙吞了下去。

白虎盯着王成的住处，又张开虎口，这一次，从虎口跳出一个中年男子。中年男子进了王成的屋子，没过一会儿，就拉着王成走出了房门。王成似醒非醒，仿佛吃了迷魂药一般，心甘情愿地跟着中年男子出来。

楚直道心中暗道一声不妙，左手抄弓，右手拿箭，挽弓拉箭，蓄势待发。再说那白虎，眼见王成来到面前，兽性大发，“嗷”的一声，直吼得地动山摇。王成被白虎的叫声吓醒了，转身想逃，却被中年男子拦住，又将他推到白虎面前。危急时刻，楚直道一箭射出，强弓硬弩，箭尖直没入白虎后脑。

白虎虽然被箭射中，却并没倒下。它知道遇见了高人，一爪将王成扫开，准备逃走。楚直道从树上跳下，拔出随身宝剑，拦住白虎的退路。白虎见状，向楚直道扑了过来。楚直道并不硬拼，闪到一边，让白虎扑了个空。几十个回合下来，白虎的动作渐渐迟钝，楚直道看准机会，用剑劈断了虎尾。

那白虎断了虎尾，步伐踉跄，已露怯意。楚直道却越战越勇，他猛然跃起，剑如闪电，直插入白虎头中。白虎猛啸一声，倒地毙命。

楚直道暗道一声“侥幸”。这只白虎道行不浅，自己要不是偷袭得手，胜负尚且难料。

这时，王成已吓得魂不附体，楚直道安慰了他一番，又问刚才到底发生了何事。王成好半天才回过神，说：“先前的那个小伙叫牛二，就是我跟你说的朋友。牛二对我说，他搬离此处，在不远处安了新家，让我去他的新家休息。因为有你的嘱咐，我没敢去，他就走了。没过一会儿，我死去的姨父来了。我说：‘姨父，你不是被老虎吃了吗？’姨父说，那是以讹传讹，有人误把那具无头的尸体当成是他，其实他被人邀去做客，家里人不知道罢了。接着，他让我跟他一起去做客。我想姨父不会骗我，就跟着他出了门。”

楚直道听罢，说：“我明白了。”他拿出利刃，将白虎的肚子剖开，只见白虎腹中藏着二十多个人头，这些人头未腐，面容鲜活。王成居然发现了牛二和他姨父的人头，忙问楚直道：“这是怎么回事？”

楚直道说：“你听说过‘为虎作伥’这话吗？这些人头，全是伥鬼。白虎修行数百年，已学会控制伥鬼之术。它将吃过的人头留在腹中，让这些伥鬼不能去投胎，逼迫伥鬼替他去骗活人，供它食用。这些伥鬼迫于它的淫威，只好努力替它办事。”

楚直道取出王成姨父的头颅，让王成带回归州，与尸身合葬。其余的头颅，楚直道做了法事，替这些伥鬼去除伥气后埋入了土中。

白虎之伥

到了归州，楚直道找到巡抚许恪的寓所。许恪见了楚直道，喜出望外：“你终于来了！”接着，许恪叙说了他来到归州后的经历。

许恪来到归州，调查发现，归州知府秦百利勾结船商，将凤凰山上的陆路商道破坏，逼迫商人和行人走水道，以此抬高水路价格。可是，秦百利是怎么阻断凤凰山的商道的呢？许恪百思不得其解。他听当地人说，山上有猛虎袭人。许恪想，这秦百利再厉害，总不能操纵猛虎吧？

就在这时，许恪每夜无缘无故地做起梦来。第一夜，梦中有个富商引诱他走出寓所，说寓所外的大树下埋有金子十坛，许恪拒绝了。第二夜，他梦见了一个绝色美女，美女说她名叫苏倩倩，家住绿柳巷，邀许恪去她家幽会。许恪一时被苏倩倩所惑，迷迷糊糊地跟着她出了门。幸好被看门的及时发现，以为许恪在梦游，就拦住了他。许恪清醒后问起苏倩倩，当地人告诉他，近来归州城有猛虎闯入，一个月前，苏倩倩在绿柳巷被猛虎所伤，连脑袋也被老虎吃了……许恪大吃一惊。他知道，楚直道有些手段，忙飞鸽传书，召楚直道前来相助。

许恪喝了口茶，继续说道，这两日，事态越发危急。昨夜，他住的寓所周围竟然出现了上百只老虎，将寓所团团围住。后来不知怎的，那上百只老虎突然散去……

楚直道问："老虎是什么时候散去的？"

许恪说："好像是丑时。"

楚直道算了一下，自己杀死白虎，正是丑时。看来，这些老虎是感应到虎王被杀，才四散逃去。

在楚直道的协助下，许恪将归州知府秦百利绳之以法。秦百利交代，他也是白虎之伥，不过，他是活伥。原来，秦百利来归州做官，在凤凰山被白虎擒获，正当白虎准备吃掉他的时候，他和白虎做了笔交易。秦百利答应做白虎的活伥，为白虎提供消息，让白虎和它的徒子徒孙可以随意捕食百姓。而白虎帮助他毁了凤凰山的商道，好让他利用水道狠狠地赚百姓的钱。那百只老虎围住许恪的寓所，也是他指使的，意在杀人灭口。

听了秦百利的交代，许恪叹了口气，对楚直道说："伥鬼是被白虎控制，情有可原，可秦百利这厮，自甘堕落，为虎做活伥，真是比禽兽还不如！"

秦百利伏法后，许恪率楚直道等一众官差剿灭了那百只老虎，为归州百姓永绝后患。

（发稿编辑：吕　佳）

（题图、插图：谢　颖）

滨海之城，特色街道，谁都没想到，新开的海鲜馆里走出了那位邪魅的“船长”。他身怀绝技，经营有道，深藏秘密，善恶难辨……

加勒比海鲜

□ 刘祖光

1．第三家海鲜店

海东是个海滨城市，各种各样的海鲜数不胜数，大大小小的海鲜店遍布全城。自然而然，竞争也非常激烈。激烈到啥程度？一条街上只要出现了两家海鲜店，必然会打一场大架。这不，蛤蜊街又出事了，刑警队全体出动……

女警叶莉在车上不解地问队长周标：“周队，我们最近为了禁毒排查的事都忙不过来了，现在蛤蜊街那就是个不良竞争的场面，用得着我们全体出动吗？”周标叹口气，道：“我一听到‘蛤蜊街’‘海鲜店’，就气不打一处来！”

原来一年前，蛤蜊街上新开了一家海鲜店，名叫“胖子海货”，老板叫吴胖子。开业当天，另一家海鲜店“碧海鲜货”的老板秦三毛就带人上门挑衅，双方一言不合动了手。吴胖子这边人虽然不多，但手段又黑又狡猾。他们有杀鱼刀，但不用，而是拿着长长的抄网，用抄网棍子打人。那棍子是钢制的，把对方五六个人打得哭爹叫娘。当然，吴胖子这边也没占到啥便宜。

人是个个鼻青脸肿，鱼缸呢，碎了好几个，龙虾和海蟹满地横走，地上都是血，场面挺瘆人。就是这时候，市电视台一个收视率非常高的民生栏目正在附近拍摄，记者抓拍了当时打架的场面，还播出了。舆论沸腾了，市领导也来过问情况。上头下令，要周标盯着解决这件事。

周标使了浑身解数，好容易才让两家店安生下来，但他们表面和解，暗地里还互相较着劲。偏偏那个电视节目仿佛找到了“流量密码”，对这两家店异常关注，一有风吹草动，记者就来拍，短短一年时间里竟然跟踪报道了好几次……

叶莉搞明白后，笑了起来。电视里的商战是各种阴谋诡计，但在海东，商战就是打架、抢公章、爬墙头、丢石头这么简单粗暴。她又了解到，那个吴胖子在监狱里待过，是个硬茬儿，打架时用抄网——这可是有讲究的，这是劳动工具，而不是凶器，尽管击打的效果非常好，性质却不恶劣；秦三毛则是蛤蜊街的地头蛇，在蛤蜊街开海鲜店二十多年了，但说实话，生意做得挺好，海鲜质量过硬，附近街道的老百姓都愿意多跑点儿路去他们店里买。他找吴胖子麻烦，就是“一山不容二虎”的思想作祟……

过了一会儿，蛤蜊街到了，然而打斗现场却不在这两家海鲜店，而是在街头新开的“加勒比海鲜”店门口——蛤蜊街又开了第三家海鲜店。好家伙，一山不容二虎，那两只老虎还没斗明白呢，第三只老虎又来了，可不就热闹啦！

拨拉开人群，地上横七竖八地躺着六七个人，个个“哎哟哎哟”地叫唤。周标吼道：“吴老板！秦老板！你们俩又搞啥事情？”

“周队，这儿呢！”

循着声音望去，众刑警都愣住了，吴胖子和秦三毛竟然都躺在地上。吴胖子脸肿了一圈，更胖了；秦三毛那无比珍惜的几缕头发，每天精心打理，现在被揪得一干二净，“三毛”已经名不副实了。

周标生气地说道：“上次刚给你们调解完，都写了保证书，咋又干上了？”秦三毛一脸委屈：“周队啊，你搞错了，我们俩没打，是加勒比海鲜打我们俩……”

“啊？！”

围观群众也纷纷诉说情况——“警察同志，‘加勒比海鲜’今天刚开业，就打起来了……”

“哎哟，那鞭炮是两万鞭的，噼里啪啦，硝烟弥漫，人就在烟里

打。鞭炮放完了，烟散了，这人都躺地上了……”

原来，这回不是吴胖子跟秦三毛这两个宿敌打架，而是他们两个合伙上门欺负新人，结果倏忽之间，带去的兄弟连带着自己都被人家揍了。再瞅瞅伤势，说明人家是赤手空拳上阵，没动家伙，所以没有机械性或创伤性伤口。

周标把两人一顿批：人家开张做生意，证照齐全，你们凭什么上门找事？大庭广众之下，吴胖子和秦三毛臊眉耷眼的。吴胖子小声说：“我们是挨打的，咋光说我们，不说打人的……”这倒提醒了周标，搞了半天，正主还没见呢！

“老板！加勒比海盗的老板！”

吃瓜群众热情地纠正：“周队，不是海盗，海鲜！是海鲜！”

“哦哦，‘加勒比海鲜’的老板，哪儿呢？”

随着周标的吼声，叶莉看到一个人出来了，她顿时瞪大了眼睛，围观群众也都瞪大了眼睛——“杰克船长”！

老板涂着浓重的眼影，穿着杰克船长的服装，走路都是电影主人公那个样子。他来到周标面前：“周队，我店门口装有监控，你们可以调看。怎么处理都行，我都认。”

叶莉登记了老板的身份证：袁杰克，海东市人，三十岁……

周标一挥手，让警员把所有参与斗殴的人都带回警局问话——这其实是故意的，让大家知道闹事的后果。吴胖子和秦三毛不情愿，嘟囔着：“还有生意呢……”周标回呛道：“打架时怎么不想着生意呢？”吴胖子还敢还嘴：“我们两家还没搞明白呢，结果又来一家……”

“谁规定了一条街上不能有三家海鲜店的？”周标说着，一把拦住要上车的“杰克船长”，“你那些打人的兄弟呢？”

“我就一个人，哪儿来的什么兄弟……”

“谁信！”

“你可以看监控，我店新开张，还没来得及招伙计呢！”

叶莉从店里走出来，跟周标点点头，确认了袁杰克所说是真的。

到了局里，先把这些人关在拘留室，然后警员们开始看监控。袁杰克还真没吹牛，他一人赤手空拳地暴打了一伙人。

周标把这三个老板都叫到一起，问各自的想法。吴胖子说，要让袁杰克赔偿医药费和误工费，而且还要赔礼道歉；秦三毛则要求袁杰克在蛤蜊街开店，价格上得跟大家一样，不能随便打折。

周标听了，问袁杰克啥意见。

袁杰克轻描淡写地说："我想怎么经营就怎么经营，只要不违法，别人管不着。"至于误工费、医药费什么的，袁杰克很明确地表示自己不会出。吴胖子和秦三毛咬着牙，恶狠狠地说跟他没完。周标把袁杰克叫到另一个房间，劝他息事宁人，袁杰克却坚称自己没错。

吴胖子狞笑着说："打听打听去，老子上过'大学'，正宗的本科生。想跟老子玩，老子玩死你。"

在海东，都把"进监狱"说成"上大学"。像吴胖子这种刑期五年以上的，就是"本科毕业"。

秦三毛则悻悻地说："日子长着呢，看谁笑到最后！"

2. 杰克船长有办法

等几个当事人挨完训，交了罚款离开后，叶莉把一份文件交给周标："周队，这是袁杰克的履历。我觉得，他这个'加勒比海鲜'，不简单。"

周标翻看材料——袁杰克，父母在韩国打工做生意，他从小在海东的爷爷奶奶家长大。中学时去了韩国，修习跆拳道。高中毕业后，到美国留学，曾经在部队服役，以此免除了大学学费……后来的一段经历不详，但两年前，他和父母都回到了海东。袁杰克一直没有从事任何工作，直到今年，才开了一家海鲜店……

"怪不得身手好，原来受过专业训练。"周标感叹道，"叶莉，你们家是不是离蛤蜊街比较近？"

"挨着，我们家在大马哈街，前面就是蛤蜊街。"

"那你平时多去看看——这几个家伙都不是省油的灯，事情越搞越大的话，没准会出人命，我们得防患于未然。"

"好，我知道了。"

之后，叶莉奉命成了"加勒比海鲜"的常客。她发现，"加勒比海鲜"主打应季小海鲜。海东的海鲜店一般不管店面大小，都得有"镇店之宝"——如龙虾之类的贵货得有几个，要不然就给人感觉不够档次。"加勒比海鲜"卖的则基本上都是平价小海鲜。叶莉好奇，不知道这种以走量为主、利润偏低的小海鲜能否让袁杰克生存下去。

在诸多的海鲜中，叶莉看到了

几只模样丑陋的蟾蜍，她惊奇地问：“有人吃蟾蜍？”

袁杰克摇头说：“这个不是吃的，是吉祥物。我留学的地方，这种蟾蜍是部落图腾，我养几只，图个吉利。咱们中国神话传说中，蟾蜍也有多子多福的寓意啊！”

原来如此，叶莉再看蟾蜍，感觉有了异国情调似的。

叶莉还发现，袁杰克确实有点经营头脑。“加勒比海鲜”还有一大特色——店里有一台昂贵的大型意大利咖啡机。顾客买了海鲜后，可以在店里加工，然后边吃海鲜，边喝咖啡，别有一番风味。

海鲜加咖啡，这种奇异的组合，得到了海东年轻人的追捧。

那天，袁杰克抄起锅来，给叶莉做了一份“嘎巴虾”。这种虾学名叫鼓虾，又细又长，腹部发声时响如小鼓。袁杰克做的是麻辣口味，猛火快攻，虾一变红，快速淋上一圈高度白酒，轰得锅里燃起一团火焰，和火红的辣椒红油相映，煞是好看。

一般海鲜店的地面往往是湿漉漉的，盐晶析出体随处可见，空气中尽是咸腥味。这里的地面却很干燥，空气里还带着丝丝柠檬香。一看，袁杰克用挤出的柠檬汁，和水混合后在喷壶中“滋滋”地朝着作业区喷。嘿，杰克船长真有办法！

“这个店装修挺贵吧？”

“是，装修花了六十多万。”袁杰克笑着说，“店面转让费、租金、鱼缸、工具……杂七杂八的，投进去一百四五十万了，我爸妈的积蓄都被我啃完了，所以连伙计都请不起，哈哈。”

这时，“砰”的一声，一块砖头穿过店窗户，玻璃碎了一地。叶莉跑出去，砸玻璃的人却迅速跑了。叶莉看着一个背影消失在熙熙攘攘的人群中，只能跺脚。

袁杰克倒不着急，他拿着手机拍照，

然后拨打电话。

"你干啥？"

"报警啊！"

"我就是警察啊！"

"那不一样！"

袁杰克打了110，不一会儿，派出所民警——五十多岁的老李晃晃悠悠地来了。勘验了现场，老李做了记录："人跑了，也不知道是谁，没办法啊……"

叶莉在一旁看得真切，老李这态度就是敷衍了事。袁杰克说："我有监控——前面被砸两次了，所以我补装了四个，扔砖头的人肯定被拍下了！"

老李目瞪口呆。袁杰克调出了监控，叶莉好奇地凑上去看："是个脸上有疤的家伙，瞧，掏出砖头了……这是有备而来啊！这家伙是水厂的吴六，刚从牢里出来吧！"

叶莉这一说，老李更吃惊了。叶莉把证件给他，老李态度立即就变了："哦，原来一个单位的……这样，我让吴六赔块玻璃，他敢不从，我收拾他。都是街坊邻居的，咱这事就这么着了……"

袁杰克立马摇头，说："不行！除了把窗户恢复原样，还得赔我的营业损失费五万元。不然，这些视频就会上传到短视频平台上，还有你这个处理意见，我也会公开，还会向派出所领导申诉……"

"有必要吗？你以后要在这里做长期生意啊……"老李的话里已经带着威胁的意味了。

"生意是我的事。有人捣乱，我报警，你出警；捣乱一次，我报警一次，怎么处理是你的事……"

袁杰克说完，就忙自己的事情去了。老李被噎得哑口无言，气鼓鼓地走了。

原以为遇上这种糟心事，多少会影响店里的生意，没想到"杰克

船长”的干劲似乎一点都没有消。隔了两天，叶莉下班后，又拐到了“加勒比海鲜”，看到门口有几个外卖小哥在等着。原来，袁杰克开通了外卖服务：做了定制的快餐盒，盒上有店名和杰克船长的漫画标识，很有设计感。袁杰克在炒麻辣梭子蟹，叶莉看了看外卖菜单，上面还有清蒸鲅鱼、炸鳎米鱼、蒸多宝鱼、椒盐皮皮虾……至于蛤蜊，白蛤、文蛤啥的都有，不管是白灼还是清炒，都不在话下。还有海鲜方便面、海胆刺身、烤八蛸串、烤海肠……还提供海螺、蚍蛴、牡蛎、加吉鱼、针梁鱼等海鲜的加工。加工完一装，给外卖小哥。海东城反正不大，半小时内绝对送到，方便又好吃。

叶莉正想问吴六的事情，老李来了，满脸堆笑地对袁杰克说：“能不能再降点儿，三万块钱他拿不出啊！吴六刚出来没多久，也没个正经工作。老妈六十多了还在扫大街，老爹在工地上当门卫，瘦得跟猴儿差不多……”

“那就一万，不能再少了。”袁杰克说，“这都是看在李警官您的面子上，我知道，这钱肯定不是吴六出，谁指使他砸玻璃谁出。”

“成，一万就一万，我肯定把这事弄瓷实喽！”老李应了之后就走了。叶莉追上去，就见老李苦着脸说：“我招谁惹谁了！这两头跑，两头说和，五万说成了一万，这吴胖子再不答应，我……”

叶莉撇嘴说：“吴胖子不应，吴六肯定把他之前唆使的事儿抖出来，让他再进一次里面，到时候他海鲜店就开不下去了……”

叶莉一分析，老李豁然开朗，立即去了吴胖子的店。不一会儿，老李打电话给袁杰克：“成了。”

拿了钱，袁杰克数了数，然后当着老李的面把视频删了。吴六千恩万谢，承认了错误。

他们走后，袁杰克把钱给叶莉：“叶警官，麻烦你一件事，帮我把这钱转交给吴六的父母。”

叶莉愣了，袁杰克说：“钱是吴胖子出的，下次再想整我，他得考虑一下损失。我不稀罕这个钱，拿去给吴家二老吧！”

叶莉很高兴，冲袁杰克竖大拇指：“不愧是杰克船长。”

3. 海鲜店的质检直播

几天后的傍晚时分，一辆车身印着“质量监督”字样的公务车，停在了“加勒比海鲜”店门口。接着，从车上下来几个人，还有不知从哪儿冒出来的一群“自媒体人”，举着各种设备拍摄着。

只见有人对着镜头科普：“部分不法商贩售卖海鲜时在其中添加孔雀石绿、金霉素、地西泮等国家禁用药物。这次我们把目光对准了最近一家非常火爆的网红店，跟随着质检人员，让我们看看这家网红海鲜店中有没有猫腻……”

看到店门口围了很多人，袁杰克冲出来，拦住质检人员，情绪激动地问：“你们要干什么？”

质检人员说道：“有人举报你们售卖的海鲜中含有违禁药品，我们要进行质检，请配合检查。”

“街上三家海鲜店，凭什么光检查我的店？”袁杰克说，“要不就都检查，不然恕不奉陪！”

“行啊！”藏在人群中的秦三毛突然站了出来，朝大家鞠了一个躬，“我是‘碧海鲜货’的老板秦三毛，我愿意和袁老板一起接受质量检查。吴胖子，你咋说？”

被秦三毛当着这么多人一点名，吴胖子也硬着头皮从人群中走了出来。他一拍胸脯，说：“‘胖子海货’一贯诚信经营，我们随时接受质检，只不过，被举报的是加勒比海盗，要质检，得先从海盗开始。海盗船长，你说呢？”

人群中一阵聒噪，气氛都到这里了，袁杰克狠了狠心，说：“我在这里表态，不仅接受检查，还希望广大自媒体博主做个证。如果发现店里有违禁药品和添加剂，我立刻关店，并对顾客进行十倍赔偿——吴老板和秦老板，你们呢？”

秦三毛回道：“被查出问题，我也关店，顾客凭小票退款。”

众人看向了吴胖子，吴胖子说话斩钉截铁：“‘胖子海货’有问题，我吴胖子就不在海东混了！”

就这样，质检人员开始对“加勒比海鲜”进行抽检。

叶莉在下班路上刷视频刷到了这一幕，不免替袁杰克捏一把汗。视频在线观看人数超过了十万，群众都盯着呢，如果真查出了问题，其实不用管理部门罚款，海鲜店就经营不下去了。

天快黑时，质检人员出来了，大家都期待着结果。质检人员宣布：“我们对‘加勒比海鲜’的所有海产品进行了抽样检测，全部合格，没有任何违禁添加物，只不过……”

本来有些萎靡的吴胖子和秦三毛顿时来了精神。

“标称本地八蛸，实际上来源于深海海域……”

袁杰克解释：“这次进货时我看到本地八蛸个头小了，就进了韩国渔船从深海打捞的八蛸……”

公海之上、渔船之间互相交换货，深海货往往要贵上很多，深海八蛸价格就比本地的贵一倍。这么说来，别人以次充好，加勒比海鲜是以好充次。

袁杰克不好意思地说：“店小，量不大，我就懒得重贴标签了……”然后，他面向目瞪口呆的吴胖子，说：“吴老板，看你们‘胖子海货’的了。”

于是，大家像潮水一样，跟着质检人员来到“胖子海货”，没想到一查就查出了问题——海鲜区的角落里居然有一个塑料袋，里面是针管和带标签的药剂。在镜头下，这些药剂上的名字触目惊心。吴胖子一屁股坐在地上……

秦三毛痛心疾首：“胖子啊胖子，你咋这么糊涂呢……”

“吴六！吴六！”吴胖子怒了。刚才在“加勒比海鲜”时，他朝人群中的吴六使了眼色。吴六会意，立即一路小跑回店做“准备工作”了。没想到，针管和药剂居然都在海鲜区。

吴六跑过来，一脸委屈：“老板，你让我处理的，我都处理了啊，药、针管，今天用的、之前用的，我存了一大袋子，放在冻库……”

众人惊愕，议论纷纷。吴胖子气得脸都变色了：“吴六，你居然伙同外人一起害我！”

处理完了吴胖子，质检人员又来到了“碧海鲜货”，一通检查下来，并没有发现问题。秦三毛拱手道：“我们店是二十多年的老店，我是不会砸自家口碑的，碧海的货，完全可以放心。”

等叶莉到蛤蜊街时，大家都已

经散了。袁杰克的店因祸得福，他低价出售高价海鲜，无心之举却赢得了好口碑，一时间顾客盈门，不少人甚至饶有兴致地在店里观赏起那几只吉祥物蟾蜍。叶莉站在店门口，看到袁杰克在店里忙忙碌碌的身影，她总觉得哪里不对劲。

4. 消失的吴胖子

“胖子海货”出事后，吴胖子尝到了口碑崩塌的苦果，只好清仓处理了库存，黯然关门。从此，吴胖子在海东销声匿迹。有人说他去了南方，也有人说他乘船出海了。反正，蛤蜊街再也看不到他了。

吴胖子的店铺转手后，又新开了一家店，名叫“咖啡海鲜屋”，装修风格模仿了“加勒比海鲜”，主打的也是年轻人海鲜消费。老板还出了大价钱，请来不少“网红”给店做宣传。很快，“咖啡海鲜屋”力压“加勒比海鲜”，成了蛤蜊街上“最靓的崽”。

叶莉到“咖啡海鲜屋”体验了一番，她点了一杯咖啡，还要了一份海鲜面。这里的面是菠菜面，海鲜浇头每天都会翻花样，很受食客欢迎。咖啡屋比袁杰克的店装修得更高级，店面也大，还有免费WiFi。营业员全是俊男靓女，有美国队长装扮的，有雷神装扮的，都是受年轻人追捧的动漫形象。关键店里价格比袁杰克的海鲜店还低一点点……

这种打法，明显是压着“加勒比海鲜”打的，但这就是市场竞争。对叶莉来说，只要不扰乱社会治安，不发生严重的刑事案件，管他们怎么争呢，争得越激烈越好，得利的是顾客。

叶莉问起“咖啡海鲜屋”的老板是谁，店员却答不上来，说老板从不露面。保持神秘感，可能也是一种营销方式吧，叶莉想着。

自从“咖啡海鲜屋”开店后，蛤蜊街倒是太平了一阵子，但刑警大队里，因为一件事炸开了锅。

凤凰岛远离海东市，往前面不远就是公海，这里海水清澈，还有不少沉船，因此成了潜水爱好者的天堂。这天，海东市潜水队乘船来到凤凰岛潜水，他们潜到一艘沉船中“寻宝”时，差点儿没被吓死——沉船一角居然蹲了个人！

潜水队发来的视频里，那人身上捆着绳子，呈跪姿被拴在沉船上，浑身被泡得发白，但在光线下，五官依稀可辨——“吴胖子！”叶莉惊叫。

此刻，吴胖子躺在了法医室，已经确认了身份，死因是心脏病。

周标说：“死因我们还在进一步调查，但有人抛尸是事实。我们对外封锁了吴胖子尸体被发现的消息，所以抛尸的人应该对此一无所知。我们必须快速行动，把嫌疑人揪出来！”

叶莉脑海里忽然像炸裂一般，很多想不通的事情，这一刻竟然轰轰作响……还没等她理清思路呢，他们全队就被通知参加全省禁毒工作的电话会议。会议上，省禁毒局点名批评了海东市的禁毒工作。

会后，周标就近期的禁毒排查工作，给大伙儿重新布置了任务。挨了批，队里气压有点低，平时最活跃的叶莉也不说话了。周标正打算劝慰一下，突然听叶莉说了一句：“周队，我可能有发现……”

两天后的晚上十点，吴六哼着小曲回到小巷。小巷入口处，停着他新买的SUV。他摸了摸车标，自言自语地感叹：“没想到，兄弟我也有开上你的一天……”突然，他腰间一凉，有人用一把匕首抵住了他的腰：“吴六！”

“兄弟有话好说！”吴六说着软话，但眼观六路，准备夺刀反击。对方却没有给他机会——两个大汉死死架住了他。然后，阴影中走出一个人，吴六定睛一看：“秦、秦老板……”紧接着，吴六反倒笑了起来：“秦老板，有话好好说嘛。”只听秦三毛神经兮兮地问道：“吴胖子是不是被你‘做’了？”

吴六看上去很吃惊：“你把我当啥人了！怎么，我哥出事了？”

秦三毛盯着吴六，半晌，他才说：“我怀疑吴胖子出事了……”

原来当初关店后，吴胖子不甘心，想东山再起，秦三毛则劝他换个思路。秦三毛答应给吴胖子高薪，让他暗中找袁杰克的弱点，合力扳倒袁杰克。

说起来，自己关店也是受了袁杰克的“连累”，吴胖子本就恨得牙痒，现在既能收钱，又能复仇，何乐不为？于是他立刻开始行动，没过多久，他就发现袁杰克每隔一段时间就乘船出海，从外国渔船那里拿货。这看似正常，但吴胖子怀疑其中有什么不为人知的秘密。

终于有一天，吴胖子兴奋地在微信上给秦三毛留言，说他发现了袁杰克的“弱点”，晚上见面再细说。那天晚上，秦三毛等到了凌晨，吴胖子却没来，而且从此销声匿迹。这段时间以来，秦三毛一直在寻找吴胖子，他怀疑吴胖子的发现可能要了自己的命——吴六和袁杰克这两个人有重大嫌疑。

吴六听得哆嗦了：“秦老板，我可什么都没干！但按你的说法，袁杰克很有可能谋害了我胖哥？”

“他那身手，啧啧……”秦三毛说道，“吴六，你现在给袁杰克送货，他给你一个月多少钱，我付双倍的钱，你深入到‘加勒比海鲜’，看看有什么可疑情况……”

吴六眼珠子一转，立马拍胸脯说道：“得，你等我消息。”

5. 加勒比海盗

第二天晚上八点，“加勒比海鲜”的灯灭了，卷闸门“刷”地被拉上，袁杰克骑上他那辆非常拉风的哈雷戴维森摩托走了。

躲在暗处的秦三毛耐心地等待着，快到十点时，卷闸门从内部“呼啦”一声打开了。吴六朝他挥手，秦三毛一招呼，两个壮汉护着他跑了进去。

拉上门后，吴六看着两个壮汉：“秦老板还是不信我啊？”

秦三毛解释：“我手无缚鸡之力，吴胖子又生死不明，我实在是怕啊！走吧，看有什么发现。”

吴六说道：“秦老板，这些天我盯着袁杰克，但没发现什么不妥啊！今天你一定要自己来查，那你打算从哪里开始？吴胖子到底有没有跟你说什么？”

“他要说了，我还费这个劲干吗！”秦三毛自顾自地四处翻查起来，“走，去冷冻库房看看！”

吴六一愣，眼神中闪过一丝慌乱。秦三毛并没有察觉，他在一排

冷冻柜前东摸西摸，突然把手伸进了角落处的一个旧冰柜。

“这种不起眼的地方，最容易藏猫、猫腻……”秦三毛话还没说完，手里却真有了收获——他摸出一个塑料袋，里面装着跟冰糖差不多的白色结晶体。

“这是啥？”

“老板，这看着好像、像‘冰毒’……”身边一个壮汉说道。

秦三毛一听“冰毒”二字，浑身如筛糠：“坏了，惹了不该惹的主！”他二话不说，转身就要走，库房的铁门却“哐啷”一声拉住了。

一个人“吧嗒吧嗒”地从门口走到了货架的中央，正是一身杰克船长打扮的袁杰克。

秦三毛颤抖着声音说：“袁、袁老板，咱们井水不犯河水，得罪了……”袁杰克一笑：“你们既然出现在这里了，就走不了了！”

“走不走得了，还得问问咱兄弟俩！”看形势不妙，秦三毛重金雇的两个保镖知道来活了，两人各自亮出匕首，步步逼近袁杰克。

袁杰克两手空空，直到两大高手走近跟前了也没见他掏出什么，然而当两把利刃刺来的刹那，他拳出如霹雳，身形若闪电……秦三毛还没看清，就见两大高手被两记长拳击中面门，“咚咚”倒地。重金之下，两个壮汉倒是“敬业”，他们马上起身，吐了嘴里的烂牙，继续挥刀，袁杰克却始终不急不躁，闪转腾挪之间尽显游刃有余。

“扑通”两声，两个壮汉沉重地栽在地上，再也起不来了。

袁杰克跨过二人，一步步地朝着秦三毛走来。秦三毛颤抖着后退，却跟吴六撞在一起。

“吴六，咱们是几十年的老街坊，救救你三哥吧……”

吴六耸耸肩：“没办法，我得听老大的，跟着老大才有好日子。”

袁杰克逼近了秦三毛，秦三毛跪下来求饶：“加勒比海盗爷爷，今天的事我保证不说一个字，你放过我一条小命吧！”

袁杰克嘴角一歪：“那天，吴胖子也是这么求我的，但可惜你们都是爱管闲事的人！”

秦三毛惊恐地问：“吴胖子真的死、死了？”

“没错，就死在这里。准确地说，他是被吓死的。这都要怪他自己。我其实做得很隐秘，但这家伙不知怎么就发现了我藏在这里的东西，还说要报警……”袁杰克似乎有些心有余悸，“要不是你主动找了吴六，我以为处理了吴胖子就完事了，没想到他还留了你这个尾巴！我不确定他跟你说了多少，所以打算请君入瓮……”

秦三毛“呜呜”地哭起来：“我悔啊，当初那个女警察找我，我就该把事情说了……”

“什么？警察找过你！叶莉吗？”袁杰克瞪了瞪眼睛。

“她来问我，吴胖子最近有没有找过你。我当时一心想找你的把柄，所以不想警察掺和，就没说吴胖子在你这儿有发现。不过……”

“不过什么？”

“我跟她说了吴胖子失踪的事，她好像并不意外……”

袁杰克听了，脸色发白。

吴六说：“老大，这不能说明啥吧……”袁杰克拧着眉毛，说：“叶莉，已经知道吴胖子死了。”

“那、那我们怎么办？”吴六显然慌了手脚。

外面传来一阵杂乱的脚步声，袁杰克眉头一皱，立即打开手机上的监控画面——不知什么时候，小店已经被全副武装的警察包围了。

“来得真够快的！”袁杰克阴沉着脸，死死盯着监控。

最近半年，海东毒情严峻，许多戒毒人员复吸；多所高校的外教涉毒；本省和外省一些地方的毒情显示毒品来源正是海东。警方排查了好一阵，并没能寻到贩毒源头。叶莉最近走街串巷，经常来蛤蜊街，明面上是盯着吴胖子、秦三毛他们，免得他们再闹事；暗地里，是奉命走访各家店铺，搜查贩毒来源，可惜一直没什么收获。

后来，吴胖子的尸体被发现，警方排查吴胖子的社会关系时，曾与他有过节的袁杰克引起了叶莉的警觉。她还查了吴六的资料，发现他也曾有过吸毒史……

叶莉向秦三毛例行询问，发现秦三毛支支吾吾的。叶莉觉得有情况，于是暗中监视秦三毛。刚才，她目睹秦三毛带人溜进了“加勒比海鲜”，立即向周标做了汇报。

警察用破锤器将门打开，叶莉来到库房外，朝着摄像头喊话：“袁杰克，吴六，我们知道你们在里面，秦老板也在，务必保证他的生命安全。你是‘杰克船长’，是聪明人，不要干蠢事……”

警察的阵仗已经让吴六失控，他猛吸了几口冰毒，抖抖索索地握着一支土枪，嘶吼着：“老大，出不去了，跟他们拼了！”

袁杰克却还是那么有个性，他

不慌不忙地提了一把塑料椅坐下，还特意打开了库房的监控摄像头。监视器就在库房外，这么一来，他能看到警察，警察也能通过监视器看到库房里的情况。

地上的两个壮汉被冰水浇醒，吴六把他俩和秦三毛一起绑着，拿着土枪对着他们的脑袋，仿佛随时能结果他们的性命。有人质在手，袁杰克要跟警方来一场博弈，至于谈判者，他指名叶莉。

6. 船长哪里出了错

一时间，气氛骤然紧张。叶莉直面监控镜头，说道："杰克船长，迄今为止，加勒比海鲜仍然是海东最有特色的海鲜店，只可惜，你的才华用在了错误的地方……"

袁杰克说道："叶警官！没想到我们会以这种方式对话。你既然叫我一声'杰克船长'，我理当对得起这个称呼。我知道，我已经逃不出去了，但让我束手就擒，也不可能。下面，我问，你答。你若让我心服口服，我承诺，不会再伤害任何人。"

袁杰克的这些话，好似静水深流，暗藏杀机。尽管狙击手们已埋伏在周围，但冷库建得很厚实，警方很难通过狙击手段营救人质，也就是说，只能智取，不能强攻。

叶莉冷静地说："好，我保证实话实说。"

"吴胖子是怎么被发现的？"

"巧合！潜水队在凤凰岛潜水，偶然在沉船内部发现了吴胖子。那个地方沉船有好几艘，偏偏潜水队选了藏匿吴胖子尸体的那一艘，是概率极低的事件……"

袁杰克听了，没有埋怨自己运气差，而是笑起来："好，说明不是我的失误。说起来，吴胖子被发现了，为什么媒体上没有任何报道？'沉船沉尸'这种劲爆的素材，怎么会被那些自媒体放过呢？但凡有些动静，我就会立即离开，绝不会有任何侥幸和幻想……"

"很简单，市潜水队队长是一名退休老刑警，他知道事情重大，所以没有走漏任何消息。"叶莉说，"其实，即便没有这件事，我们也注意到了你。"

"哦？"袁杰克有些意外。

叶莉接着说道："海东一向是禁毒模范城市，这段时间以来毒情却突然严重。我们此前重点是打击吸毒，现在各种情报显示海东有一个货源地。这个'货头'藏得非常隐秘，我们经过几轮摸排，才发现一些蛛丝马迹——利用外卖进行毒品交易，十分高明。”

“但还是被你们发现了。我是不是把我们家外卖包装做得太过高调了？”袁杰克自嘲地说道。

叶莉轻轻一笑：“你的高调就是你最好的伪装。你煞费苦心，所谓‘大隐隐于市’，谁也没想到，毒贩居然把店铺开在闹市区。”

袁杰克微笑着点头。

叶莉接着说道：“海鲜店被举报、质检上门……这些都是你一手策划的。我查过举报电话，号码是黑号，但声音比对的结果就是你。你是想利用公开质检，降低警方对你店铺的关注度，又一高招！”

袁杰克笑起来：“我还顺便搞垮了吴胖子的店，当然也怪他自己把柄太多……”

“搞垮吴胖子，关键是你收了吴六做眼线。”叶莉说，“吴六跟着你，我原本以为是他感恩于你，但我想错了，他对你死心塌地，是因为他原本就是个瘾君子，而你能提供给他源源不断的毒品！”

袁杰克看了一眼吴六，冷冷地笑道：“现在这世道，一万块钱又能收买什么人心呢？只有贪欲能让人乖乖听话。”

叶莉想起什么，说道：“你刚才说‘顺便搞垮了吴胖子的店’，但据我所知，这原本就是你的计划吧！吴胖子的店变成‘咖啡海鲜屋’，和‘加勒比海鲜’直接竞争，但没人想到，‘咖啡海鲜屋’的老板，就是你，你和自己竞争，左右互搏……”

袁杰克脸色微怔：“左右互搏，估计看得懂的人很少。”

叶莉一笑，说：“‘咖啡海鲜屋’是个体经营，我查了工商信息，注册人是吴荣华。我当时就觉得这个名字很熟悉，后来一想，给吴六家送钱时，他爸爸就叫这个名字。”

叶莉联想到质检那天，吴六似乎背叛了吴胖子，而替袁杰克做事，于是她对“咖啡海鲜屋”真正的主人起了疑心。

袁杰克挑衅似的看着叶莉：“如何经营两家店是我的事，这不违法吧？再说我所做的，应该看上去都是正当的生意吧……”

“不是！其实你一开始就在做毒品的生意。开业第一天，你就堂而皇之地把‘毒品’摆在了海鲜店里，只不过，所有人都忽视了。”

话说到这里，连秦三毛都好奇地竖起了耳朵：不可能吧，店里的海鲜类产品，他都见过啊！所有来“加勒比海鲜”体验消费过的人，都不相信叶莉的说法。

“蟾蜍！那几只蟾蜍！”

袁杰克脸色终于变了。

“你说蟾蜍是美国的吉祥物，在中国也有多子多福之意。我当时并没有怀疑，但后来我多心一查，发现中国传统文化中，蛙有多子多福之意，而蟾蜍，尤其是背部充满毒液的蟾蜍，没有这种吉利的寓意。你店里的这种蟾蜍，学名为索诺拉蟾蜍，它还有另外一个名字，叫科罗拉多河蟾蜍，原产于美国西南部——你留学的地方，就是那里。这种蟾蜍不仅个头非常大，它背部密密麻麻的突起物能产出有致幻类成分的分泌物，这种成分被人体吸入后，会和血清素产生反应，让人产生愉悦感。仅仅十五秒，就能有强烈的致幻效果。国外不少瘾君子以吸食蟾蜍为乐。”

袁杰克惊讶地看着叶莉。

叶莉一笑，说：“在国内，很少有人会捧着一只蟾蜍吸食。你把蟾蜍摆在店里，起的就是筛选的作用——你的主要目标客户，其实就是一些外国人和有吸毒经历的人。那次举报事件，你更深层次的目的就是通过自媒体的镜头，将店里有蟾蜍的消息广泛传播出去。不懂的人，只是看个稀奇；懂的人看到蟾蜍，便心领神会，自然会上钩。”

大家恍然大悟，再看看店里那几只蟾蜍，顿时充满了厌恶。这时，有个警员不禁发问：“贩毒这种事，不是应该尽量低调吗？还费事开两家网红店做什么？”

叶莉解释道：“两家店看似竞争激烈，但我观察后发现，其实两家店把顾客做了分流。背后的逻辑是，让‘加勒比海鲜’先成为网红店，吸引到足够的流量，然后把冲着美食来的客人引流到‘咖啡海鲜屋’。咖啡屋被打造成新的网红店，看似抢了海鲜店的风头，实则是替海鲜店打掩护。顾客被分流后，留在‘加勒比海鲜’消费的客人不多了，大多以外国人和对蟾蜍特别有‘兴趣’的人为主。你可以从容地观察他们，从中分辨出瘾君子。”

袁杰克的脸上开始没了表情。

“海东成为毒品的源发地，我们一直很好奇海外毒品是怎么输送进来的。那次举报事件，你故作聪明地将深海八蛸当作本地八蛸卖，意外地让我对店里的海鲜来源做了调查。我发现店里的大部分海鲜，其实都由国外渔船提供。公海之上，两艘渔船互换海鲜，而毒品多半就夹杂在海鲜之中。每隔一段时间，你都会亲自乘船出海，说是要保证海鲜质量，其实是进货，对不对？”

说着，叶莉拿出一张清单，上面详细地罗列了袁杰克历次出海的记录：时间、地点、外国渔船的编号……袁杰克苦笑起来。

叶莉又说道：“我第一次看你的资料时，就觉得奇怪，像你这样一个有本事的人，为何在小小的蛤蜊街开一家海鲜店？你装扮成‘杰克船长’，因为你潜意识中就把自己当成加勒比海盗，你从事的是冒险生意。潜水队队长说过，沉尸海底，还将尸体捆绑在沉船上，这种事，放眼整个海东，并没有几个人能做到。我重新查了你的履历，发现你发布在社交平台上的图片，有不少是海外潜水胜地……你是一个潜水高手！”

“别说了！”袁杰克长吁一口气，他站起来，挺直了身子，仿佛被激怒了。

吴六立马叫嚣道：“老大，跟个娘儿们还啰唆什么，咱们冲上去拼了……”

秦三毛和两个壮汉都吓瘫了。袁杰克却迅速扬手，“啪”的一下，吴六被打得措手不及，身子瘫软在地。晕厥的前一秒，他迷惑不解：“老大，你为什么……”

袁杰克淡淡地说：“输给强大的对手，不丢人；做无谓的杀戮，丢人。我是杰克船长，不是一般的海盗。”

库房门打开，袁杰克举着双手出来，微笑地看着大家，和他第一次从海鲜店里走出来时一样惊艳。

叶莉拿着手铐走到他跟前，郑重地说：“杰克船长，你被捕了，你的这次‘冒险旅程’该结束了！”

（发稿编辑：丁娴瑶）

（题图、插图：杨宏富）

故事会微信号：story63，欢迎添加故事会微信，参与互动！

· 神探夏洛克 ·

何处先中枪

一天清晨，一个拾荒者在垃圾桶旁边发现了一具仰卧着的尸体。接到报警后，警察很快赶到现场。在观察后，发现被害人身中两发子弹：腹部一发，额头一发，两枪都击中要害。除此之外，现场并没留下十分有用的线索。尸检后警方发现，尸体中的两颗子弹是从两把不同型号的手枪中射出的，也就是说，先开枪的人，才是真正的凶手。

两个中枪的位置都是要害，警方拿捏不定，向夏洛克先生求助。夏洛克察看了死者现场的照片后，很快就说出了死者是哪里先中的枪。

亲爱的读者，你知道夏洛克是怎么判断的吗？

超级视觉

眼见不一定为实，你能看得出下图中两个橙色的圆，其实是一样大的吗？

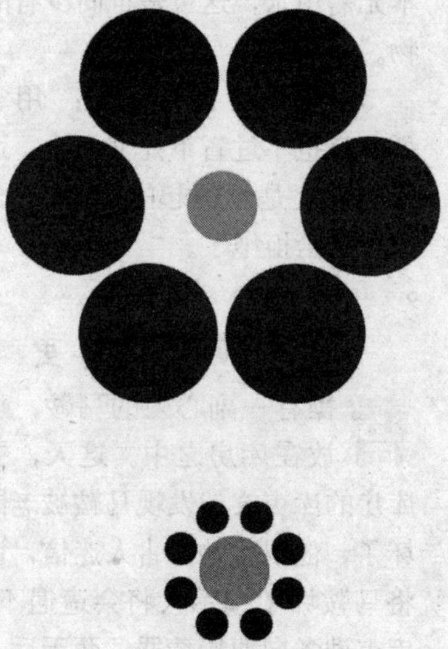

疯狂 QA

龟兔又赛跑了，这次兔子没有偷懒、贪玩，但是兔子还是输了。你知道为什么吗？

想知道答案吗？

1. 购买 2023 年 2 月下《故事会》。
2. 扫二维码：

动感地带，与您不见不散！上期答案见本期 P57。

秀才遇上小偷

古时，苏州有一个叫沈文卿的穷秀才。一天深夜，沈秀才正在灯下专心读书，瞥见一个小偷摸进家徒四壁的屋内偷东西。沈秀才即兴吟诗一首：“风寒月黑夜迢迢，辜负劳心此一遭。只有破书三五册，也堪将去教儿曹。”小偷羞愧不已，抱起几册书转身离去。

过了数月，这天晚上，沈秀才肚子饿，可家中余米不多，只煮出清水般的一碗粥。沈秀才随口吟出两句诗：“数粒熬成粥一瓯，鼻风吹起浪悠悠。”他绞尽脑汁，想不出下两句诗。这时，那个小偷怀抱着几本书推门而入，脱口续上：“分明一派西湖景，只欠渔翁一钓钩。”

原来，小偷拿了沈秀才的书回到家中后，竟被深深地吸引住了。今晚他特来还书，恰巧在窗外听到沈秀才在屋内吟诗卡壳，忍不住脱口续诗。

吕蒙正谢绝砚台

北宋名相吕蒙正为官清正，但总有人想走他的后门弄个一官半职。

某次，一位富商携一方宝砚拜访吕蒙正，说：“您看这砚台如此温润，只要哈一口气就可研墨，根本无需用水，这可是世间少有的宝物。”

吕蒙正看罢笑笑说：“用它研墨一日也不过省下几文水钱，这点钱老夫还是付得起的。”就这么把这宝贝给拒绝了。

曹冲撕衣救库吏

曹操有一副心爱的马鞍，平时放在库房之中。这天，主管库房的库吏突然发现马鞍被老鼠咬坏了，他很害怕。古人迷信，说大将马鞍坏了预示大将会遭遇不测，库吏准备向曹操请罪。两天后，曹

冲拿着一件都是破洞的衣服找到了曹操，说："听说衣服被老鼠咬坏对本人不利。"曹操开导说："都是迷信，不要当真。"此时库吏进来请罪，曹操听了没生气，反而安慰了库吏一番。

殊不知曹冲衣服上的洞都是他自己撕破的，他这么做的目的就是为了让曹操不要给库吏治罪。

郑宰相宴客

唐代名臣郑余庆两次拜相，却非常节俭。一次，他破天荒地请同僚吃饭，还说要请大伙儿吃一道自己最喜欢的菜。同僚都受宠若惊，早早来到郑府。郑余庆见状，对仆人说："蒸之前把毛刮干净，小心不要把颈折断。"

众人猜想，今天吃的不是蒸鹅就是蒸鸡。哪知端上来一看，竟然是清蒸葫芦。郑余庆并非有意戏弄同僚，这清蒸葫芦确实就是他最喜欢吃的菜。

陶侃搬砖

陶侃是陶渊明的曾祖父，六十岁后，被派往南方做了个悠闲的地方官。从此后陶侃便有了一个奇怪的举动：他每日将一堆砖从屋里搬到屋外，然后再搬回来。众人不解，问其缘故，陶侃说："国家处于多事之秋，我不能在此贪图安逸，要时刻磨炼自己，以备为国效力。"

不久，东晋出现叛乱，老将陶侃再度挂帅，一举平叛。

戏弄蒋介石

抗战时期，孔祥熙的二女儿仗着姨父蒋介石的关系，大发国难财。

1939 年冬，冯玉祥到重庆公干。这天下午，他听说孔二小姐正在城门外打骂拦车检查走私物品的士兵，马上赶到现场，笑着说："二小姐，我总有权检查吧？"孔二小姐一看是冯玉祥，赔着笑溜之大吉。

冯玉祥马上电告蒋介石，说他正追截一走私车队。蒋回电："严惩不贷。"冯玉祥处理完后，又向蒋介石报告："走私车队全部截获，只是主犯逃之夭夭，好像是个女的。都怪我疏忽大意，没将其捉拿归案……"

蒋介石一听，马上明白是孔二小姐的走私车队被截了，只好说："你干得好，干得好。"

（供稿：张　希　潘光贤）

（本栏插图：孙小片）

童年的回忆里，外公有一样特别的东西，一直留在我的心间，挥之不去……

外公的鳝笼

□ 上海市青浦区华新中学　王徐怡

我的外公是个有趣的人。每次回老家，我都喜欢和外公一块儿玩耍。他很懂小孩子的心思，总能出其不意地变出我渴望的东西，比如一颗甜蜜的糖、一架精致的纸飞机、一个可爱的竹蜻蜓……

吃过晚饭，我总会到楼下外公的房间去。外公爱喝酒，桌上摆着许许多多的下酒菜，有时是几块腌肉，有时是一些我看不大懂的东西。我歪着头，好奇又疑惑，时不时抽抽鼻子，嗅着空气中飘忽不定的酒味。

外公忍不住笑着用大手摩挲着我的头发，一会儿，那大手又绕回来，落在我的鼻尖，顺着向下刮："瞧你，小狗似的。"

"我才不是小狗！"我涨红脸，气呼呼地回答，两只小手不断地拍打着外公的双腿。

"嘿嘿嘿，小狗怎么叫啊？"

"汪汪……"我稚嫩地唤着，抬头看向外公。他的脸上浮起坏笑，又顺势倒了一杯酒："还说你不是小狗？"

见我更加恼火，外公端起酒杯

让我尝尝，我一沾酒味就“呸呸呸”地吐掉，一脸嫌弃地跳开。外公开朗又醇厚的笑声填满了整个房间。

老家的房子不大，楼下有个小棚子，里边有几个大桶，那是外公用来盛蚯蚓的。我有时无聊，就会看外公弄这些东西。

我蹲在一边细细观察，只见外公把大桶上的盖子掀开，里面是带腥气的湿土。他抄起一把小铁锹，娴熟有力地把土翻开，几条腥红或青紫的蚯蚓就被挑了出来。蚯蚓又肥又粗的身体扭来扭去，把我吓得连连后退，可又忍不住想看。

接着，外公把扭动的蚯蚓串在一根根竹签上，又从一旁拿来一个用竹篾编成的怪玩意儿。那是两个圆筒状的笼子，组成了直角的形状。外公逗我道：“知道这是啥不？”

我摇摇头。

外公笑道：“这是抓蛇的，你怕不怕？”说着，他故意把那怪玩意儿在我面前晃了晃，吓得我差点一屁股坐在地上。

外公指指那怪玩意儿，说：“这些家伙，闻到蚯蚓的味道就钻进这里面来了，进来了就出不去，后悔也晚啦！”

我听出了端倪：“外公，蛇不吃蚯蚓，你别逗我。”

外公发出爽朗的笑声：“哈哈哈，你个小机灵！这是抓黄鳝的鳝笼。不管是蛇是鳝，你可记住了，千万别贪心，贪心就会上当哦！”

我再次把目光投向鳝笼，觉得外公的话很有几分深意。

外公的鳝笼在河里安安稳稳地躺下了，河水逐渐淹没了笼身……

第二天，我的餐桌上就有了一碗金黄鲜美的黄鳝汤。汤碗里的蒸汽袅袅升起，我用脸迎上这热意，不住地用鼻子嗅着。外公在一旁微笑地注视着我……

外公逝世后，我再也没喝过像那样鲜美的黄鳝汤。

过年了，我终于再次回到老家。外公曾经喝酒的房间早已租给了租客，楼下的棚子里也堆满了杂物。

我一眼就看到，有一件熟悉的东西混在杂物中，是那鳝笼！一股酸楚直冲鼻尖。一瞬间，那金灿灿的黄鳝汤的鲜美滋味，仿佛依然齿颊留香；外公爽朗的笑声和调侃的话语也在耳边回响起来……

（此稿为“我的青春我的梦”第三届中小学生故事会征文获奖作品）

（指导老师：冯佳倩）

（发稿编辑：吕　佳）

（题图：孙小片）

人木

明朝末年，山西运城有个商人叫黄子介，以贩卖木材为生。

有一年，黄子介到南方用船贩运木材。刚装上大船，一个白发苍苍的老翁拄着拐杖走过来，请求黄子介："可否行个方便，捎我女儿回山西老家？"黄子介没多想，答应了。等老翁领来女儿，黄子介顿感后悔。老翁的女儿虽容貌清丽，可面黄肌瘦，像是害着重病。黄子介担心老翁的女儿在船上有个三长两短，自己脱不了干系。

老翁见他犹豫，说："如您把我女儿送回老家，我到时赠您两根楠木。"

黄子介禁不住楠木的诱惑，同意把老翁的女儿送回老家。

一路上，老翁的女儿绝大多数时间在船舱里睡觉，从不说话，什么东西都不吃，只喝些水。黄子介提心吊胆，怕第二天她就会无声无息地死在船上。

船行进山西地界，女子精神好起来。每过一处林木郁郁葱葱的地方，女子脸上就会泛出笑容，痴痴地看着。黄子介问："姑娘，你到哪儿下船？"女子只是微笑，依旧不作声。黄子介疑心她是哑巴。

船行至山西的腹地密林渡时，女子走上船头，指点着岸上示意她要在这里下船。密林渡一向以原始森林著称，沟壑深广、森林茂密。

黄子介和女子一上岸，就见有几个人抬着两根原木过来。其中一人告诉他："这两根大楠木值银数两，是酬谢您的。"说完，几个人放下楠木，用兜轿颤悠悠地抬走了女子。女子在兜轿上回头看着黄子介一笑，一扫路上病重欲死的模样。黄子介心神一荡，起了爱慕之意。

那年，两根大楠木，让黄子介进账不菲。

第二年，黄子介的船再次经过密林渡，他想起了笑靥如花的女子，特意上岸寻找，希冀能和女子见上一面。黄子介瞎撞乱走，终于看到一处人家。所谓的人家，只看见一圈高及人肩的粉白围墙，里面有一棵没见过的树，冠盖如云。

黄子介围着墙转了一圈，没找到入口。他仰头看围墙，突然看到一个女子的头面出现在墙头上，怔怔地看着自己。黄子介吓了一跳，再一看，那人竟是他要找的女子！

"这里是你家吗？"黄子介隔墙仰头询问女子。

女子点了一下头，露出了笑容。"我是用船把你从南方带回这儿的黄子介。"黄子介继续说着，女子就再点头笑笑。黄子介话更多了，问女子怎么在这儿，叫什么名字。女子不管他说什么，在他每句话的停顿间歇，就深深地点一次头，笑容一次比一次灿烂。黄子介话滔滔不绝，女子连连点头。

突然，女子的头颅从树叶间滚落下去，坠落到围墙外，"咕噜噜"地滚落到黄子介脚边。他惊骇万分，近看那"头颅"，却发现香软馥郁，笑容可掬，怎么看怎么像是一种果实，只是眉目口鼻齐全。

等黄子介走出奇怪的密林，回到船上休息，刚睡着，就梦到请求他送女子回老家的白发老翁。老翁说："我是木精，我女儿是人木。当初，我把女儿从故土拔根带到南方，她却水土不服恹恹欲死，我这才请求您把我女儿带回故土。"

人木年幼时可化为人形，等扎根故土，便无法再动。长成大树后，人木会结出一枚果实，酷似人头。遇上不明真相的人向果实说话，它不解人语，只会点头。频频点头的后果，就是果实从枝头坠落……

（**作者**：吴卫华；**推荐者**：暮　春）

（**发稿编辑**：陶云韫）

（**题图**：孙小片）

峭壁上的怪人

□ 老牧童

在鹰嘴崖峭壁上，独自生活着一位年过九旬的孤寡老人。他攀登峭壁如履平地，这么多年，都靠采集稀有的中草药为生。老人从不下山交易买卖，就地将名贵药材随意卖给那些上山采药的人；他也从来不要钱，只是用上好药材从采药人那里换取一些吃食和必要的生活用品。

眼下，鹰嘴崖下的竹园村，正在号召“孤寡老人全部老有所养”。鹰嘴崖在竹园村的管辖范围内，那么，那位独自居住在峭壁上的老人，村里怎么能袖手旁观？村干部下定决心，无论如何要把老人家请下山，送到养老院颐养天年。

村干部带着人上山请了好几次老人，都没有请动。有一天，被派去请老人下山的两个年轻人，又一次吃了闭门羹。他们想下山，却遇上了暴雪。两个年轻人便央求在老人的住处将就一宿。睡到半夜，他们还是睁着眼睛：这里的味儿实在太难闻啦！

两人猜测老人到底多长时间没有洗澡，渐渐小声争执起来。一个说：“我看他至少有一年多时间没有洗脸洗澡了！”

“肯定不止，起码三年。你看看他的身上都起了一层污垢，一碰

粉皮子直掉。”

“三年不洗，身上要长蛆了！”

两个年轻人的争执声越来越大，他们甚至还赌上了灵芝这样的名贵药材。睡在石头炕上的老人被吵醒了，他一骨碌翻身起床，告诉两个年轻人：“别赌了，今天老汉就跟你们讲句实话，我已经六十多年没有洗脸洗澡啦！”

两个年轻人听了面面相觑，惊得张口结舌。

老人兴致上了头，给两个有缘的年轻人讲起了陈年往事——

“说来是七十多年前的事情了。山下来了一位落难的中年郎中，郎中姓王，带着一个十六七岁的男孩，小名金贵。

“父子俩租住在村里，房东夫妇膝下有一小女唤作桂花，生得如花似玉，身上总带着一股子好闻的香味。金贵有时间就帮桂花干农活，桂花抽空跟着金贵学习扎针灸。

“后来，郎中在一次巡诊夜归时，不慎坠入山谷，找到他时已经是奄奄一息。临死前，他把儿子托付给忠厚的房东。可房东夫妇也因意外亡故，两家人只留下金贵和桂花这对苦命孩子。金贵每天带桂花上山采药，换点碎银度日。几十里外的鹰嘴崖一带名贵草药多，金贵就常常备些干粮，去悬崖上采药。”

故事说到这儿，两个年轻人再傻，也猜到了“金贵”就是眼前的老人。喜欢听故事的年轻人，一个从背包中拿出一瓶自家酿的地瓜酒，分给老人一茶缸子；另一个从干粮袋子里掏出一小块烧熟的干腊肉，递给老人，央求道：“您就是金贵吧？继续讲，后来呢？”

老人喝了酒，吃了肉，兴致更浓。趁着酒劲儿，他敞开心扉，打开了话匣子。

“一年冬天，也像今天一样大雪封山，我和桂花躲进这个山洞，冷得抱成一团。正值青春年纪，两人做了夫妻。好日子没过多久，一次我上山采药，三天后回到山脚，见到了一具浑身透湿的尸体。原来，桂花不慎失足落水，肚子里的孩子也跟着去了。埋了桂花，我就搬到了这里，这儿是我与桂花的家。”老人说着，从怀里摸出一条肮脏的手帕，“这是桂花送我的手帕，我一直贴身带着，至今能闻见她身上的香味！”

两个年轻人摇摇头，说：“我们怎么闻不见什么香味？”

老人说：“我能闻见。实话告诉你们，我那么多年不洗澡、不洗

脸，因为我的桂花就是溺水身亡的。她那湿漉漉的尸体几十年来一直在我眼前，我再也不愿把自己泡在水中，不愿用水清洗自己的身体了……”

也许这晚老人说了太多的话，他累得昏睡不醒。第二天上午，两个年轻人趁老人还在熟睡，悄悄用担子将他抬下了山。

等老人醒来，他见众人围绕着自己，知道这下回不去了，只能点头答应了村干部让他洗澡的请求。

本来，大家想带老人去镇上的公共浴室，可浴室老板嫌老人身上太过脏臭，将老人拒之门外。没办法，村里人架起柴火灶头，用起了多年不用的澡锅。那澡锅直径有一米五六，又大又深，是祖传的洗澡神器。两个年轻后生捏着鼻子帮老人脱掉几乎粘在身上的衣服，一边一个，站在锅沿两旁，帮他使劲儿往身上涂满香皂，搓洗身子。那大澡锅里的水很快变成了酱油一般的颜色，表面还漂了一层油脂。一连换了两大锅清水，才算把老人浑身上下清洗得干干净净，还给他换上了一身新衣裳，送进了村养老院。

让人们万万没有想到的是，第二天晚上，老人鼻翼一张一合，对人不停地哭诉：“我怎么闻不到桂花身上的气味了呀？这叫我还怎么活呀！”

老人不吃也不喝，当夜高烧不断，呓语声越来越低，不一会儿竟然就咽了气。

金贵老人死后，有村民分析：“多年不洗澡的人看似无比邋遢，但他长期以来，生活在一个习惯了的特殊环境里，或许浑身上下已经形成了一层保护膜。多年后突然洗了个痛痛快快的澡，像是蜕了一层皮，打破了老人原有的生态平衡，咱们这是好心办了坏事啊……”

（发稿编辑：陶云韫）

（题图、插图：孙小片）

眼泪变钻石

□ 沈顺富 搜集整理

有一个神仙的女儿，她有一个神奇的秘密：只要一哭，流下来的眼泪就会变成钻石。

后来，神仙的女儿嫁给了一个富有的商人，过起了富太太的惬意生活。

一年后，商人的生意做得更大了，跻身世界富豪之列。

最近，不知是谁走漏了风声，神仙女儿的秘密，最终让无孔不入的记者知道了。

众多记者找到了富豪，问他：“请问你的财富究竟是怎么忽然暴涨的？是因为你妻子的关系吗？”

面对记者的追问，商人微笑着说：“对不起，这是我的隐私，无可奉告。”

看到商人不置可否的态度，记者们不禁猜测起来：商人心眼坏得很，为了增加自己的财富，竟然舍得让这么美丽、温柔的妻子天天流泪。也许，还动用了家暴！

一时之间，网络上充斥着对商人的负面报道。

这天，商人和一个好友吃饭。几杯酒一喝，好友实在忍不住，问道：“那些报道你看到了没？你都这么富有了，为什么还要逼迫你妻子伤心落泪啊？”

商人很平静地说：“那些报道我当然看到了。别说现在我富可敌国，当初认识妻子时，我的财富就已经几辈子都花不完了。我疼她都来不及，怎么会舍得让她伤心？”

好友点点头，问：“那你的财富怎么会增长得那么快呢？”

商人耸耸肩，说：“自从妻子知道我最爱吃洋葱炒蛋，不管我怎么劝阻，她都要亲自下厨切洋葱，为我做这道菜啊……”

（**发稿编辑**：陶云韫）

寻找高富帅

□ 任黎明

娇娇仗着自己肤白貌美，一心想找个“高富帅”当男朋友，可她身边并没有这样的男孩。

闺密小娜告诉她，这样的男孩得去运动场上找。玩飞盘是最近流行的一种运动，跟骑马、打高尔夫一样，有很多富人都会玩。娇娇动了心，当即央求小娜带她一起去玩飞盘。

她俩来到玩飞盘的场地，那里果然聚集了很多衣着光鲜的男孩女孩。娇娇的眼光一直在男孩中扫来扫去，这“高”和“帅”一眼能看得出来，“富”怎么辨别呢？

小娜指着一个男孩，说：“那男孩飞盘玩得特别好，抛的时候目标精准，接的时候迅速敏捷。能玩到这个地步，时间一定没少花。我看他绝对是个富二代！”

娇娇连连点头，于是上场玩飞盘时，主动去跟那个男孩互动。两小时下来，娇娇成功加到了那个男孩的微信。接下去几天，她旁敲侧击地问出男孩在西京路经营餐饮，目前单身。娇娇想，西京路是这座城市最繁华的地段，能在那里开店，真牛！

娇娇想抓住机会，周末主动约男孩见面。男孩却说，他在西京路忙，脱不开身。娇娇说：“你在西京路哪里呀？我来找你。”

男孩说：“好，我在大宅门火锅店门口等你。”

娇娇打扮得花枝招展，去了西京路。火锅店门口围着一群人，大家不知在看什么。娇娇也往里瞅了一眼，顿时惊得花容失色。

火锅店门口有一个简陋的小吃摊，只见那个男孩将飞饼旋转着抛过头顶，扔上高空。飞饼打了个旋又飞了回来，他跳起来，帅气地把它接住，动作跟接飞盘一样潇洒！

（发稿编辑：陶云韫）

不用投诉

□ 周开华

大根和二胖是亲兄弟，前段时间，两人都买了同一款电动汽车。春节到了，兄弟俩计划在同一天，开车带着妻儿回老家，陪父亲过年。

他们两家距离老家差不多远，大根上午十点多钟就到了，可直到下午一点多钟，二胖才到。更没想到的是，二胖的车竟是被拖车拖回家的！

父亲问二胖：“刚买不久的车，怎么就出现故障了？”

二胖摇头说，路上车没电了。他问大根：“哥，你的车，充满一次电能开多少公里？当初售车小姐不是说可以开 500 公里吗？”

大根说：“是啊，我的车充满一次电开 500 公里完全没问题。”

二胖愤愤地说：“怪了！我俩同时买的同一款电动汽车，为啥你们家的车开 500 公里没问题，而我家的车开 400 多公里就不行了？”

“是啊，这就有点怪了。再说，我俩开车的环境也差不多，都是城里的道路，很平坦，不像开山路，经常要爬长坡……”

二胖越听越气，他拿起电话，嚷嚷说：“我要找他们客服投诉，现在电动汽车的质量啊，真是参差不齐，我要退车！”

父亲听了，说：“别投诉了，简单的道理都不懂……”

二胖觉得很奇怪，说：“爸，为啥不能投诉？你怎么不帮自己家里人说话呢？”

父亲缓缓说道：“你们家三口人加起来六百多斤，大根家三口人加起来才两百多斤。就是让一匹马拉六百多斤和两百多斤，能走一样远吗？电动汽车不是马，但也是一样的道理，我这个大老粗都懂！”

（发稿编辑：曹晴雯）

请叫我小玉

□陈　坚

王大妈这人风风火火的，退休好几年了，最近突然给自己起了个昵称叫小玉，老伴不明白她为啥要起这么一个不符合年龄的昵称。王大妈捂嘴一笑，扭动着腰身说："明天咱们社区老年团有活动，你跟着我出去转一圈，观察观察我的与众不同，到时候就知道啦！"

第二天，老伴跟着老年团，首先来到小公园，只见一群大妈拿出各色纱巾，摆起了造型。王大妈边摆造型边叫老伴给自己拍照，老伴有点嫌弃地拿出手机，说："你还没说为啥要起那个名字呢！"

王大妈把纱巾轻轻地搭在肩膀上，双手托起脸颊，忧郁地看着前方，缓缓地说："你不觉得我现在的姿势特别像阮玲玉吗？"

老伴听了，差点没站稳。

拍完照，大家上了公交车，老伴问王大妈："就因为像阮玲玉，所以叫小玉？"王大妈没有搭理，趁着公交车转弯，她一个趔趄，差点摔倒在地，老伴慌忙去扶，这时，旁边的一个小伙子站起身，把座位让了出来。王大妈坐稳后，笑道："在公交车上，我可是林黛玉。"

不一会儿，老年团来到了超市。王大妈抄起一个购物篮，以迅雷不及掩耳之势向鸡蛋区冲去，嘴里喊道："今天的鸡蛋五折，老姐妹们，赶紧的！"

老伴看得目瞪口呆，一边护着王大妈，一边劝道："你慢点，小心碰着。"

王大妈拉开架势，气势汹汹地说："不怕，我现在是南宋抗金女英雄梁红玉！"

看着王大妈那副大大咧咧的样子，老伴一时间哭笑不得……

（发稿编辑：曹晴雯）

吉利造型

□ 黄超鹏

阿宇在一个富人社区的物业上班。这天，物业经理把他带到一栋别墅前，指着门前两个绿植雕塑，说："这家业主很快会从国外搬回来住,特地交代了,门口这两头'狮子'太凶，怕孩子不喜欢，让我们改造一下。"

阿宇一看，好嘛，两团茂盛的绿植被修剪成了狮子的造型。乍一看威武得很，但细看，交错的枝杈像锋利的狮牙，狮子眼珠的位置，原本的嫩芽枯萎掉落，变成了两个黑漆漆的空洞，看着吓人。

该怎么办呢？这可难不倒阿宇，他立马请来园艺师，把两头大狮子进行了一番大改造……没过几天，那家住户回来了，孩子看到家门口两只"喜羊羊"造型的绿植雕塑时，乐得直拍手。

不过好景不长，没过多久，疫情来了，经理又对阿宇大倒苦水："业主说啦，那两只羊的造型不吉利,这年头,不能'阳'啦！"

阿宇恍然大悟，拍着胸口说："这好办，交给我解决。"

没过多久，别墅门前的"喜羊羊"改造型了。这次,业主看着心生欢喜，连连说："好，好！这个造型吉利！"原来，门前站着两匹"绿马"，那就是"绿码"呗！

这天，阿宇正幻想着年终总结会上，经理会因为他的机智能干给他多发奖金呢，没想到经理突然怒气冲冲地打来电话："祖宗，你赶紧给我把那两匹马弄走！"

又怎么了？阿宇一头雾水。

"你眼睛不好使吗？那俩雕塑是好几个品种的绿植组成的，里面有好些是枫叶呀……"经理没好气地说，"现在入秋啦，你那两匹'绿马'很快要变'红马'啦！"

（发稿编辑：丁娴瑶）

嘴上有功夫

□ 耿文涛

这天，二猴去相亲。姑娘来之前，介绍人说："这姑娘温柔贤惠，持家有道，特别是嘴上功夫，很是了得……"说话间，姑娘来了，介绍人便找了个借口先走了。

姑娘落落大方，自我介绍道："我叫秀秀，很高兴认识你！"

二猴简单介绍了自己的情况，开始揣摩介绍人的话：嘴上功夫？不会是能吃、能吵架吧？不过接下来的几次约会，每次吃饭，秀秀都只吃一点，没有一点吃货的样子。有一次，二猴不小心将汤汁洒在了秀秀身上，秀秀不仅丝毫不生气，还很有耐心，十分体谅人。二猴心想，看来秀秀果真如介绍人说的那样温柔贤惠啊，他对秀秀非常满意！

为了表诚心，二猴把自己的感情史都告诉了秀秀，甚至还把自己追求公司"冷面美女"莉莉被拒的糗事说了。秀秀听后，说想看看莉莉长啥样，二猴便将手机里公司年会上莉莉主持的视频给秀秀看了。

这天，二猴接到一个电话，里面传来莉莉热情的声音。莉莉说自己很后悔当初看走了眼，直夸二猴人好又帅气。二猴被夸得心痒痒，急切地约莉莉出来叙叙。这时，电话里却传出几声冷笑，二猴细细一听，怎么是秀秀的声音啊？！

秀秀讥讽道："可以啊，二猴，咱俩刚开始，你就不安分了？感谢上天让我早早看清了你！咱俩算了吧！"秀秀说完就挂了电话。

二猴傻了，连忙打电话问介绍人："秀秀以前是做什么的？"

介绍人说："她以前是杂技团的口技演员，最擅长模仿声音，只要是听过的声音她都能模仿得几乎一样，嘴上功夫非常了得……"

（发稿编辑：曹晴雯）

（本栏插图：顾子易 小黑孩）

2023年

中国十大廉洁故事评选

每篇奖金 3000 元

兴廉洁之风，树浩然正气。为加强新时代廉洁文化建设，鼓励广大作者创作出老百姓喜爱的廉洁故事，上海金山山阳廉洁文化基地与《故事会》杂志社，联合推出2023年中国十大廉洁故事评选活动。

评选范围：2023年《故事会》有关栏目发表的“廉洁故事”，如新时代廉洁故事、中华传统文化中的廉洁故事、红色廉洁故事、家风家训廉洁故事等。

评选方法：专家评选及网络投票。

奖项设置：获奖作品奖金为每篇3000元，全年共10篇，并颁发获奖证书。

投稿方式：欢迎广大作者踊跃来稿。邮箱：gushihuilianjie@126.com。老作者可直接投给固定联系的编辑。篇幅控制在3000字以内。作品后请附：姓名、地址、手机号、身份证号、开户银行信息及账号。

其他说明：获奖作品著作权归作者所有，主办方享有使用权、发布权和改编权，凡参赛者视为接受本项约定。

中国十大幽默故事评选

最高奖金　每则 4600 元

为鼓励广大作者创作出老百姓喜爱的幽默故事，中国幽默故事基地上海金山山阳镇与《故事会》杂志社，联合推出 2023 年中国十大幽默故事评选活动。

评选范围：2023 年《故事会》“幽默世界”栏目发表的所有作品。

评选方法：1. 每季度评选出 6 篇季度奖作品；2. 荣获季度奖的作品再参加年度总决赛，经专家评选及网络投票，评选出 2023 年中国十大幽默故事。

奖项设置：季度奖奖金为每篇 1000 元，全年共 24 篇；年度奖奖金为每篇 3000 元，全年共 10 篇。年度奖获奖作品将颁发获奖证书。

征文信箱：gushihui999@126.com。请作者自留底稿，参赛稿一律不退。

山陽 上海 SHANYANG TOWN

当糖果来敲门

赵嫒佳 故事会绿版编辑
Zhao Aijia Stories Editor

最近我读到一个故事，与大家分享。一天，美玲一个人在家，楼上新搬来的邻居大妈忽然上门拜访。大妈热情地递给美玲一盒喜糖，美玲赶忙摆手："我减肥，不敢吃糖。"大妈笑着说："给小孩吃。"美玲无奈，收下了那盒喜糖。两人不尴不尬地聊了几句，大妈便起身走了。美玲翻了个白眼，这大妈也太抠门了，居然把家人不吃的喜糖拿来送人。这样想着，她顺手把喜糖扔在一边。

谁知没过半小时，大妈又来敲美玲家的门了。美玲从猫眼一看，她手里还是拎着一盒喜糖，估计是不把陈年喜糖送完不罢休了。这次，美玲没有开门，假装家里没人。不一会儿，大妈的儿子来了，对大妈央求道："娘，您敲了一路的门啦！大家都在上班，家里没有人，咱回家吧。"

美玲从猫眼中目睹了这一幕，一下子想到了自己的父亲。她的父亲患有阿尔茨海默病。那天下着小雨，美玲下班时，看到父亲拿着一把草，呆立在王二叔家门口。王二叔家住临街房，肯定从门窗里看到了父亲，却不给他开门……父亲不知站了多久，衣服都湿了，美玲问他在这里干吗，他举着手里的草说："我给你二叔送药，这个治眼病。"王二叔小时患有眼疾，父亲只记得这个，糊涂了也不忘给他寻"灵丹妙药"。可父亲的这份心意，王二叔根本不知道，或许知道了也不以为然……

记忆闪过，美玲湿了眼眶，她一把打开门，将大妈和儿子请进屋内。大妈显然已经忘了刚才给她糖果的事儿，又塞过来一盒。大妈的儿子说："小时候，糖果可是稀罕物。亲朋结婚给的喜糖，俺娘只让我吃一块，剩下的都分给邻居家的孩子。她得了阿尔茨海默病，思维停留在那个年代，还把糖果当宝，看到就想往外送，希望您不要见怪。"

送走大妈和儿子后，美玲去超市买了一兜糖果，给大妈送去，让她也高兴一下。等大妈再给她送糖果时，美玲便开心留下，然后再把糖果送回大妈家……糖果虽小，背后却藏着一颗善良真挚的心。当糖果来敲门，请不要拒绝它……

（**插图**：丁德武）

769 CONTENTS

扫二维码，可听全本故事。

2023
SEMIMONTHLY
2月下半月刊

开门八件事，扫码听故事。一本可读、可讲、可传、可听的全媒体杂志。

故事会
绿版·下半月刊
社　长、主　编　夏一鸣
副社长　张　凯
副主编　朱　虹　吕　佳
本期责任编辑　赵嫒佳
电子邮箱　babyfuji@126.com
发稿编辑
朱　虹　王　琦　田　芳　彭元凯
美术编辑　郭瑾玮　王怡斐
红版编辑部电话　021-5320 4060
绿版编辑部电话　021-5320 4051
地址 上海市闵行区号景路159弄A座3楼
邮编　201101
主管、主办　上海文艺出版总社
出版单位　《故事会》编辑部
发行范围　公开
出版发行部
发行业务　021-5320 4165
发行经理　钮　颖
媒介合作　021-5320 4090
广告业务　021-5320 4161
新媒体广告　021-5320 4191
融媒体中心
《故事会》微博　@故事会
《故事会》微信　story63
故事中国网　www.storychina.cn
《故事会》网店
shop36332989.taobao.com
故事会公众号　故事会小程序
国外发行　中国图书贸易总公司
印刷　上海四维数字图文有限公司
发行　中国邮政集团公司报刊发行局总发行
国内代号　4—225　定价　8.00元

（本栏插图：包丰一）

认定撒谎

这天，老公很晚才回到家，告诉老婆加班加晚了，老婆却说他在撒谎。

老公不服气地问：“你说我撒谎，证据呢？”

老婆“哼”了一声：“因为你说话的时候，居然拿起水杯喝了三次水。”

老公更不服了：“你不能因为我口渴，就认定我撒谎啊。”

老婆冷笑道：“可是杯子里没水啊！”

（月月鸟）

狗的报复

小刚不小心把妈妈的花盆摔碎了，便把家里养的狗拉来顶罪，说花盆是狗摔碎的。妈妈信以为真，把狗关进了笼子里。

第二天，妈妈又买了一盆花。趁她走开时，狗以迅雷不及掩耳的速度蹿出笼子，把花盆推到地上，然后又钻进笼子装睡了。

妈妈听见声音，出来一看，瞪着小刚说：“我要不要再买个笼子，把你也关起来啊？”（哈士奇）

改尺寸

学校发了新校服，小红发现自己订错了码，拿到手的是 XXL 码的校服，实在太大了。她正发愁，小明忽然凑过来对她说：“我帮你改小点吧。”

小红既吃惊又钦佩：“哇，你还会改尺寸？”

“简单，马上就好。”说完，小明拿出涂改液，把衣服标签上的两个 X 涂掉，只留了一个 L。（火箭熊）

意外之财

这天晚上，大刘忽然递给老婆500块钱，说：“这是老板一时高兴，给我发的钱。”

老婆疑惑道：“你拿着不也一样吗？”

大刘叹口气说：“这意外之财在我手上是留不住的，还是放在你那里好。一次我捡了5块钱，然后电动车胎给人扎了；还有一次好不容易买彩票中了200块，没一会儿我就刮了别人的车，全赔给人家还不够。”

话没说完，大刘的手机就响了，是岳父打来的：“我带你儿子在街上玩，他没事去逗流浪狗，被咬了一口。我们现在在医院，你快来送点钱……”

（樱桃园）

吓着怎么办

爸爸开车带儿子上了一条小路，前面有个女人推着婴儿车，不紧不慢地走着，爸爸只能降下速度，慢慢跟着她。

过了一会儿，儿子不耐烦了，对爸爸说：“爸爸，你按一下喇叭嘛！”

爸爸批评道：“婴儿车里有宝宝，要是被喇叭吓着怎么办？又不会耽误我们多少时间。”

话没说完，只见那婴儿车里忽然伸出一个狗头，叫了一声：“汪！”

（小　丽）

用什么

妈妈对五岁的儿子说：“宝贝，如果你有两个梨，我再给你两个，现在你有几个梨？”

儿子摇摇头说：“不知道。”

妈妈疑惑道：“你在幼儿园不是已经学过十以内的加减法了吗？”

儿子点点头说：“学过了，但是在幼儿园算加减法，都是用苹果的呀。”

（谁与争锋）

好乖的狗

小丽养的狗越来越胖，她打算让狗跑步减肥。为了不吓到路人，她每天都趁半夜人少的时候，骑电瓶车围着小区绕一圈，让狗在后面追着跑。

一周后的一天晚上，小丽刚把狗牵到小区门口，门卫大爷就笑着对她说：“你的狗好乖，每次你出门，它都跟着跑一小段路，然后回过头跑到那边草丛里趴着，等你回来才走出来。”

（红豆年糕）

安全要紧

小宝跟着妈妈逛文具店时，一直帮她提着包。

忽然，有个人抢了小宝手上的包就跑，一旁的保安正要追，小宝一把拉住他的手：“叔叔，别追了！你的安全要紧！”

保安急道：“那包不要了吗？”

小宝认真地说：“那包里只有我妈刚买的练习卷，你的安全要紧！”

（离萧天）

有没有人告诉过你

胖妹是个面包店的收银员。这天，有个帅哥来到店里，认真地问她：“有没有人告诉过你，你长得很好看啊？”

胖妹羞涩地笑着说：“还没有。”

帅哥点点头说：“那要是有人这么说，你记得提醒他，出门右转再右转，第一家就是我的眼镜店。”

（多麻多）

吃完再喊

甲和乙一起在饭店吃饭，吃着吃着，甲发现菜里有条虫子，正准备叫老板，乙眼珠一转，拉住甲说：“再点几个好菜，我们吃完再喊老板。”

于是两人又点了两个菜，吃着吃着，发现找不到那条虫子了。

（瓦　力）

求学业

小李和朋友一起来到一个寺庙，小李参拜时说：“保佑我早日遇到美好姻缘。”朋友尴尬地说：“这是文庙，是求学业成绩的。”

小李听完，想了想说：“那就保佑我娶个女大学生吧！”

（墨　池）

表现的时候

一个小伙子跟女友逛街，遇到了女友的前男友。女友小声对小伙子说：“你表现的时候到了。”

小伙子故意大声说道：“亲爱的，逛累了吗？把高跟鞋脱了，我背你！”女友听了，喜滋滋地照做了。

没想到，前男友足足跟着他俩走了三站路。小伙子累得气喘吁吁，前男友气定神闲地对他说：“不行了吧？要不换我来背？”（甜　甜）

整齐的被褥

小吴到朋友家里玩，对朋友说：“看样子你当过兵啊……”

朋友一愣，问：“为什么这么说？”

小吴指了指卧室说：“你家被褥叠得很整齐！”

朋友“哦”了一声：“我年轻时待过几天看守所。”

（辣豆腐）

下午停电

一天中午，家里只有姐弟两个人。弟弟说：“姐姐，今天下午要停电，咱把冰箱里的蛋糕和冰淇淋吃了吧。”

姐姐觉得有道理，就把蛋糕和冰淇淋拿出来，和弟弟一起吃了。吃完后，姐姐抹着嘴问弟弟：“你怎么知道今天下午停电的？”

弟弟打了个嗝，说：“我猜的！”（小　可）

本栏目欢迎来稿。请把有新鲜感、有精彩细节的笑话佳作尽快投寄给我们。来稿一经采用，即致稿费，最高稿费为一则100元。本期责任编辑电子信箱：babyfuji@126.com。

对于一名警察来说，追一个小偷不难，只要跑得比他快就行。但是追小偷也不简单，因为要把他追上正道，很难……

奔跑吧，小偷

□顾敬堂

重逢

张汉干了一辈子公安，退休后便觉得哪儿都不适应，被老伴逼着每天出去遛弯，搞得他心里更灰暗了，觉得自己彻底步入了老年人的行列。

这天傍晚，张汉沿着江边公路闲逛着，忽然听到一声尖锐的呼喊：“你给我站住！”

张汉精神顿时为之一振，扭过头只见跑来一个五十多岁的精瘦男子，手里拎着女士背包，而男子身后跟着五六名警察，正狂追不已，却被男子越拉越远。

张汉不动声色，等男子经过身旁时，忽然来了一记扫堂腿。这原本是十拿九稳的事情，不料那男子反应迅速，身子一蹿，竟躲了过去，继续往前跑。张汉来了火气，拔腿就追。

有道是年龄不饶人，张汉追出去五十多米就气喘吁吁的，心脏恨不得从嗓子眼里跳出来，忽然他脚下拌蒜，“扑通”一声摔倒在地，手掌和膝盖火辣辣的。他忍不住呻吟着骂道：“要是退回去二十年，老子能把你撵吐血！”

话音刚落，那个精瘦的男子竟

然倒了回来，边弯腰搀扶他，边惊讶地说道：“我还纳闷你的背影咋这么眼熟呢，是张所长呀！”

张汉条件反射般，反手先擒住对方手腕，然后才顾上打量，等慢慢看清男子相貌后，不由得勃然大怒：“好你个猴三儿，今年也有五十多岁了吧？咋又干起这个勾当来了？”

两人竟然认识，这是咋回事？事情还要从三十年前说起。那时候，张汉刚调到松树煤矿当派出所所长，连矿工带家属管着三万多人。矿上效益好，打架斗殴的事情多有发生，但很少有盗窃案子。可这年冬天，忽然有人陆续来报案，不是东家丢了布料，就是西家少了烟酒。因为案情集中突发，张汉判定作案的应该是同一个人。

这天，有户人家冻在仓房里的半扇猪肉半夜被偷了。家里人听到动静后出门察看，黑暗中只见一个身影扛着猪肉飞身上墙，瞬间就不见了，遗留在院子里的脚印离围墙最近的也有一米远！张汉勘验现场时，不由暗暗心惊——此人竟然是个飞贼！

下午两点左右，张汉在街上走，忽然看到一个二十岁左右的小伙子扛着捆油毡纸，步履从容地迎面走来。这原本是很正常的场景，但张汉却立刻感觉不对劲——镇上唯一的日杂商店在东面，这人却是从西面来的，而矿物资科的库房就在西面。张汉上前拦住小伙子，语气严厉地问道：“你这油毡纸从哪儿来的？”

小伙子笑眯眯地答道：“张所长，我表哥在矿物资科，我找他要的。”

“你认识我？”张汉神情放松下来，“你表哥是谁？”

小伙子掏出一盒“骆驼”，给张汉敬烟：“谁不认识您呀？全县四大名捕之一，张铁腿张所长！我表哥是赵德发。”

“哦，物资科赵科长呀……”张汉伸手去接小伙子的香烟，二人双手相接的时候，张汉手一抖，一副手铐从袖子里蹿了出来，闪电般向小伙子的腕子铐去。

较 量

然而，原本十拿九稳的锁人绝技竟然失灵了，小伙子脚下犹如安了弹簧，“噌”的一下倒着跳出去四五米远，笑眯眯地问道：“您这是干吗？”

张汉脸色沉了下来：“赵德发监守自盗，昨天被矿务局公安处带走调查了，你这个谎撒得不是时候！”

小伙子愣了一下，脸上露出了些许慌乱，有些羞涩地说道：“张所长，我家房顶漏了，没办法才去物资科顺了捆油毡纸，也不是什么值钱的东西，您就放我一马吧。大不了我还回去就是了。”

张汉思考了一下，点点头，不动声色地靠近小伙子：“下不为例呀！”

小伙子“噌”地又往后跳去，始终和张汉保持四五米的距离：“谢谢您开恩！”

张汉彻底怒了，也不再伪装，一个箭步直奔小伙子而去。小伙子扛着油毡纸，像阵风似的钻进了小巷，很快就将张汉甩开了五六十米远。

张汉心底暗暗吃惊，自己号称铁腿，竟然连对方的边都摸不到。他只好沮丧地停下了脚步。不料小伙子也停下来，对他拱手作揖：“张所长，一捆油毡纸，您至于吗？”

张汉脚趾抓地，弓着脚缓步向前，冷笑着说道：“前两天有人报案，说家里丢了东西，其中就有两条骆驼烟，看你的打扮，不像能抽得起‘外烟’的样子，你身上的事儿不少吧！”

小伙子也不否认，嬉皮笑脸地竖起大拇指：“不愧是名捕。我只针对当官的，他们的东西也都是吃拿卡要来的，您就睁只眼闭只眼，把我放了吧。”

离小伙子七八米远的时候，张汉忽然掏出了手枪：“一码是一码，我跑不过你，但你能快过子弹？”

小伙子紧张地咽了口唾沫：“张所长，我罪不至死，家有老娘要养，确实不能跟您回去，要开枪您就开吧！”

话音刚落，小伙子将肩上的油毡纸猛地抛了过来，左蹿右跳着向另一条巷子逃去。张汉对天鸣枪警告，等再去瞄小伙子时，他早已不见了踪影。

张汉立刻回到所里，把全体警员喊过来，描述了小伙子的样貌特征，有个片警立刻举手：“张所，您说的这人姓侯，人送外号‘猴三儿’。他刚初中毕业，长短跑都很厉害，在学校时年年第一。”

知道底细就好办了，张汉立刻带领四个手下直扑猴三儿家。等到了门口，院子里传来了狗叫声，张汉心里一惊，指挥俩人堵门，自己率领另外两个迅速绕到后院。可是已经晚了，只见一个精瘦的身影兔子般跳过矮墙，钻进后山的林子里

不见了。

张汉沉声道：“跑得了和尚跑不了庙，先起赃！”

屋子里乌漆麻黑的，一个病恹恹的中年女人在炕上强撑起身子，神情慌张地看着来人。几名警察在屋里搜出了一堆赃物，大多都是吃的用的。

女人坐在炕上哭了起来：“警察同志，要抓就抓我吧，是我拖累了三儿呀！”

约　定

随着女人的哭诉，张汉的心情越来越沉重。原来，猴三儿的父亲和俩哥哥偷着挖了个小煤窑，结果遇到塌方，同时遇难了。经此打击，女人一病不起，猴三儿辍学回来，找不到合适的工作，一时糊涂，走上了偷窃的道路。

张汉站在屋子里思索片刻，缓缓说道：“赃物还是要带走的，不能违反规矩。我会照着这些东西再买一份送来，失主那里也照价赔偿。你告诉猴三儿，明天我找人和他跑一场，要是他赢了，从此以后我就不抓他了。”

当天晚上，张汉正在办公室里吃饭，忽然传来敲门声。听到“请进”之后，来人推门进来，“扑通”一声跪在地上，正是猴三儿。

猴三儿眼含热泪，伸出双手道：“张所长，您抓我吧，我不跑了。”

张汉冷笑一声：“这么抓你多没面子？明早八点，在矿中学操场试试你的腿力，跑不赢看我怎么收拾你，滚！”

第二天一早，猴三儿忐忑地站在矿中学操场上，只见两辆吉普车开过来。张汉先下了车，紧跟着是一个长相酷似张汉的男人，后面还有几个棒小伙。

张汉用下颌指指猴三儿，对旁边的男人说道：“老二，就是这小子，你让他们比比吧。”

这男人正是张汉的弟弟，他笑着说道："哥，你不就想找个面子嘛，瞧好吧！"

张汉弟弟指挥几名小伙子和猴三儿站在起跑线上，掏出发令枪。随着一声枪响，几道身影如同离弦之箭般向前冲去。

不到十秒钟时间，张汉的弟弟就瞪大了眼睛，满脸都是惊讶的神色，只见猴三儿一骑绝尘，遥遥领先，第一个冲到了终点。

弟弟看了看手中的计时器，兴奋地拍了一下大腿，对张汉说："哥，这人我要了！"

于是，张汉的弟弟将猴三儿带回了市体校。半个月后，省全运会诞生了一个冠军，松树煤矿少了一个飞贼。

后来，张汉调到县里当了副局长，慢慢没了猴三儿的消息，没想到两人今天居然以这种方式重逢了。

张汉紧紧抓住猴三儿的手腕儿，厉声喝道："蹲下！"

猴三儿笑了笑，配合着蹲下，说："张所长，被你抓住不冤。"

这时，几名警察终于赶了过来，扶着膝盖大口喘气，个个脸色通红，话都说不出来。

猴三儿蹲在地上嘲笑道："你们的体能都赶不上老同志，还得加强训练呀！"

一名警察认出了张汉，又喘了好几口气，才苦笑着说道："张前辈，你放开侯教练吧，我们是在演习呢。"

猴三儿在张汉惊讶的目光中站了起来，动情地说道："张所长，我后来在省体校当了教练，今年退休回来，就被市局聘去，帮着年轻人操练体能。这么多年了，每次奔跑我都会想起您。感谢您，把一个小偷追上了正道！"

刹那间，张汉退休后的颓废一扫而光，他拍打着猴三儿的肩膀说："侯教练，以后带着我一起练，我给小家伙们讲讲咱们的故事！"

（发稿编辑：赵嫒佳）

（题图、插图：孙小片）

顺 路

□上海市长征中学　秦　天

张欢读初中是从外区转过来的，而他的同学几乎都是从小学一起升上来的，互相早就认识，张欢感觉很难融入他们。又因为张欢家与学校相隔有半小时的路程，所以连同路的同学也没有。每天放学，张欢都当着“独行侠”，一个人闷声不响地走回家。

渐渐地，他封闭了自己，很少说话，也没有笑容。

几个星期过去了，一天放学，张欢突然听到有人大声喊：“张欢！”

张欢回头一看，原来是班里的“开心果”韩亮。

韩亮嘴上挂着微笑，冲到张欢面前，还没等张欢想好该说什么，就一把拽住他的衣袖说：“走！一起走，我和你顺路！”

韩亮走在张欢身旁，快活得像只小鸟，手舞足蹈，高谈阔论着。张欢发现，韩亮脸上的笑容是多么纯洁和真诚，他心里突然也有了一种想说话的冲动，但不知怎的，嘴巴却像被糊上了胶水一样，怎么也张不开。

韩亮终于忍不住问道：“你咋不说话呀？”张欢看了韩亮一眼，还是摇了摇头。

韩亮似乎有些生气，脸上的表情从晴空万里变成了乌云密布，嘴巴噘成了一座小山，两根浓浓的眉毛也像发生车祸一样“撞”成了一团。

张欢觉得再不说话就有些不礼貌了，只好硬着头皮坦白：“对不起，我只是不太会说话。”

听到张欢回答，韩亮的脸上又重新绽开了花朵，问张欢：“你家住在哪里呀？”张欢勉强地回答：“乡村花园。”

韩亮一副很惊讶的样子：“哦？你也住在那里呀！我家就在那里附近。”

张欢很惊喜：原来他真的和我同路呀！不过怎么以前没有见过他呢？

韩亮又拿出“开心果”的本领说：“我给你讲个笑话吧……”

张欢听完一下被戳中了笑穴，“扑哧”一声笑了出来。

两人就这样一路聊，一路笑，聊足球，聊考试，聊动画片里的宇宙怪兽……

走到了乡村花园，两人互相道了别。张欢一路到家，嘴角都挂着久违的笑容。

张欢到家歇了一会儿，准备做作业，突然发现，糟了，作业本落在学校了！他急忙迈开双腿又冲回学校。

快到学校时，张欢突然看到韩亮也在前面走。他很惊讶，便放慢了脚步，悄悄“尾随”着韩亮。只见韩亮走向了学校对面的一个小区，一个叔叔正等在小区门口。韩亮向那叔叔走去，怯生生地说：“爸爸，我回来了！”

“怎么这么晚回来？晚了一个小时！”

“我去帮助同学了。”

看到这一幕，张欢明白了：原来韩亮就住在学校对面，但为了让我敞开心扉，陪我走了这长长的一路。

韩亮，你真好！

张欢鼻子一酸，眼眶一热，本想上前去和韩亮打个招呼，可一个转身，他还是掉头往学校走去。

从此之后，张欢仿佛变了一个人，笑的时候多了，朋友也多了，生活变得有趣丰富。而韩亮呢？依然是那个人见人爱的“开心果”。

（第四届“我的青春我的梦”征文活动正火热进行中，详情请见《故事会》校园版，在上海的好德、可的、良友便利店均有售。）

（发稿编辑：彭元凯）

（题图：孙小片）

爸妈这婚催得紧啊

◆ 老妈："林志玲都结婚了，你还不抓紧？"

你："她44岁才结婚，我不急。"

老妈："可是你看着已经像45岁了！"

◆ 前几年谈恋爱，妈妈总担心地说："多看看，不着急，要了解对方，就怕对方藏得太深了！"现在谈恋爱，妈妈总是担心地说："看好了就快点出手，等对方了解你了，可能又黄了。"

◆ 我妈这几天一直唠叨，让我年前赶紧带个男朋友回来。我对我妈说："妈，你放心，我以后肯定会带一个高大帅气、会洗衣做饭、能上得厅堂下得厨房、对你好的女婿回来的。"我妈瞥了我一眼："就你这样的，能找个站着尿尿的就不错了。"

（**推荐者**：向日葵）

笑看世界杯

◆ **红牌鼓励**

一次看球，老妈问我裁判员手上的黄牌、红牌有啥作用，我说："黄牌表示警告……"老妈打断我的话："我知道了，红牌肯定是表示鼓励了！"

◆ **"手"门员**

一天晚上看球时，我故意逗老妈，指着守门员说："其他人都用脚踢球，为什么那个人可以用手抓球啊？""他是手（守）门员啊，当然要用手！"老妈脱口而出。

◆ **凌晨凉快些**

受我的影响，儿子也是一个小球迷。但由于许多球赛时间都很晚，儿子看不成，小家伙心里很不爽。一天吃晚饭时，儿子抱怨道："真气人哟，世界杯足球赛怎么大多数都安排在凌晨啊？""凌晨凉快些！"老妈抢着回答。

（**推荐者**：潘光贤）

用幽默反映现实问题

◆ 压力就像一条忠心的狗，释放出去还会再回来。

◆ 站着瞌睡，坐着瞌睡，躺下不瞌睡；早上困，下午困，晚上不困！

◆ 只要脚还在地上，就别把自己看得太轻；只要还活在地球上，就别把自己看得太重。

◆ 本想找一个人共度风雨，但当你找到后就会发现，大部分的风雨都是另一半带来的。

◆ 不敢看银行账户余额数字的是成年人，不敢看成绩单数字的是学生，两个都不敢看的是大学生。

◆ 危急关头，女孩打开App，想发出求救信息，结果她打开App，跳出广告5s、4s、3s、2s、1s……女孩终究还是没来得及发出求救信息。

◆ 越是那些无心工作、着急结婚的，越容易遇到人渣；反倒是那些从容不迫、一心想着提升自己的，最后毫无疑问都单着。

◆ 只要人人都能用批评他人的标准来要求自己，世界将变成美好的人间。

（**推荐者**：九重樱）

多姿多彩的搞笑生活

◆ 天下没有不透风的墙，隔壁晚饭是真香。

◆ 根据事情的发展以及结果来看，我之前转发的都是伪装成锦鲤的草鱼，根本没用！

◆ 10年前打算找个女友买房结婚；如今10年过去了，还是单身一人。能买房的女友太难找了！

◆ 常去一家超市买菜，倒不是因为那里菜好或者便宜，而是他家提供的免费购物袋跟我家的垃圾桶大小正相配。

◆ 我朋友说不想住校了，他父母给他买了套房；我说我不想走读了，我父母把我腿打断了！

◆ 对班里成绩好的同学来说，“点线面”三个字会刺激他们学习的欲望；对我来说，这三个字会刺激我的食欲——“点心米线面条”。

（**推荐者**：柚　子）（**本栏插图**：孙小片）

一块城砖

□王鑫 驾

包工头蔡三这两年混得风生水起，开起了建筑公司，还揽了个大活儿：给镇里开挖下水道。高兴劲儿过去，蔡三一算细账，心里又不平衡了。为啥？利润太低！忙活好几个月，就挣仨瓜俩枣的，他不乐意了。

蔡三想来想去，就想出个歪招，要把合同规定的高标号水泥，换成低标号的。别看都是水泥，标号一低成本就低了，自己能赚更多，但是水泥质量自然也就差多了。不过，蔡三心里也挺矛盾，这么昧着良心干还是头一次，所以有点举棋不定。他决定回乡下，和老爸商量一下。

他老爸人称老蔡，是十里八村有名的泥水匠，现在年纪大了赋闲在家。刚进家门，蔡三就后悔了，凭自己老爸那股刚正劲儿，商量这事不是找骂吗？不过来都来了，他索性拿出瓶好酒，和老爸喝了起来。因为心里有事，蔡三不知不觉就喝大了，迷迷糊糊睡了过去。

等醒过来，天已经亮了。蔡三急忙爬起来，一看老爸并不在屋里，酒桌上多了一块青色的城砖。这城砖是过去建城墙用的，比普通砖要大好多，上面有三个字，“李止起”，“止”和“起”之间还有个空当。这块城砖蔡三小时候就见过，被老爸宝贝似的藏着。有一回蔡三摸了一摸，就被老爸一顿训，说这砖是个古物，虽然算不上名贵，但对蔡家特别重要。

这块宝贝城砖，怎么放在桌子上了？蔡三一琢磨，也许老爸觉得是时候传给自己了？老听说什么秦砖汉瓦，兴许这也是个值钱物件呢。

再看那三个字，蔡三眼前一亮，有了！

不等老爸回来，蔡三抱起城砖，开车就往镇上赶。一到地方，他就给李镇长打电话，说他的下水道工程今天要搞个开工仪式，请李镇长亲自前来启动！

就这么个小工程，还搞开工仪式？别说，李镇长还真来了。此刻蔡三在工地上已经准备就绪，他让工人开来一台挖掘机，请李镇长上去："您上去以后，啥操作都不用做，按一下电源开关就行，然后我操纵铲子来这么一下就完事了。"

李镇长听后有些犹豫，蔡三眼珠子一转，立马说道："这表明政商一体，咱们开发的是民心工程！"听到蔡三这么一说，李镇长的眉头才舒展开来，点点头说："不错，不错。"见说妥了，蔡三就要介绍哪个是电源开关，没想到李镇长摆摆手说："不用，我大学学的是土木工程，开过。"

开工仪式正式开始，李镇长上了挖掘机，蔡三刚要跟着上去，兜里的手机突然响了。他看了一眼屏幕，是老爸打来的，在这节骨眼上他可不敢接，随手就挂了。可真是邪了，老爸马上又打了过来，蔡三一急之下，索性把手机关了，才上了挖掘机。

李镇长果真是内行，随手就打开了电源开关，蔡三急忙跟着挖了一铲子，土翻上来，就看见里面有块青色的大家伙，啥？一块城砖！

有工人上前捡起来，擦去泥土递给了蔡三。蔡三一惊一乍地喊起来："李镇长您快来看，上面还有字，是……是您的名字！"

李镇长姓李，叫李止，城砖上刻着的，正好是"李止起"。蔡三把砖递给了李镇长："这砖在咱们这儿出土，说明您要高升了，这是大大的吉兆啊。"

李镇长接过砖来，端详了半天说："我也见过不少古董，依我看，'止'和'起'之间，应该还有一个字，不知道为什么被磨掉了。"

蔡三满脸堆笑："不管怎么说，这砖是您挖出来的，就归您了，说不定是哪个朝代的宝贝呢。"

李镇长抬眼看了看蔡三，没说话，只是若有所思地点了点头，就带着城砖离开了。

看到李镇长拿走了城砖，蔡三那叫一个心花怒放！其实这城砖，就是他事先埋进地里的。当着李镇长的面翻出来，为的就是给他讨个彩头，然后好趁机送给他，这样也显得城砖是古物。蔡三早就打听明白了，李止镇长平时喜欢古董，这是投其所好。不光如此，李镇长是土木工程系毕业的，蔡三也有耳闻，自己偷换了水泥标号，要是被他看出来，还不是竹篮打水一场空？现在他既然收下了这块城砖，到时候必然会高抬贵手的。

事情办妥，蔡三才有空打开手机，一看有好多通老爸的未接来电，他怕老爸会来要城砖，也没打回去，而是拨了水泥厂的电话，把预订好的高标号水泥，都换成低标号的。这么一来，蔡三就能多赚一笔啦！

到了晚上，第一车水泥就拉到了工地。蔡三忙带工人过去卸车，却发现工地上有一群人正商量着什么，打头的正是李镇长。李镇长见是他，打起了招呼："蔡三啊，你算找着宝了。"

"啥宝？"蔡三一脸疑惑。

"城砖！简直价值连城！"

"什么？"蔡三肠子都悔青了，他早就料到那块城砖值点钱，可也没想到值成这样。要是自己把城砖偷偷一卖，还挖啥下水道啊！

看见蔡三的后悔样，李镇长又笑了，他拉过一位戴眼镜的中年人说："这是县文保所的老张，让他跟你说吧。"

老张说："其实这城砖本身不值什么钱，关键是上面的字，那是刻出来的，不是烧出来的，说明这是古城墙的标志砖。李止某起，是说城墙到此砖的这一段是由姓李的工匠砌成的，而下一段则由另一位工匠来砌。至于姓甚名谁，因为上面的字被磨掉了，也无从考证。"

李镇长接口说："我拿到城砖后，就送到了文保所。老张说我们县的县志上有段记载，说历史上这里建起过一座古城，可不久就荒废了。莫非遗址就在这里？他就带着人在出土这砖的地方往下挖，结果，还真挖出了很多老城砖，说明这里可能真是古城遗址。这在考古上、在我们镇的旅游发展上，都有重大意义。你说，这砖是不是价值连城？"老张又说："不过这样一来，你这下水道就不能挖了，我们要保护性发掘。"蔡三听完只觉天旋地转，嘴里发苦："那我的工程怎么办？我的水泥、工人都齐了……"他突然跳起来喊道："不！这块城砖不是从这里挖出来的，是我埋下去的，你们不能从这里挖！"

李镇长笑了："这我已经知道了。不过也巧了，我们恰恰在这里挖到了古城墙遗址，你也算立了一个大功。不过，更大的功劳是这位的。”说着，他又从人群里拉过一个人来，蔡三定睛一看，竟然是自己的老爸。

老蔡满脸怒意：“你昨天喝酒喝大了，不知不觉就说要用低标号水泥换高标号的。我想等你酒醒了劝劝你，咱蔡家不能干这昧心事，就拿出城砖放在桌子上，用来当话头。可我一个没留神，你竟然拿着城砖跑了。我一急，就追到镇里，把事告诉了李镇长。”

蔡三绝望道：“你可以直接到我家啊，等我回去再说不行吗？”

老蔡更生气了：“我倒是想先拦住你，可我打你手机，你不但不接，还关了机。我跑到镇里，看见镇长他们在工地上开挖，才……”

“老爸呀老爸，都说虎毒不食子，你可把我坑惨了。”

“我是想给你来个深刻教训！你知道城砖上缺的那个字是什么吗？正是‘蔡’，咱家的姓！”

老蔡神情激动地讲述起记在蔡家家谱上的一件惨痛之事：明朝末年，蔡家的一位祖上为朝廷筑城。可是他有一天喝多了酒，砌墙的时候没有在墙缝里放入足够的三合土，导致有一段城墙不够结实。第二年敌军入侵，就用攻城锤从这段城墙上撞开缺口，杀了进来，酿成了一场屠城惨祸，城墙坍塌，慢慢被泥土所掩埋。

明军后来根据这块标志砖——李止蔡起，追查出这一段是蔡工匠所砌，就把他斩首了。蔡家的人深以为耻，把这件事记入了家谱，还把标志砖一代代传了下来。

“你知道为什么砖上没有了‘蔡’字吗？因为祖上的这件事，蔡家没脸见人啊！可你，竟然又玩起了偷工减料的老把戏！本想在家里给你说这些，可你早早就走了。”老蔡痛心疾首。

蔡三整个人怔住了，好半晌才说：“我……我这就把水泥退回去……我要吸取这个教训，好好反省，做个合格的蔡家后人。”他看了一眼老爸，说：“我看，不如就把这块城砖捐出去，为县里的考古旅游事业出点力。”老蔡笑着说：“行，这回让你当个家。”

李镇长也笑了：“我看这块砖还有特别的用途：不但能让人知道古代是如何搞好建筑质量的，偷工减料没有好下场；还能当廉政的教材，说明行贿受贿那一套行不通！”

（“藕花洲杯”第六届中国（浙江）廉洁故事大赛优秀作品选登。）

（发稿编辑：彭元凯）

（题图：陆小弟）

三十多年前，天津的一些农村结婚只用一匹辕马驾着一辆大车接媳妇。从新郎家出来时，男方用红绸包些钱拴在马的笼头上，俗称“马头”。到了新娘家，女方把红绸解下来，照里面的钱数再给一份，两份加起来就是给赶车的酬金……

拴马头

□吴 滨

云柳乡方圆百十里，数老陈家养的马好，因此谁家有喜事，必请他赶车接亲。老陈人厚道，不在乎马头多少，但他死后，子承父业的陈耀才就不怎么厚道了。

这不，老孙家办喜事，等陈耀才赶车到了新娘家，对方按照规矩，解下马头，照数添了2块。陈耀才嫌一共4块太少，就不高兴了。在快到新郎家时，他看到新郎和家人正站在门外迎亲，故意赶车朝地上的水洼轧过去，泥水不偏不倚地朝新郎身上溅，好在新郎弟弟孙智眼疾手快，用身体替哥哥挡了一下。

谁都看出陈耀才是故意的，但大喜之日，吵起来打起来都太晦气了，所以新郎没有作声，径直走到车前，准备把新娘背进家门。不料新娘刚趴到新郎背上，马突然一蹿，新人被车架子一顶，猝不及防全摔在了泥地上。陈耀才赶紧扯住马，责骂牲口瞎蹦。

有人看出来，这次又是陈耀才使的坏，他偷偷用马鞭捅了马。但因为孙智正和陈耀才女儿小芬处对象，还在等陈耀才点头同意呢，所以老孙家选择了忍气吞声。

这事过去了七八天，孙智来找小芬，小芬正好不在。陈耀才看到孙智，脸一沉说：“门槛都快踩破了，你还真好意思回回都空着手。”孙智没法子，只好打了酒，又切了肉，才再次登门。

陈耀才吃着喝着，对孙智说：“你种地是好手，小芬要是跟了你，咱就是一家人了，那我遇上点难事，这忙你必须帮吧？”孙智见和小芬的事有门，马上讨好问啥事。陈耀才叹口气说：“我这马头越来越薄，想多要还得看人脸子。”

孙智以为他说哥哥结婚那天的事，忙说自己家的确困难，陈耀才摆手：“这样吧，我想个多拿马头的法，一个人干费点劲，你要不帮忙，往后别来了。”孙智明知陈耀才拿小芬要挟自己，可又没别的法子，只好应了下来。

俩人商量合计一番，就准备拿老李家娶媳妇这事试试水。这天，陈耀才照例去接亲。从男方家出发后，接亲队伍会路过一片密林边缘。快到密林的时候，陈耀才看到有黄雀从林子飞出来，他偷偷一戳马，马嘶鸣一声拉着车朝林子冲去，他顺势大喊：“不好，飞鸟惊马了！”

原来，这正是他和孙智二人的合谋。孙智就躲在林子里的树上，等接亲队伍走近时，他把自己平时驯的黄雀放出来，让鸟飞向陈耀才的马鞭。那马鞭头上有个红绒，鸟早被训练得围绕红绒飞旋，陈耀才假借赶鸟，顺势对马动个手脚，神不知鬼不觉。

马车眨眼间冲进了林子，陈耀才忙说：“我过去看看，牲口性大，你们远远等着。”说着，他一甩鞭子慢慢走过去。

其实，他甩鞭子是信号，跑到林里的马听到声音便停了下来。此时车上没人，孙智便趁机从树上下来，解下马头数数是 4 块，塞了 2 块后又拴好马头躲回树上。然后，再由陈耀才把车赶回大路上，顺顺当当到了新娘家。

新娘家人解开马头见是 6 块，感觉给得多了，但没多想，按规矩也包了 6 块给陈耀才。陈耀才尝到甜头后“再接再厉”，每次由他引开大伙儿注意，由孙智往马头里多塞钱，三四个月多拿了几十块。

俩人就这么一直合作着。这天，陈耀才又去接亲，以往出发前，他和孙智都打个照面，表示准备好了，可今天陈耀才往人群里一扫，没看见人，心里犯了嘀咕：昨晚找他商量，孙智爱答不理，眼下会不会不来了？要不自己先凑合干，回头找人算账！于是他一甩鞭子上了路。

出来没多远，马一撅尾巴要拉

屎，陈耀才忙用马鞭点住马尾，逼得马只能憋回去。直等走到一座石板桥，他才松开马鞭让马方便。马粪湿乎乎的，又赶上石板桥下坡，后面有个接亲的没注意，踩上马粪滑倒了。趁其他人去搀，陈耀才忙掏出个一样的红绸包调换了马头。

等接亲的起来，陈耀才说声“稍等，解个手”，转身进了树林，打开马头一看，里面是4块。他骂声“小气”，刚要再塞4块，发现原先的钱背面都有记号！看来对方有防备，他忙抹去记号，包好马头出了树林继续赶车，路上找机会又调换回去。

到了新娘家，新娘爹解下马头一看是8块，脸一沉说：“钱不对，亲家说他钱上有记号，没有的不算！”陈耀才假装看看，问：“钱都没记号，难道你亲家一分没给？”新娘爹一看，钱上约定的记号没了，明白这招被陈耀才识破了，但很快又说：“也许他忘了，但我们事先说了，各自只给4块，多了不作数！”

敢情前几次，婆家娘家婚礼后一对茬，发现在拴马头上吃了亏，把事传了出来，这两家干脆提前做了防备。陈耀才没想到对方是双保险，但他不能吃亏，很快又想了一招。

陈耀才先把两份马头分别拴到马的笼头两侧，又从车里拿出个半月形木头垫子，卡在一边的车轮上。这个木头垫子本来是一对，下雨天的时候卡在两个胶皮车轮上，可以防止轮子陷进泥里出不来。

等新娘上车，陈耀才赶车出发。这下，一个车轮上有木头垫子，另一个没有，两边不一般平，车子就一颠一颠的，陈耀才还特意把车往不平的地方赶。没多久，新娘被颠得受不了，路上有看热闹的也纳闷，起哄喊：“嘿，这接亲的车咋瘸了！”

陈耀才睁着眼睛说瞎话，竟指

着两份马头说："马头一多一少，车自然就瘸了。"大伙儿不知内情，纷纷起哄："哪有婆家娘家一厚一薄的？"正在这时，孙智气喘吁吁、满头大汗地从人群中钻出来，朝陈耀才喊："车瘸能修，心坏了没治，您还是好好赶车吧！"

陈耀才本来对孙智失约就有火，见他"反水"更生气，一瞪眼说："你出钱？"接亲的怕耽误了吉时，忙怯怯地问："要不加4块？"孙智说别给，过来抢陈耀才的马鞭。陈耀才以为孙智要动横，死抱着马鞭往地上一躺："打人啦，吓死我了，不走了！"

孙智见抢不走马鞭，伸手来牵马。可只听陈耀才一声呼哨，马四蹄仿佛生了根，根本拽不动。接亲的更是都认定斗不过陈耀才，忙又要提加钱。孙智拉住接亲的说："我送新娘到家。"

陈耀才冷笑说："只有我有大车，你扛新娘走？"孙智没理他，朝远处树林喊了声："来吧！"只听"突突"一阵响，孙智他哥开着辆崭新铮亮的手扶拖拉机出来了。孙智问新娘："坐这去见新郎行吗？"接亲的和新娘眼睛一亮，连声说好。陈耀才见孙智饯行，跳脚喊："姓孙的，装啥好人？马头塞钱也有你份儿！"

孙智朝大伙儿一鞠躬，说："对不起，我是和他混过，但我是想和小芬处对象，他拿这逼我，我没法子。前些日子，小芬知道了，说再和她爹诓人家钱就和我吹，我决心不干了。"

陈耀才气坏了："臭丫头管起她爹了。"说完他有些不解："你这拖拉机咋买的？"

孙智一笑："就是这么巧，上面出了个买农机分期付款的政策，我和别人凑了点，加上村里支持，买了拖拉机，既能耕地又能为大伙儿免费接亲，今天刚把车开回来。以后咱再不拴陈耀才的马头了。"

大伙儿听完一阵欢呼，从马车上解下彩绸装扮好拖拉机，载着新娘离去，陈耀才见状跳着脚喊："孙智，你甭想娶小芬！"孙智坏笑着说："买拖拉机多亏小芬帮忙，她把您攒的钱都给我了，我俩定好下月领证，户口本都在我这儿了。多拿的马头，我也替您还给大家了，岳父大人！"

陈耀才听完站在原地，傻了……

（发稿编辑：田　芳）

（题图、插图：陶　健）

·新传说·

马局长的新司机

□朱东明

冯爱国是城建局办公室主任。最近，局里新来了位马局长，其他方面都还好，唯独对司机十分挑剔，上任三个月已换了五个司机，却还是不满意，为此冯爱国十分苦恼。

这天，新来的办事员小李见冯爱国一副愁眉苦脸的样子，就问他怎么回事。这事在局里也不是秘密，冯爱国就把事情的大概说了说，小李听完哈哈一笑，说："冯主任，这有什么难的？我有个朋友是猎头，让他帮着找，准行！"

冯爱国大喜过望，连忙把要求发给小李，说这司机一要年轻有力气，有时马局长喝多了得让司机送到家门口；二要开车稳，路线熟；三要情商高，有眼力见。小李收到后，拍着胸脯说保证没问题！

果然，第二天一早，冯爱国就接到电话，对方说想来应聘司机。双方一见面，冯爱国眼前就是一亮。对方是个二十多岁的小伙子，自我介绍姓张，长得人高马大、身强体壮，最起码第一个要求就很符合。

冯爱国不敢掉以轻心，从单位调了一辆小轿车，坐在后座上随意指定了几个地址，要求小张不看导航，开车送自己过去。这一试，冯爱国满意得差点叫出声来。小张开车极稳，对路线也非常熟悉，最可贵的是情商极高，路上冯爱国故意提了几个刁钻的问题，小张都是从容回答，详略得当。冯爱国非常满意，和小张签了合同，让他第二天就上岗。

接下来的半个月，冯爱国一直提心吊胆，好不容易才找到个机会问马局长，新来的司机怎么样。没想到，马局长居然对小张赞不绝口，说他有眼力见、会办事，开车稳路线熟，而且身体强壮，背着他上楼也不在话下。再一看跟在马局长身后的小张，俨然是心腹跟班的做派，冯爱国顿时心里乐开了花。

这天晚上，冯爱国喝了二两小酒，飘飘然地畅想未来升职的场景时，手机突然响了，是王副局长打来的。冯爱国接起电话，只听了几句就脸色惨白，跳起来踩着两只拖鞋冲出了门。原来马局长出车祸了，正在医院抢救！

冯爱国一溜烟奔到医院，拖鞋都跑掉了一只，发现单位的主要领导都到了。手术室的灯恰巧熄灭，一名医生走了出来，摘下口罩环视一圈说："我们尽了最大的努力……"

冯爱国腿一软差点没跪下去，只听医生继续说道："两位病人已经抢救回来了。"冯爱国这才扶着墙，长舒一口气。

王副局长赶紧上前问："情况怎么样？""两名伤者情况都不算糟糕。不过后排伤者没系安全带，伤得稍重一些。"说完，医生便指挥护士将二人送到病房去。

众人跟着来到病房。这时，王副局长的手机响了，交警部门发来了车祸现场的监控视频，大伙纷纷围拢过来看。那是一个空无一人的十字路口，马局长的车驶入路口，在附近没有车、没有行人的情况下，突然在十字路口急转弯，一头撞上了路灯杆，造成了翻车。

看完视频，众人皆一头雾水，甚至有人怀疑出现了灵异事件，否则无法解释一名经验丰富的司机为何会在这种情况下急打方向盘。但司机小张尚处在昏迷之中，一切只有等他们醒来才能知道了。

此时，冯爱国万念俱灰，毕竟这司机是他招的，自己恐怕要完蛋了。这一夜对他来说，真是"度秒如年"。好不容易挨到了天亮，随着一声微弱的喊疼声，病床上的两人一前一后地醒了过来。医生检查完，确定没啥大碍后，众人一股脑围了上去，先是嘘寒问暖一番，随后由王副局长牵头询问情况："领导，昨晚怎么回事？车子原本开得好好的，怎么突然急打方向盘？"

马局长头裹绷带、脸色苍白，指着小张有气无力地说："他……是他……"

王副局长急切地问："他怎么了？"马局长却痛苦地呻吟一声，晕了过去。众人忙喊来医生，病房里又是一阵鸡飞狗跳。医生查看过后，表示病人还很虚弱，不要过多打扰。

王副局长只得将目标转向另一张病床上的小张，小张身体素质好，此刻已无大碍，可面对追问却紧咬牙关，假装失忆。

王副局长是老干部，经验丰富，敏锐地察觉到这件事没那么简单，背后或许隐藏着什么不可告人的阴谋。思忖片刻，他表示这很可能是一桩刑事案件，必须报警处理。

一听要报警，人群中的小李提出了反对意见，说绝对不能报警。众人这才注意到，小李也在病房里。在场的都是单位领导，他一个小小的办事员来干什么？

王副局长显然也发现了这个问题，他当即板起了脸，严肃地问："你是怎么知道马局长出车祸的？是谁通知你的？"

小李一听这话，脸都吓白了，沉默片刻后咬牙跺脚，对小张说："表哥！出了这么大的事，你就说吧！"表哥？众人皆是一头雾水。这小张不是冯爱国通过猎头找来的吗？怎么成了小李的表哥？众人纷纷追问起来。

小张这才吞吞吐吐地说："昨晚马局长和几个老板吃完饭，我开车送他回家。他平时喝了酒都会睡觉，但昨晚不知咋回事他没睡，还拍了我一把，我一害怕就……就把车给开翻了。"

王副局长很疑惑："拍了你一把？这有什么可怕的？"

"他……他……"小张支支吾吾地说不出来。

冯爱国急得都快哭出来了："我的小爷爷哎，你倒是说呀！"

小张一咬牙说："马局长手上都是血！"

冯爱国脑中一道亮光闪过，问："马局长昨晚在哪里吃的饭？"小

张说：“城北的一品天下羊肉庄。”

冯爱国点点头说：“那就对了。”他又向众人解释：“马局长有流鼻血的老毛病，昨晚应该是吃羊肉上火流鼻血，想找小张拿纸巾。”众人“哦”了一声，转念一想手上有血是有点吓人，但也不至于把车开翻啊！

王副局长继续追问：“就算马局长手上有血，你一个大小伙子也不至于吓成那样吧？”小张又低着头不说话了。

姜毕竟还是老的辣，王副局长威胁小张，若不老实交代问题他只能报警，到时替小张隐瞒身份的小李也要受处分。听到这里，小李也急了，表哥长、表哥短地苦苦哀求半天，小张这才开了口：“我以前在殡仪馆工作，负责接运遗体，女朋友的家人不同意我继续干那工作，我才来给马局长开车的。”

殡仪馆？大伙顿时都惊呆了。其中最震惊的还得数冯爱国，只见他浑身发抖，嘴唇哆嗦着说：“你……你以为自己开的还是殡葬车，所以马局长拍你才会吓成那样？”小张点点头。

冯爱国继续追问：“你熟悉路线是因为常年接运遗体？”小张又点点头。

冯爱国又问：“开车稳也是因为这个？”小张低着头说：“接遗体开车不稳，万一出点啥问题，逝者家属可饶不了我。”

冯爱国眼前直冒金星，这下别说升职了，自己能安稳退休就算祖坟冒青烟了。他连着做了几个深呼吸道：“你身体素质那么好，不会是因为……”后半截话，他没敢说出口。

“你你你……”众人循声望去，发现马局长不知道什么时候又醒了，哆嗦着手指着小张，明显是听到众人的对话了。

这时，小张倒像是豁出去了一般，抬起头来大声说：“有的逝者生前住的地方太狭窄，担架进不去，要靠我背下来！”

只听“哎哟”一声，马局长又晕过去了。

（发稿编辑：朱　虹）

（题图、插图：陶　健）

2023年2月(上)动感地带答案

神探夏洛克： 额头。如果腹部先中枪的话，死者应该是呈蜷缩状倒地。

疯狂QA： 乌龟把终点设在了海里，兔子无法抵达。

·新传说·

不敢吹牛咋成才

□朱关良

最近，关欣发现读高三的儿子小智经常思绪不宁，根据过来人的经验，她断定小智十有八九是遇到了感情问题。关欣平日和儿子处得跟朋友似的，经过她耐心的询问，小智红着脸坦白说，自己喜欢上班里一位女生，却觉得配不上她，迟迟不敢表白。

关欣听完后笑了，让儿子把手机拿过来，她亲自给女生发微信，保证能打动对方。

妈妈如此开明，出乎小智的预料。他半信半疑地递过手机，紧张地看着妈妈写下了一段文字："蒋小涵同学，如果我高考成绩比'一模'高出一百分，你愿意和我在大学校园里牵手吗？"

小智顿时急了："这不是吹牛吗？还有几个月就高考了，我怎么可能提高一百分呢？"

关欣撇撇嘴道："人家学习好，肯定能上一本；按照你现在的成绩，也就是个二本。人家凭啥喜欢你？先把牛吹出去，看人家答不答应再说。"小智着急地抢过手机，想要撤回这条信息，却不料小涵回信了："如果你真能提高一百分，也许我会考虑的！"

"嘿，有戏！"关欣笑呵呵地说道。小智苦着脸道："等牛皮吹破了，戏也演砸了。"

关欣拍着儿子的肩膀说道："这点你要多学学你爸，要敢于吹牛。他要是当初不敢吹牛，现在估计和他当初的工友一样，硬着头皮等矿山破产呢。我也不可能嫁给他，当然也不会有你了。”

“哦？”小智顿时来了兴趣，听妈妈讲起了她和爸爸的爱情故事。

二十年前，作为会计的关欣因为所在矿破产，被分流到了一个新的矿山。刚到新的单位，关欣两眼一抹黑，谁都不认识，非常尴尬。临近下班时，一个年轻人走进来，热情地说道：“我叫安勇，和你都归运销科，刚才大家说下班后给你接风，去馆子里撮一顿，同事间彼此熟悉一下。”关欣心里一热，但还是推辞道：“这怎么好意思呢？等过两天我请大家。”

“别客气啦，这是我们运销科的光荣传统，无论谁来都有个欢迎仪式的！”

听安勇这么说，关欣也不再坚持，答应了下来。

原以为是大家请自己，可等到饭店坐下后，大家都端起杯来纷纷感谢安勇。关欣从他们的话中得知，安勇的手头比别人宽裕，经常请同事们吃饭。

这顿饭之后，关欣和同事们熟悉起来，尤其是安勇，总是有事没事往关欣办公室里跑，流露出追求她的苗头。

然而，此时的矿务局已经慢慢呈现出衰败的迹象，甚至有人编了段顺口溜：“宁嫁‘倒骑驴’，不嫁矿务局。”所谓“倒骑驴”，就是指在街上骑三轮车拉活的，由此可见矿务局有多惨。关欣的父母正想办法把女儿转到市里去呢，所以关欣虽然对安勇并不反感，却也没打算和他更进一步。

有一次，关欣和安勇闲聊，随口问道：“你隔三岔五地请吃饭，哪来的钱呀？”安勇有点扭捏地回答：“不瞒你说，我业余时间写点东西，每个月都有稿费……”

“啊？作家呀！”关欣的眼里顿时冒出小星星来，看他的眼神都变了，“可我怎么从没见到你拿汇款单来找财务签字呢？”

安勇愣了一下说道：“我留的是我姐单位的地址。”关欣皱着眉说道：“那多不方便呀，你再有汇款就寄到咱们这儿，我给你签字也方便，还能替你高兴高兴。”

话说到这份上，安勇也没了拒绝的理由，只好答应下来。

过了没多久，安勇果然拿着一张汇款单来找关欣签字。关欣一看地址，果然是某杂志社寄来的，留言处还写着“稿费”的字样，有三百块呢，赶上一个月工资了。

关欣对安勇的好感又上了个新

台阶，言语中也流露出崇拜的意味："作家，能不能让我拜读一下你的大作？"安勇摆着手道："也不知道怎么回事，总收不到样刊，我手头也没有。"

关欣心中有些失望，但随即又开心起来："没关系，我家旁边就有书报亭，等周末回去买来给你。"

安勇心中顿时叫苦不迭，其实他确实对文学有些兴趣，可从来没正经搞过创作，更没发表过。安勇有个中专同学在一家杂志社做排版校对，于是安勇把钱寄给他，拜托他以杂志社的名义寄给自己，以此圆自己吹的牛。没想到关欣居然要看样刊，这个谎言一旦被戳破，自己彻底没戏了……正着急，他脑中灵光一闪，笑着说道："那可太感谢了，我用的笔名叫'曾言'，到时候你留意一下。"

"哇，你就是曾言？我经常看到这个名字呀！"关欣激动得竟然拉住了安勇的胳膊，在这之前可是从来没有过的事儿。

安勇暗自苦笑，心说我也经常看到这个名字，要不怎么张嘴就来呢！

冒着这位作者的名字，牛皮暂时保住了。眼看着关欣对自己越来越亲近，安勇却像揣着一枚炸弹，不知道啥时候就响了。

事情往往就是这样——越怕啥越来啥！这天安勇兴冲冲地跑去关欣办公室找她，却没发现她的影子。同办公室的老大姐说道："你还不知道吗？关欣刚刚办完调动手续，去市图书馆做图书管理员了。她收拾完东西就走了，还说要是你来，就把这本书给你。"

安勇不解地接过杂志，脑子顿时"嗡"的一声——书的第一页是"本期作家"栏目，介绍的正是曾言，还赫然印着照片，是一个五六十岁的老头！

安勇扭头冲出矿区大门，向公交车站狂奔而去。

这时候，一辆开往市里的大客车刚刚启动，关欣正坐在窗边伤感地向外看着，忽然见到安勇跑过来，便一把关上了车窗。

安勇大声喊着她的名字，眼见车子越来越快，情急之下，他将一本书从后面的车窗扔了进去，然后绝望地站在原地放声大哭。

关欣扭头看到安勇如此悲痛，眼眶也红了起来。她走到后排，从过道里捡起了安勇扔进来的书，翻开目录，不由得一愣，只见其中一篇标题叫《赌徒的爱情》的文章后面，署着安勇的名字。

这篇小说里，讲了一位矿上职工仗着小机灵，喜欢上了赌博，并且时时赢些小钱，直到一位姑娘出现在他的生活中。这位姑娘的名字叫关心……

儿子小智津津有味地听妈妈讲述二十年前的故事，忍不住插嘴道："你看完这篇小说就回去找爸爸了吗？"关欣摇摇头道："没有，我气他之前对我撒谎，哪能这么容易原谅他呢！"

小智接着问道："那后来是爸爸又去找的你？"

关欣抿嘴笑道："也没有，这家伙倔劲儿上来了，天天没日没夜地写，作品接二连三地发，后来被咱市里的报社看中，调他去做编辑了。"

小智好奇地说道："那你们后来怎么走到一起的？"

关欣有些不好意思起来："当然是为娘主动去找他啦！那时候人家行情这么好，再不主动，岂不是便宜了别人？"

小智咧着嘴笑了起来，忽然一拍手："不和你闲聊了，我要去学习了，等我考出好成绩，让小涵倒追我！"

半夜，看着小智卧室一直亮着的灯光，关欣戳着安勇的脑门说道："今天替你吹了次牛，说是我主动追的你！当初也不知是谁拿着鲜花双膝跪在我单位门前，知道的是求爱，不知道的还以为是扫墓呢！"

安勇赶紧伸手去掩妻子的嘴："小点声，别让儿子听到。吹牛是咱家的光荣传统，得继续发扬下去！"

关欣笑着拍开他的手："这能叫吹牛吗？这呀，叫设定一个小目标，然后努力去完成它！"

（发稿编辑：赵嫒佳）

（题图、插图：佐　夫）

一座取名为"表本楼"的楼阁，显露的是官场之"表"，潜藏的是人心之"本"……

表本楼

□岑燮钧

朱夫子丁忧回舜江府，为老母送终。老母高寿仙逝，倒也说不上有多悲伤，他每日诗书自娱，深研圣人之学，似乎颇有心得。一年后，他受邀到文蔚书院讲学，与朋辈坐而论道，学生们纷纷慕名而来，一时斯文蔚然，成了佳话。

一日，表弟李公廷因公自京师而来，顺便造访。两人花厅用酒，闲话家常。其时，院中化雪，檐前滴水，窗外蜡梅盛开，幽香如缕。表弟问朱夫子丁忧期满之后，有何打算。朱夫子倒也坦然："权在吏部，按部就班，先行报到，但等任命，如此这般吧。"

表弟捋了一下胡子，小酌一口，缓缓言道："朝中之事，表兄难道不知？不去打点一番，怕是等到头白，也未必轮得到你啊。"

朱夫子沉吟道："话虽是这么说，毕竟有违本性……"他向表弟敬了一杯："你在京城，可否先帮我打探一番，看有什么方便的……"

果然，如表弟所料，朱夫子回到京城之后，一直等不到任命。长安居，大不易。朱夫子手头日紧，却苦无门道，于是来到表弟寓所，喝酒解闷。闲聊之际，朱夫子问表弟当年是如何重新入职的。表弟嘿

嘿一笑，先替朱夫子斟满了酒，然后起身看了看窗外，坐定之后，终于说出了他的门道：他向上峰送了一张上好的地毯。这地毯是定做的，他通过上峰的家丁探知了书房的尺寸，又得知他虽出身儒学，却深得禅理，就在地毯上绣了莲花，寓意“步步莲花”。果然，上峰收礼后，甚是喜欢，赞他心细如发，会办事。

表弟说完，拿起酒杯，与朱夫子碰杯饮下，劝表兄道：“世事如此，哪里能独善其身哟。”随后表弟向他透露了一条消息，据内部暗传，朱夫子的上峰夏大人很快就要入阁为相。以朱夫子的清誉，若肯依傍，岂有不成全之理？

朱夫子倒也心动。正好，他打听到夏大人新造了一座书楼，名曰“表本楼”。他虽想不出什么好招，但依葫芦画瓢的事，还能将就做吧。于是，朱夫子打探好尺寸，给夏大人也送了一张上好的地毯，既为铺书楼，也为铺自己的官路。而地毯其表，银子其本，双管齐下，就看夏大人喜不喜欢了。

朱夫子一直等着上峰的消息。闲来无事，他还特地到夏府四周走了走。在一条深巷中，隔着粉墙，果然见到了一座新起的楼阁，里面花柳掩映，果然是读书的好地方。他疑心那就是表本楼，还不知那地毯到底合不合尺寸。朱夫子在墙外徘徊了很久。

又过了几日，朱夫子下了很大的决心，去拜见了夏大人。但是，夏大人面无表情，一副公事公办的样子。出来之时，夏大人看了他一眼，是喜是愠，让他颇费思量，却还是猜不透上峰的心思。

朱夫子度日如年，终于等来了消息，竟是政绩不彰，铨选不过，发回原籍。他顿时全身酥软，一点力气都没有了。表弟劝慰道：“恐怕是你运气不好。”也是，同样送的地毯，一个上天，一个入地，真是岂有此理！

朱夫子回到舜江府，只得重操旧业，到文蔚书院去讲学。唯有“心学”，堪慰身心。经历了这番波折之后，他才觉得，“我心光明”才是安身立命的根本。这样过了几年，忽地传来夏大人倒台的消息。说出来让人心惊肉跳，夏大人竟然勾结外敌，里通内宫，这罪可大了。据说，受牵连的还不止一两人。朱夫子隐隐有点不安，毕竟他也曾向夏大人送过礼。于是，他修书一封，向表弟打听消息，可是迟迟未有回音。直到半年之后，才收到表弟的

回信，让他放心，却语焉不详。信中有云：盼来京细谈。朱夫子本无意上京，但既然表弟信中有此一说，恐怕有不方便之处。于是，他打点行装，匆匆上京去了。

出乎他意料的是，表弟已搬进了“夏府”，这里已经没有夏大人，只有表弟李大人。表弟的上司入了阁，提拔他做了侍郎，查抄“夏府”，也是他一手操办。此番一见，表弟志得意满，果然与往日大不一样。这是朱夫子第一次进“夏府”，当初送礼时并没有亲自上门。表弟带他来到后花园，但见草木扶疏，烟柳拂地，一座楼阁，临水而起。朱夫子觉得好生眼熟，及至走到跟前，抬头一看，上题“表本楼”，才恍然大悟，这就是当日墙外所见之楼阁，不觉百感交集。如今，这里已是表弟的书房。

两人上得楼去，朱夫子一看脚下，不由心惊，此地毯，正是自己当日所送，记得当时还曾附有书信，拜上大人亲启……不知查抄“夏府”，可曾查得？如此一想，不觉后怕。表弟示意他坐下，下人端上茶来，表弟用碗盖轻轻拂拭着茶叶，自己先喝了一口，说这是上好的毛尖，示意朱夫子用茶。

“表兄，说来话长，书信倒是没有留下，可是这老贼的日记里记了一笔，幸亏没有提你名姓，否则，事情就多了。”

“老贼所记何事？”

“日有下属，送地毯一张，尺寸合乎书楼，竟分毫不差。其钻营如此，实可恨也。里外相通，他日楼中密事，岂非为外人知也！”表弟一字一顿，把当日查抄所见，说与朱夫子。朱夫子不由冷汗直冒，没想到，这老贼竟是这般心思——内心不轨，才如此晦暗也。他下意识地又用脚抚了抚地毯，花样依旧，毫发未损，却已换了主人。他真想提出，毁了这地毯，但又觉不相宜，只得罢了。

此番来京，表弟留他多住几日，以便他上下行走，好让表兄官复原职。朱夫子谢了表弟的好意，说已无意仕途。宦海险恶，“表”“本”难识，人心叵测，不是他一个读书人能逆料的——他还是回去讲讲“心学”的好。

辞行的时候，他低声自语道：“表本楼上，平生之羞啊。”

（“藕花洲杯”第六届中国（浙江）廉洁故事大赛优秀作品选登。）

（发稿编辑：彭元凯）

（题图：谢　颖）

贼有贼道

□吴宏庆

过去，徽州城里有个叫程敬的人，他开了几间铺子，都请了掌柜打理，自己则舒舒服服地当起了东家。

这年，城中不知从哪来了个飞贼，他不常作案，偶尔出手也总是挑那些为富不仁的有钱人下手，害得有钱人整日提心吊胆的。而过去人们不屑一顾的捕快成了富人们争相讨好的对象，甚至连在衙门里打杂的衙役地位也一下子上去了，到处吃拿卡要，混得很是滋润。

这天，那飞贼又作了一次案，被害者是城南的李善人。之前，飞贼作案只劫财不伤人，可这回李善人不知怎的惹恼了飞贼，竟被杀了。程敬可能也觉得危险了，便让下人程三在城里最好的酒楼摆了三桌，把县衙三班六房的人都请来喝酒。

捕头王虎是个膀大腰圆的大汉，说：“程老爷，你这么客气，叫兄弟们怎么好意思？”程敬一拱手说：“王捕头及众兄弟身负维护一方平安之责，我请诸位吃顿酒是理所当然。”

酒过三巡，菜过五味，程敬关切地询问起李善人的案子。

王虎也很是不解，说自己手中至少掌握了飞贼作的八起案子，有多个目击者见过此人，都说此人三四十岁模样，身穿夜行衣，黑巾蒙面，之前伤得最严重的不过就是被打晕了，这回李善人居然被杀了，他也很吃惊。

李善人妻子早逝，独子在州里做通判，身边只有一个老仆跟着。王虎调查过后，认为应该是飞贼闯入卧室时，惊醒了熟睡中的他，于是他被灭了口。不过奇怪的是，钱财丢失得并不多，就连枕头下的二百两银票也没被拿走。

程敬一拱手，说："王捕头，我能否去见见故人最后一面？"

程敬解释说，自己年轻时贫困交加，有一回昏倒在雪地里。等到醒来时，发现自己躺在一张温暖的床上，一问才知道，李善人正好路过救了他。之后，李善人让他在家里养好了身体，又推荐他去了省城一个朋友的店里做学徒，这才有了今天的程敬。

程敬回徽州后，一直都与恩人有来往，只不过近年来，李善人喜爱清静，他这才少去打扰。

王虎一听，不由得抱拳道："程老爷，既然如此，我们随后就去。"

等到众人吃饱喝足后，王虎带着程敬去了衙门的殓房。程敬来到李善人的尸体前，后退三步，纳头就拜，随后强忍悲痛，揭开盖尸布，查看起尸体上的伤口。尸体脖颈和胸口共有十七八处刀伤，显得杂乱不堪，而且伤口都较浅，不像是一刀毙命，倒像是失血过多而死。

王虎说："程老爷，你走南闯北，见多识广，有什么想法？"

"王捕头说笑了，我一个做买卖的人，能有什么想法？"说着，程敬冲着李善人的尸体长躬到地。

回到家中，程敬呆坐了很久，随后提笔写了一封信，塞到信封里，这才对程三说："李善人的儿子李通判应该还没得到消息，你带着这封信快马加鞭过去，把信交给他。"

程三微微一愣，问："这……老爷，你是想……"

程敬挥挥手："不用多说了，快去吧。"

程三犹豫片刻，随后拿上信，去院中牵了马，一口气跑出了城。突然，他停下马，一咬牙，把怀里的信掏出来打开，抖出里面的信纸。

里面有两封信，一封是程敬写给李善人儿子李通判的，上面说自己就是徽州城的飞贼，每一次作案的时间、盗取的钱财都有记录，又说自己深感罪孽深重，愿意投案自首；另一封是写给程三的，他猜到程三会偷看此信，责令他务必把信交给李通判。程三无奈长叹，收好书信，继续赶路。

七八天后，程三带回来一个人。程敬看到此人，倒地就拜，说："李通判，你来了。"李通判看了他很久，这才缓缓地说："我不认识你，你肯定跟我父亲也不是很熟，为什么会说他救了你？"

程敬说："他确实救过我，只不过没跟你说。"

二十年前，程敬作案时被人发现，打斗中身负重伤，晕死在雪地中。等到他醒来时，才知道是李善人救了他。当他看到李善人正在查看他的随身器物时，动了杀机，因为明眼人都很清楚，那些飞爪、匕首、药物等等肯定属于飞贼所有。只不过，李善人虽然猜出了他的身份，但并没有惊讶，而是问他为什么要做飞贼。

为什么？程敬有些恍惚，一开始当然是为了钱，但有了钱之后，他为什么还在做飞贼？李善人告诉他，贼有贼道，忘了道，就是恶徒了。这话像是醍醐灌顶一般点透了程敬，世道虽乱，但不管做人还是做贼，都需要保留一丝善念。此后，程敬虽仍为贼，但所取之财都来自为富不仁者，并大多用在了善事之上。

李通判似乎从他眼里看出了他并没有撒谎，态度稍有缓和，说："你这几年定居徽州城，只作了七八起案子，也没伤过人，算是很有节制了。但你为什么会突然投案自首？"

程敬面色一凛，说出了自己的想法。他自己并没有杀李善人，但现在李善人死了，那么只能是有人借飞贼之名，实现劫财的目的。他看过了李善人尸体上的刀伤，伤口凌乱，显然是新手所为。他分析，案发时，有小毛贼进入李府偷窃，被李善人撞见，惊慌之际便拔出身上的刀胡乱挥舞，这才造成了那些凌乱的伤口。之后，那人发现李善人倒地不起，惊恐之余连枕头下的二百两银票也没拿，只是胡乱地拿了些钱财跑了。

眼下有人冒充飞贼作案，如果程敬不投案，就会有越来越多的人冒充他，而这些人也会在一次又一次的作案中，手法由生疏变得娴熟，内心由怯懦慌张变得穷凶极恶。到那时，虽然程敬没杀一人，但所有人都因他而死，他不得不投案。

李通判冷峻的脸上露出一丝笑容，点头道："这样，你去把那个冒充你的人抓到再说吧。"

几天后的一个夜里，万籁俱寂时，一个黑影出现在一幢大宅前。这里是张大户家，当天早上，张大

户的儿子送妻子回娘家，为了显示气派，带走了大部分仆从，现在，这个家几乎是空的。

那黑影来到院墙下，左右张望了一下，随后拿出身上的飞爪，在手中晃了几圈后扔出去，“啪”的一声，飞爪搭上了墙头，随后黑影略显笨拙地爬了上去。他骑在墙头正要下去，突然，院子里亮起无数火把，那人愕然，下意识地想要按原路退回，一看，这边不知何时也站满了人。

王虎走上前，气急败坏地骂道：“孙小毛你个龟孙子，干什么不好非得干飞贼！”那人慌了，一头栽下来，早有人上前摁住他，撕下他的面罩，一时间所有捕快差役一片哗然，那人正是县衙里负责打杂跑腿的杂役孙小毛。

没动什么刑，孙小毛就交代了。因为飞贼的原因，城中有钱人都对他们这些公门中人客气了很多，连他这个小杂役都得了很多好处，他就想着要是天天闹飞贼就好了。只可惜飞贼作一次案后要隔很久才作第二次，他突发奇想，飞贼无非是深夜进宅偷东西，别人能做，自己也能做啊，于是就把目标放在了家人很少的李善人身上。

那天夜里他扮成飞贼的模样，翻墙进入李善人家，摸进卧室偷取钱财，结果惊醒了李善人。在李善人的呵斥之下，他拔出刀胡乱挥舞，将李善人劈倒，之后，又惊慌失措地随便偷了些钱跑了。一连多天，他都陷入惊恐之中，可时间一长，他又惊喜地发现没人怀疑自己，于是后悔上次钱拿得太少了，准备再干一票大的。

今天巡街时，见张大户的儿子儿媳带着大部分仆从离城而去，他就把目标放在了张家。

这一次，他吸取上次的教训，不仅提前练习了飞爪，还带上了更为锋利的匕首。只不过，孙小毛绝对没想到，真正的飞贼程敬居然投案自首了，他是作案的内行，而李通判是一州主管诉讼的官员，一官一贼通过各自的角度分析案情，取长补短，提前在张大户家布了局，就等着小毛贼自投罗网呢。

菜市口一道刀光，孙小毛人头落地。城外，李通判与程敬、程三跪伏在李善人墓前。良久，李通判起身说：“从此，徽州再无飞贼。”说罢，他转身离开。程敬和程三泪流满面，长跪不起……

（发稿编辑：朱 虹）

（题图：谢 颖）

·传闻轶事·

伴君之道

□吴　嫡

柳随风十年寒窗，得中进士。他聪明机警，善于揣摩，因此升迁很快。皇上对他十分器重，经常单独召见他，这让众人十分羡慕和不解。

朝中有一大臣名叫纳新，官做得很大，找他办事行贿的人络绎不绝。他深知权重遭忌，因此偷偷请教柳随风，该如何让皇帝觉得自己是个忠臣，又很廉洁呢？

柳随风给他出了个主意："你在府门前养上两条恶狗，如此一来，那些向你行贿的人，一到你府上，都会被狗吓走。这事极易传扬，传到万岁耳朵里，肯定觉得你是清正廉洁的忠臣。"

纳新觉得有道理，就养了两条恶犬。果然，那些想去找他办事送礼的人，都不敢登门了。官员家门口养狗拒客，这是新鲜事，很快就传到了皇上那里。皇上十分满意，对柳随风说："纳新还真是个忠臣啊。"

消息传开后，京城其他官员有样学样，也都在家门口养起狗来，一时间京城狗贵。

过了些日子，皇上颁布了一道法令。纳新觉得法令有问题，就上奏折劝皇上收回成命。皇上十分恼火，对柳随风说："纳新本来看着还好，现在看来对朕并不忠心。"

第二天上朝时，柳随风上奏折

弹劾纳新，说他办事糊涂，贪心难改。纳新大声喊冤：“说我办事不力也就罢了，可说我贪心，实在冤枉。众人皆知，臣府门前养着两条恶犬，私底下连客人都不见，怎会有贪心呢？”

柳随风大声道：“那不是客人怕你的狗，而是你怕见客人！你知道自己抵挡不住客人行贿的诱惑！若是你胸怀坦荡，又怎会连客人都不敢见呢？就凭这份心思，朝廷岂能让你掌权？”

这番话说出来，纳新再难辩驳，皇上直接将纳新罢官免职，将他的副手李平提拔上来。李平见纳新吃了养狗的亏，马上把自己家的两条狗都杀了。不但是他，整个京城的看门狗都被杀或被放，一夜之间消失得干干净净。

有了纳新的前车之鉴，李平天天把自家的大门敞开着，谁都可以进府拜见。那些有心要办事的人，自然带着各种贿赂来见李平。李平一概笑纳，等这些人走后，再把所收贿赂全部登记造册，秘密交给皇上。

到了年底，朝廷对官员考核时，那些想走后门办事的人，全都按照行贿的轻重被予以处罚。皇上高兴地对柳随风说：“看来李平才是正人君子啊，只有胸怀坦荡的人才敢这么做。”

但天底下没有不犯错的人。没过多久，皇上忽然想要出兵攻打邻国，李平身在其位，不得不对皇上言明，现在朝廷国库不满，又有旱灾，暂时不宜发动战事。皇上很不满，认为李平是贪生怕死，不愿出战。可李平素有贤名，说的话又在理，该如何把他踢下去呢？

第二天上朝，柳随风立刻弹劾李平。李平不解：“我行事坦荡，从不贪赃枉法，为何弹劾？”柳随风冷笑道：“你收贿赂承诺在先，出卖别人求取名声在后，这样两面三刀的人，有何信义可言？岂能担当重臣？”

听了这话，李平也没法反驳，皇上直接将他罢官了。顶上来的大臣叫陈泰，倒是个主战派。只是他是个文官，对军事不太懂，结果一场大战下来，朝廷大败，不但没占到便宜，反而还被对方占了不少领土。

皇上大怒，但仗是他要打的，出兵计划也是他亲自制订的，现在打败了，百姓都私下里议论皇上是昏君，这还了得？他立刻找来柳随风想办法，如何让百姓认为吃败仗是陈泰的原因。

柳随风不假思索，上朝直接弹劾陈泰：“陈泰身为文臣，看不起武将，不肯深入军队、亲临战场，而在后方瞎指挥，作为总指挥，这仗怎能不败？”

皇上连连称是，直接将陈泰砍了脑袋，然后又调了一个文武双全的大臣王年来当重臣。王年可不敢像陈泰那样了，他亲自跑到军队里，训练士兵，整顿军纪。经过一年多的时间，军队战斗力大增。

皇上迫不及待地发兵报仇，王年亲临战场，率军冲杀，很快就击败了敌军，不但抢回了上次丢掉的领土，还占领了不少敌国的领土。

皇上大喜，让王年回京庆功，

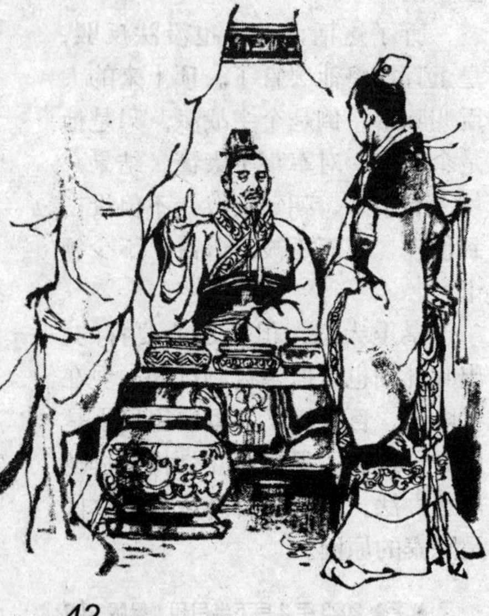

并亲自带着大臣迎接王年和将士们。见到王年的将士们阵容齐整，杀气腾腾，皇上高兴之余也暗暗有些担心，干笑着对柳随风说：“王年倒是真把军队训练得像自己的手臂一样，不愧是文武双全啊。”

柳随风眼珠一转，对皇上说：“万岁，您看这些将士，大热天还穿着盔甲，万岁何不下令让他们卸甲，体现万岁体恤将士之心呢？”

皇上一愣，瞬间就明白了柳随风的用意，他故意跳过王年，漫不经心地说：“天这么热，你们跟着王年征战辛苦了，都卸了盔甲，凉快凉快吧。”

将士们一时有些发蒙，皇上这命令好含糊，让我们这些跟着王将军征战的人卸甲，那王将军是卸还是不卸呢？若是卸甲，皇上没让他卸，他就有狂妄失礼、藐视君王的大罪；若是不卸，按军中规矩，卸甲是要讲究顺序的，官最大的先卸甲，然后是第二大的、第三大的……等到将军级别的都卸完后，剩下的士兵才能卸甲。

将士们都不知该如何是好，王年也是一愣，但皇上没提让自己卸甲，自己就不能卸。他赶紧开口提醒将士们：“万岁体恤你们，赶紧谢恩。”

将士们这才纷纷谢恩，卸掉甲胄。皇上像是突然想起刚才的话没说清一样，忙补充道："王将军也卸甲，一起凉快凉快。"王年得到明确的旨意，才敢卸掉甲胄，他也没多想，以为皇上一时说话随意而已。

不料，第二天一上朝，柳随风就弹劾了王年："王年居心叵测，在军中一年多，以残忍之法练军，以超常厚赏笼络人心，让军队上下对他又敬又怕。昨日皇上劳军，下令卸甲，诸将士置若罔闻；而王年下令卸甲，诸将士毫不迟疑。以朝廷重臣身份，将军队笼络至此，即使没有异心，也危及社稷！"

王年又惊又怕，但他毕竟在沙场征战过，胆色过人，当场反驳柳随风。最后还是皇上息事宁人："朕相信王年绝对是忠心的，不过柳随风所说之事也并非空穴来风。这样吧，为了平息疑虑，还王年清白，王年就在京城荣养吧，没有命令，不得出京。所有府兵，一律解散，由禁军负责守卫你家安全。"王年回府后气得一病不起，很快就去世了。

几年后，柳随风的儿子也中了进士，当上了官。他向父亲请教："父亲，都说伴君如伴虎，可人们都说你有独特的伴君之道，方能长盛不衰，究竟是什么秘诀呢？"

柳随风得意地说："也没什么秘诀，铁打的皇上流水的官，那些官上来下去，并非他们的对与错，而是皇上需要与否。弄清楚皇上的需要，就能跟着皇上，长盛不衰……"

他正要再给儿子讲详细一点，外面忽然传来喊声，一队士兵冲进柳府，为首的是一个意气风发的年轻人，大声说："先皇驾崩，太子即位。新皇下旨，柳随风阿谀奉承，无耻之尤，陷害忠良，人神共愤。今新皇登基，抓捕柳随风，以示天下为公！"

儿子面如土色，看着柳随风。柳随风愣了愣，说："这也是皇上的需要。新皇需要向天下立威，需要笼络老臣的心，也需要向天下人表明他是个明君。拿我开刀最简单，一举三得。"

儿子颤抖着跪拜，送别柳随风，极为小声地问了一句："那新皇真是明君吗？"

柳随风指了指那个宣旨的年轻人："看他是不是像我，就知道了。"

（发稿编辑：朱　虹）

（题图、插图：谢　颖）

神奇的鸡毛

□汪培君

早年间，尧城有个袁鸡王，他养的鸡又大又肥。

这天，袁鸡王带着几只鸡到鸡市去卖，突然被人撞了一下。袁鸡王一看，不是别人，正是城里臭名昭著的癞子。癞子年纪轻轻，却耍赖讹人成性。癞子一看袁鸡王的鸡蹭在了自己身上，并且留下了两根鸡毛，他张口就骂对方眼瞎，把他的褂子弄脏了，让袁鸡王把鸡赔给他。袁鸡王丝毫不让，回怼癞子："你才眼瞎，哪里给你弄脏了？"癞子指着褂子上的鸡毛，让袁鸡王看："鸡毛都沾身上了，还不叫脏？"

袁鸡王不承认："光你一个人说有鸡毛不行，得让大伙儿看看有没有。"可大家都说没有鸡毛，癞子一看鸡毛竟然不见了，以为掉在了地上，可地上也没有。

癞子心中奇怪，鸡毛去哪里了？他正疑惑呢，周围看热闹的人却议论开来，都说他变着法地讹人，癞子信誓旦旦地说："刚刚明明就有的！"

袁鸡王说："这样吧，只要方圆十步之内的地上你能找到鸡毛，我就认赔十只鸡；找不到，我就给你弄个'头顶裤'，直到我卖完鸡再放你。"

"头顶裤"是一种含有玩笑成

分的惩罚：先解开被惩罚人的腰带，把双手捆在背后，让他坐在地上，再把头摁进拽开的肥大裤腰里。把头窝憋在裤子里，腰疼脖子酸，呼吸不畅，要多难受有多难受，而且如果没有外人帮忙，自己绝对抽不出头来。

但癞子心想，这里是鸡市，找到几根鸡毛还不容易，没有犹豫就答应了。可没想到方圆十步找完了，竟然一根鸡毛也没有找到，癞子觉得奇怪，以前遍地都是，今天却一根没有，就想耍赖开溜。袁鸡王眼疾手快，抓住癞子。众人帮忙把癞子的头勒进裤腰里。等袁鸡王卖完鸡已经过了大半天，这才放他出来。

但癞子不死心，第二天在鸡市又撞了袁鸡王，褂子上沾了鸡毛。这一次他多了个心眼，自己反复确认了，又招呼周边的人看过，才喊袁鸡王站住，说他把鸡毛弄自己身上了。

袁鸡王问："鸡毛在哪里，你指给我看看。"

不料就这么一瞬间，鸡毛却不见了，而且地上也没有！癞子心中奇怪，昨天突然不见了，今天又突然不见了，咋有这么神奇的鸡毛？

袁鸡王轻蔑一笑，说："癞子，当面说瞎话，你讹人的本事不如从前了！"说完他就要走，癞子不让，说看见鸡毛的不止他一个人，不赔别想走。于是两人拉拉扯扯，一直扯到了大路上。正巧县令路过，癞子觉得自己吃亏了，急忙状告袁鸡王，把昨天和今天的事都说了一遍。

听完两个人的供词，县令沉思了一会儿，对袁鸡王说："本县相信。毕竟昨天他无中生有'头顶裤'了大半天，今天绝对不会再无中生有。鸡毛上哪去了，本县不知道，但原告的褂子上肯定沾上过鸡毛，所以你必须赔偿。"

县令都这么判了，袁鸡王只能自认倒霉，问赔多少钱。癞子恶狠狠地回答，赔一千文钱。县令吃了一惊，问："一千文钱是怎么得出的？"

癞子回答："我的褂子值五百文钱，浸入褂子里的汗水值五百文钱，因此要袁鸡王赔偿一千文钱。"县令问袁鸡王："让你赔他褂子里的汗，你愿意赔吗？"袁鸡王回答："大人，小民愿意。只是不知道癞子的褂子里有几斤汗，一斤汗又是多少钱？"癞子立刻回答是五斤，一百文钱一斤。

袁鸡王说："既然如此，我想看看癞子的褂子里是真有汗，还是假有汗。"癞子一听，举起衣袖放鼻子上闻了闻，说保证有汗。袁鸡王让癞子脱下来他亲自检查。反正已经答应赔钱了，癞子没有多想，脱下褂子递过去，说："你闻闻吧，汗味要多大有多大。"

袁鸡王接过褂子却没有闻，而是两只手抓住使劲拧，然后说："大人，癞子说他褂子里有五斤汗水，这样一拧应该哗哗地往下流，可是现在一滴也没有。"县令会心一笑，说："没有汗就只赔褂子吧，五百文钱。"没想到袁鸡王回答："褂子也不赔，因为癞子说他褂子里有汗，可这件褂子里没有汗，这说明褂子不是他的。"县令一拍大腿，连说："言之有理。那这褂子有可能是赃物，宜没收充公。"癞子大叫冤枉："褂子是我的，大人您亲眼看着我脱下的。"县令问："可有证据？"癞子一看这衣服果然是以前讹的，也就不敢吭声了。

但癞子越想越气，昨天弄了个"头顶裤"，今天又赔上件褂子。他思来想去，觉得问题出在鸡毛上，要是自己把鸡毛牢牢地捏在手里，就不会被整得这么惨了。他一宿没有合眼，有了主意。

这一日，他吃过早饭，捡了几根鸡毛装进兜里，又来到了鸡市。

癞子看到袁鸡王在前面走，还没有看见他手里的鸡，就从后面撞了他一下，接着就喊，袁鸡王的鸡撞自己身上了。袁鸡王回过头说："怎么又是你？我告诉你，我今天就带了一只，一直抱在衣服里面。"癞子说："你敞开衣服撞完又掩上的，我要是说瞎话，就给你根棍子任你打！你看，我手里还有从身上揭下来的鸡毛，你快赔钱吧！"

袁鸡王呵呵一笑，慢慢打

开了衣服，只见里面包着一只鸭子。袁鸡王说：“我怀里的不是鸡，所以你手里的鸡毛与我无关，准备挨揍吧。”

癞子一看傻了眼，但癞子毕竟是癞子，眼珠一转有了说辞：“我们只论我手里有无鸡毛，没有说鸡毛来自哪里，你拿钱吧。”

争来争去没头绪，袁鸡王没工夫熬下去，只好说：“那你再让我仔细看一下，你手里的是否真是鸡毛。”

癞子答应了，他摊开手，得意地望着袁鸡王。谁想到袁鸡王却疑惑地问：“没有鸡毛啊。”癞子嘲讽地看了袁鸡王一眼，然后看向自己的手掌，怪事发生了：手掌上啥也没有！他低下头拍打身上，没有；蹲下满地找，还是没有。癞子难以置信：就这么一眨眼的工夫，明明刚刚还平放在手掌里的鸡毛竟神奇地消失了！

认输挨打吗？癞子哪里甘心，他站起来猛然把手伸进袁鸡王怀里，拔掉一根鸭翅翎毛，摘掉上面的绒毛递过去。袁鸡王接过，惊讶地问：“这就是你给我的一根棍子？是让我揍你还是给你挠痒痒？”癞子说：“咱有言在先，再小也是棍子，揍吧。”

袁鸡王说：“事起鸡毛，揍你也得用鸡毛。”癞子心想鸭毛鸡毛还不一个样，满口答应。袁鸡王请看热闹的人帮忙把癞子按在一个鸡笼子上，然后他从背后的布袋里抽出一根鸡毛掸子，照着癞子屁股就抽。原来，袁鸡王不仅卖鸡，也扎鸡毛掸子卖。

癞子挨打了才叫：“这不是鸡毛！你耍赖！”袁鸡王边抽边回答：“这是捆在一根棍子上的鸡毛。”其他人一看，有的拿出鸡毛掸子抽，有的拳打脚踢，直把癞子揍得疼痛难忍，哭爹喊娘地求饶。

看看差不多了，袁鸡王止住众人，自己抽了癞子一下，问：“还讹不讹人？”听癞子说不讹了，又抽一下问：“跟着我去学扎鸡毛掸子，自己挣钱，干不干？”癞子忙不迭地说：“干干干！保证老实地干！您就饶了我吧！”

原来，袁鸡王平时没事的时候就吹鸡毛玩，没想到几十年过去，他竟练出了绝活，能在方圆十步内吹动鸡毛，却令他人轻易觉察不到。自从被癞子讹上后，他就决定见机行事，好好教训一下癞子，并得到了县令的支持。

（发稿编辑：田　芳）

（题图、插图：谢　颖）

李核钻孔

西晋名士王戎家有几棵李子树，品种优良，结出的果子个大味甜，卖得十分好。

很多人也想有棵像王戎家一样的李子树，于是去王戎家买来李子吃完后，再将吃剩的李子核种进地里。但令人不解的是，他们种下去的核从来没有发芽的。

久而久之，细心的人发现，买来的李子核上有一个小得几乎可以忽略不计的小孔；观察其余的李核，居然也都有类似的小孔，贯穿了整个核。

大家这下明白了：王戎怕自家的李子被人买去后得到核种，种了李树，他就失去了自己的专卖优势，于是用细钉在果实上打孔，贯通全核，破坏核的生长活力。这样王戎一家就可以独享其利了！

后来朝廷下诏广纳贤士，有人举荐了王戎。就在王戎即将迈进朝堂时，有人将他在李核上钻孔的事儿透露了出去，最后竟然上达天听。皇帝评论说：“一个如此狭隘、自私的人，如果让他当官，简直是国家的悲哀、民众的不幸！”王戎平步青云的道路就此断绝了。

（**作者**：曾　子；**推荐者**：田龙华）

劈不动的干柴

有个孩子做事老是拖拖拉拉的，父亲拿他一点办法都没有，就把他交给村里的一位老人，让老人帮助孩子改掉做事拖沓的毛病。

这天，老人正在劈柴，他拿了一块刚刚砍下来不久的潮柴让孩子劈，孩子一斧子劈下去，就那么一下，潮柴裂成了两半，根本不费力。

老人又拿了一块干一点的柴块子给孩子。这块柴半干半潮，孩子一斧子下去，只是在柴上砍了道痕迹。他一连劈了几斧子，虽然有点难劈，但总算是把柴给劈开了。

接下来，老人拿来一块干透了的柴块子。孩子把斧子高高举起，一斧

子劈下去，斧子弹了起来，把他的手震得生疼，一连几下都是这样。孩子试了大半天，劈了好几斧子，额头上都渗出汗珠了，手都酸痛了，才勉强劈出几道痕迹来。

孩子放下斧子，对老人说："这块干柴不好劈呢！"

"是呀，这块柴歇了一年多，有点干了，不容易劈开。"老人接过话茬说，"其实，做事也是这样，一天天往后拖，时间一长，做起来就不是那么容易了。柴块子劈起来，潮的时候最容易；一旦干透了的话，最难劈了。"

从此，男孩改掉了做事拖延的毛病。

（**作者**：赵元波；**推荐者**：田晓丽）

这样的爱心帮而不助

马塔伊是肯尼亚的社会活动家，是绿带运动和非洲减债运动联盟的发起人。她是东、西非第一个女博士，也是第一位获得诺贝尔和平奖的非洲女性。

她在肯尼亚遇到了一个腿严重弯曲的男孩，他只能拖着身子前行，看着非常艰辛和痛苦。马塔伊把这个男孩带到了医院，一检查才知道，这个病可以治，不过需要一大笔钱。

医院核算了一下成本，减免了一部分钱，但手术费仍旧是一笔不小的金额。于是马塔伊开始奔走，在她的不断努力下，有一位银行家愿意出这笔钱。手术很成功，男孩终于可以直立行走了。男孩恢复了一年之后，就能奔跑自如了，能给男孩这么大的帮助，马塔伊很高兴。

三年之后，马塔伊做报告的时候提起了此事，她竟然哭了。大家以为她因为帮助了男孩而欣喜，马塔伊却说："最近，我又去看那个男孩，他的邻居告诉我，男孩因为抢劫，已经被抓了起来，前几次都是因为他跑得快，逃脱了。"

停了一会儿，马塔伊擦擦眼泪，哽咽着说："这是我最内疚的事，我只忙着想办法让他站起来学会奔跑，却忽略了给他指明方向，向哪里奔跑。"

生活中我们愿意用物质上的鼓励帮助别人，但其实这样的爱心帮而不助，物质很快就会被消耗掉，并且容易让人产生依赖；应该给对方指引正确的方向，助他成长和独立，这样的帮助才有意义。

（**作者**：任万杰；**推荐者**：田宇轩）

（**本栏插图**：陆小弟）

学写作文，
从读故事开始

第一单

□蔚新敏

小至今年将大学毕业，由于疫情，春节没回家，就在学校附近的一家五交化公司实习。

带小至的是位老销售，叫老颜，让小至负责推销一种防水材料，说这牌子挺考验人，好几个业务员都栽在了这个产品上。小至保证好好干。

小至拜访了全市所有的五交化商店后，选定了王姐的店，三区交界，门头大，有停车位，顾客多。老颜意味深长地拍了拍小至的肩膀，祝他开门红。

王姐一听小至报上公司名和材料品牌，就直接拒绝，说不缺货。

小至连着两周上门，天天去看王姐的脸色。王姐要忙，他就在旁边等，偶尔搭把手，抽空跟王姐搭讪两句，王姐有时候鼻子哼哼两声算答复了，有时候根本就把他当空气。

王姐态度好转是有天早晨她没吃饭，饿得低血糖，是小至及时递上了一份外卖。虽然吃人家的嘴软，但王姐还是拒绝的口吻："这牌子可是臭大街的，你们公司也早在我的黑名单里。摆在这里，卖不出去我一定要退，这货可不能砸我手里。"

小至忙解释："我先铺货，第一次可以欠着，不用付款。"他又保证卖不出去全退。

王姐这才让小至帮忙腾出了一个旮旯位置，把三桶防水材料摆好，然后打了一张420元的货款欠条给

他。小至特兴奋，这是此生事业的第一单啊！他激动得都不知道把欠条放哪儿好了。

回到公司交账，小至才发现，王姐那张欠条真的找不到了，浑身上下、车里、库房、宿舍，哪儿都没有。怎么办？老颜让小至去找王姐再补一张欠条。他说得灯草灰似的轻巧，小至傻呵呵就去了。

王姐正要下班，皱着眉头说：“我现在给你补了，万一哪天找到了，再找我要双份，我找谁说理去？”

尽管小至说他用人格保证，诚实守信，绝对不会要两回，但是王姐说：“这年头，谁信人格，你保证有什么用？”说完，她拉下卷帘门走了。

小至懊丧而归。他怨自己没出息，欠条就是钱啊，丢了就得自己贴。他当下给老颜打了420元的欠条，又保证自己不会跑路，因为还需要公司在实习表格上盖戳呢。有个业务员听说后，诡魅一笑：“这不叫啥难事，堤内损失堤外补嘛。”小至问怎么补，人家要求先请吃顿涮肉，小至只好先不理会了。

没想到，一周后，王姐开始大批要货。小至送到店面，王姐没工人，小至直接送到客户的工地，卸货，还给搬上楼，忙得满脑袋都是汗。第二天，王姐又让小至送一车货。

货送到工地，工地的采购逗小至：“这里的工程大，批量要货，你直接供，赚的钱咱们俩平分。”小至摇摇头，告诉他自己只是搬运工，谈业务找王姐。正说着话，不小心一个桶掉地上，盖子开了，小至赶紧用手去护，唯恐防水材料流出来。

两个月后的早会上，老颜表扬了小至：“小至虽然只是实习生，

却是春季的销售冠军！特别是王姐新包的小区防水工程，指定要小至的货，而且小至又联系成了两家比较大的店。”小至倒没感到多光荣，他觉得自己就是卖点劳力，大家不都一样吗？

老颜却说，小至跟大家不一样。

原来，这款防水材料，每桶里都装着50元的红包，扫二维码就能收。工地干活的工人都知道，有的业务员也知道，所以之前几个业务员用改锥撬开桶盖，把钱扫走，施工的师傅没了甜头就不用这产品，质量再好都不用，商品自然就卖不出去，连公司名誉都受到了严重影响。以前所有偷偷扫过红包的业务员都被开除了。公司很被动，只好先铺货，然后主动赊欠第一次货款，以挽回名声。但是这一阵，小至送的货，没有一桶被先扫过红包的。

老颜问小至：“如果你早知道有红包，会不会跟他们一样？”

小至答：“我看到过红包，就是桶摔了的那次。但是，我不能‘溜门撬锁’，桶盖不是锁，锁在我心里。”

老颜满意地点点头。

那天早会的尾声，老颜把小至写的那张欠条还给了他。其实王姐早在第一次主动要货的时候，就补了欠条，小至自己给老颜写的这张当然就作废了。

老颜说：“这是你走进社会的第一单，也是你的成绩单，很漂亮，你拿着。”

（推荐者：悠　悠）

（发稿编辑：朱　虹）

（题图、插图：豆　薇）

·本刊信息传真·

阿P系列幽默故事征文

阿P系列幽默故事栏目开辟三十多年来，深受读者欢迎。为了把这个栏目办得更好，本刊再次面向全社会征稿，希望有更多的人来关注阿P，把您身边的阿P故事写得更精彩，更有现实意义和典型意义。

来稿方法：1. 从邮局寄发，请在信封上注明“阿P故事征文”字样，本刊地址：上海市闵行区号景路159弄A座308室《故事会》杂志社，邮编：201101。2. 从网上传递，请在主题上注明“阿P故事征文”字样，发至绿版编辑部电子邮箱：gushihuilvban@sina.com。

一剪梅

□阿 英

妇人是个镖师，在这次押镖途中，她已经遇到三个劫匪了。

第一个人是个壮汉，两粒芝麻眼珠，射出细而硬的凶光。此处是荒僻山道，离城尚有数里，但妇人并不惊慌。她绝技傍身，擅使飞刀，多年来孤身走镖，却极少出差池。这一趟，镖物是个绸布包，内有木匣，匣中宝珠价值连城。

“芝麻眼”不发一言，举斧便砍。妇人侧身闪避，单手探向后腰，腕一抖，指尖寒光刺目。两丈外，一棵碗口粗的树枝干剧震，只见一只扑棱的乌鸦已被一柄烁亮飞刀钉牢，刀把拖曳着一根纤软银丝，银丝的另一头正缠于妇人指节。

妇人小指轻弹，飞刀撤回，血珠如玛瑙般散落，刀净如镜。

妇人缓缓道：“这刀重一斤二两，能于百步外夺人性命。你可愿一试？”

“芝麻眼”双腿抖如筛糠，知道遇上了硬茬。即便是武林高手，飞刀也不过六两上下，这妇人能以这般重器远远取人性命，内力必是了得。他慌不迭作揖道：“小的实在是家贫无计，稚儿嗷嗷待哺，大女嫁妆未备，这才……”

妇人听罢，面色柔和下来，问道：“你可曾见过一女？她……年未及笄，颈下有紫红瘢痕，似一枝蜡梅。”

“不曾见过，不曾见过！”“芝麻眼”狂摆手，却见妇人神色渐趋暗冷，“芝麻眼”双眸如骰子般转了转，道：“我若遇上这姑娘，必

来告知，以谢不杀之恩。”

妇人垂目轻叹，“芝麻眼”踉跄而逃。

第二个人是个精瘦老妪，鼻尖如笋。妇人复以飞刀震慑，刀势悍猛，树摇叶脱，如遭罡风。“竹笋鼻”竟毫不骇惧，似早有预料，哂笑道：“区区绣花针本事，亦有胆在道上混？”“竹笋鼻”还欲再言，妇人手腕一旋，浅浅青筋迸凸，一股力道顺着银线直抵锋刃。刀闪如电，树干焦烟游蹿，噼啪作响，崩为数片，如遭雷劈。

“竹笋鼻”方知那刀尖淬有奇毒，被妇人运功激出，若沾染人身，必使人皮开肉绽。“竹笋鼻”手足颤抖，被藤蔓绊倒，告饶道：“老身家徒四壁，实乃不得已。孙女染病，请不起郎中，可怜她年方十五，却要日夜受病痛的折磨……”

妇人望望不远处的城门，脸色稍霁。她递过一锭银子，对“竹笋鼻”说：“拿去给你孙女看病吧……十五岁，小女与她同龄。我们母女整整分离了十五年……”

“竹笋鼻”惊魂甫定，揣着银子踉跄而去。

妇人进城，打尖住下。街市旧景，令她辗转难眠。更响四次，有窸窣声迫近。妇人拨亮油灯，只见一蒙面黑衣贼仗剑袭来。

妇人下意识瞥了一眼榻下暗柜，黑衣贼立时领悟，佯刺一剑，趁妇人腾闪，来到榻下探手一抽，便把那府绸包裹牢牢攥住。

妇人大惊，忙挥掌断其后路。但这几日她寻女心切，思虑过度，神思略有松懈，黑衣贼又步法狡黠，妇人欲欺身而上，忽觉心口洞开，“哇”地吐出一口血，单腿跪地，大喘起来。

黑衣贼咯咯一笑，声脆如青瓜，随即推窗欲出。

是个女娃！妇人眼神一软，道：“你吃这碗刀口舔血的饭，你娘不记挂吗？”

“废话少说！”那女子有些恼。

“姑娘，劫镖如劫命，莫怪我手狠！”妇人忽然拔出那枚最沉的五棱绝手飞刀，只见刀身一汪暗蓝。她扬起手，正要飞出飞刀，却见那女子似被吓住，愣在原地。妇人稍有迟疑，忽然，女子猛地扯开衣扣，只见其颈项之下，一枝红灿灿的蜡梅，正夺目绽放。

妇人的飞刀脱手落地，与砖相击，剧毒燃起白焰。

“花花，是你？娘寻你寻得好苦！”妇人浑身战栗，俯身向梅枝探去。

倏地，女子翻足将妇人踢飞，跃窗而出。

“娘不追你，便是娘这条命，你也尽可取走。只恨娘当初失手伤了你……”

女子犹豫，立在屋脊细听。妇人如泥般委顿于地，边哭边说：“娘曾立誓，此生必要寻到你，不死不休。这个月底你就满十五了，娘找了你十五年啊！”

女子抬手拭泪。

妇人泣不成声。当年丈夫押镖殒命，她产下遗腹女后，倚仗自己的飞刀绝招，仍背着婴儿，留在行内。某次强人来劫，夺下镖物后，为使妇人不再追缠，竟扯起襁褓悬于臂上。妇人恐极，那是她第一次将飞刀掷向活物。师父曾告诫她，毒药性烈，若不及时救治，中毒者便会皮裂如梅，抓挠而死，状颇惨怖，故用毒宜慎之又慎。

不想强人亦是高手，徒手接刀，迅速划向婴孩咽喉。妇人大恸，不敢上前，待啼声渺然后索寻，哪还有半点踪迹？从此，她借押镖为名，四处探访，鬓发皆白。

妇人絮絮倾吐，满面泪光：“莫非你有苦衷，迫不得已？那你尽管拿去，为娘不难为你。”说罢，妇人又暗忖道，大不了对雇主以命相抵。

女子亦哽咽起来。妇人这番话，令她直想依偎过去，但她停顿一刹，决然离开。

半个时辰后，女子站在“芝麻眼”与“竹笋鼻”前，奉上绸包。

“此计妙极！”“芝麻眼”与“竹笋鼻”相视狂笑，取出木匣。

“慢……”女子嗫嚅道，“还是……还给那镖师吧。”

“啪”的一记耳光。“我们将你从野犬口中夺出，你的身上衣、口中食，是天上掉下来的？养你成人，教你习武，所费心血，你如何还得清？”

女子回房歇下，辗转良久未能入眠。

破晓，女子返回妇人处，将包袱轻轻摆在案上，又持一块素绢，擦去胸前蜡梅。

原来，那瘢痕乃是以颜料伪制。

妇人呆怔，如聱如聩。

女子跪倒：“我并非你的小囡‘花花’，你还愿与我相依为命吗？”她侧脸贴于妇人腿上，轻声唤道：“娘——”

（推荐者：番茄拉面）

（发稿编辑：赵嫒佳）

（题图：豆　薇）

多了两只羊

□李伶伶

马哈是村里的老实人，勤勤恳恳地养羊，每天都会到山上去放羊。

这天早上，马哈发现羊圈里多了两只陌生的羊。因为他家的羊个个圆乎乎的，这两只羊很瘦，混在羊群里很明显。马哈这几天累了，昨天下午去放羊时，躺在山坡上睡着了。醒来时天快黑了，他急忙把羊赶回家，没注意羊群的变化，更没注意当时还有谁在附近放羊。村里养羊的人家不多，马哈给他们一一打电话询问，都说没丢羊。马哈又去周围的村子问了，也都说没丢羊。马哈纳闷了：难道这两只羊是从天上掉下来的？

一连半个月，马哈都去同一个地方放羊，想着丢羊的人可能会自己找上来。两只羊，在行情最低迷的时候也值一千多块钱，这不是个小数目，丢了羊的人家肯定很心疼。可是半个多月过去了，竟没有人来找马哈要羊。

这天，马哈去村里的商店买烟。商店里坐了一屋子的闲人，有打麻将的，有看热闹的，见马哈来，都问他找到羊的主人没。马哈说："还没有。"大家都说马哈运气好，白得了两只羊，便起哄让他请客。马哈以为他们在开玩笑，没想到他们一人拿了一包烟，都记在了马哈的账上，一共是130块钱。马哈觉得冤枉，因为他根本没想把两只羊据为己有。可是，如果他不付烟钱，会让大伙儿觉得他小气，他就硬着头皮把烟钱给了商店老板娘。

马哈的羊养得好，长膘快，不只因为他天天把羊赶到山上去吃草，还因为他舍得给羊喂料，玉米、豆饼、麸皮等，他都舍得给羊吃。外来的两只羊，过了一个多月的工夫，就胖了起来。眼下，羊的行情在逐渐上涨，从最低迷时的600多元一只，上涨到近千元一只。人们再看到马哈，不问别的，先问那两只羊卖没卖，说要是卖了，一定请大伙儿吃一顿，沾沾他的运气。

一两个人这么问，马哈没往心里去，见到他的人都这么问，马哈不得不认真考虑这件事了。快两个月了，两只羊的主人还没找来，估计不会来了。但他不能白得这两只羊。想来想去，马哈决定把这两只羊交给村委会，让村里处置。

这天，马哈把两只羊牵到了村委会。村主任听明原委后，让马哈把羊牵回去，说："该养就养，该卖就卖，两只羊的主人要是找来，有羊你就给他羊，没羊你就给他钱。"马哈说："要是他一直不来呢？"村主任说："那就当你白捡了个便宜。"马哈说："我可不贪这个便宜。"说完，马哈把拴羊的绳子交给村主任，转身走了。村主任看着这两只羊，一时不知道怎么办才好。

村里为这两只羊特意开了个会，研究怎么处理它们。有人主张把羊杀了吃肉，有人主张把羊卖了，有人说要想办法找到羊的主人。大家意见不统一，但是赞成后者的占多数，于是两只羊就留在了村委会，由村委会一边代养，一边找羊的主人。

村干部都不住在村委会，喂羊的事就交给了村委会的打更老头张大爷。张大爷年纪大了，放不了羊，每天只给羊抱去两捆玉米秆，让羊啃。玉米秆太硬了，羊啃不动，只能吃点儿秆上的叶子。光吃叶子吃不饱啊，羊饿得直叫唤。张大爷耳背，听不见。

村里的铁三游手好闲，没事总瞎转悠。这天，铁三闲逛到村委会，看到两只羊被拴在一个木桩上，它们一边绕着木桩转，一边叫唤。他问张大爷羊为啥叫，张大爷摇头。铁三说：“它们可能是饿了，我帮你去放放吧。”说着，不等张大爷点头，他就把两只羊牵出了村委会。

铁三知道，这是马哈捡的两只羊。有那么一瞬间，铁三想把两只羊牵回家杀了吃肉，犹豫了一下，没敢。他把羊领到离村委会不远的荒草甸子上吃草，想着等羊吃饱了，第二天牵到集市上卖了。两只羊好几天没吃到青草了，见到草，狼吞虎咽地吃了起来。铁三见两只羊吃得欢实，就躺在地上晒着太阳想美事。草甸子旁边不知谁家栽了一地的树苗，里面长满了草，两只羊钻到树苗地里吃了起来。

铁三把羊牵回家，没有一袋烟的工夫，两只羊居然死了。

经查，羊是吃了大头钉死的。原来，那片苗圃地周围挡了三道铁线，大头钉撒在了铁线里边。也就是说，如果羊没有越过铁线去吃草，是吃不到大头钉的，种苗圃的人家怕树苗被羊吃了，才这么做的，铁线杆子上有个提示牌，提示放羊人注意，说苗圃里面撒了大头钉，看好自己的羊，别让羊进去吃草。

所以，现在羊死了，责任在铁三。可事已至此，村里只好把羊杀了，把羊肉给大家分了。

村里人再看到马哈，都笑呵呵的，说托他的福，吃到了羊肉。马哈听到这些话，心里难受，他觉得对不起那两只羊。

没过多久，有个陌生人忽然来到马哈家，问马哈是不是捡到过两只羊。马哈问他在哪里丢的羊，羊长什么样。陌生人一一作出了回答。马哈知道，这人是那两只羊的主人。

此时，距马哈捡到两只羊已经过去三个月了，马哈问他：“为什么才来找羊？”

陌生人说：“羊是我儿子放的，他脑子有毛病，羊丢了也不知道。我媳妇得病去世了，爹妈年纪大，日子过得糊里糊涂。我一直在外面打工，前天才回家，发现羊少了，问儿子，他只是说，羊没得病，也没卖钱。我猜十有八九羊是丢了，便四处打听，听说你捡到过两只羊，马上跑来问问。”马哈听了，一时语塞，不知道怎么回答了。

（**推荐者**：鱼刺儿）

（**发稿编辑**：田　芳）

（**题图、插图**：陶　健）

那爷那一刀

□范大宇

北京宣武门外菜市口西边，有条教子胡同。早年间，胡同里一个独门小院里，住着一位爷，姓那，大号“一刀”，人称“那爷”。那爷四十来岁，长得膀大腰圆，一脸络腮胡子，眼光中透出令人胆寒的凶气。那爷操的是哪门行业？嘿，杀人行刑的刽子手！

干这一行的，没人娶妻结婚，哪个女人敢天天与一个刽子手待在一起？可是他们大部分都有儿子，往往是花钱找一个女人，等这女人生了个男孩儿，就给她一笔钱打发走。待这孩子长大后，自然也是子承父业，当刽子手。

那爷也有儿子，儿子后脖子上有一处胎记，是一片暗红色的枫叶图形，于是那爷为儿子取名“那一叶”。可是，这儿子却在十五岁那年突然离开了家，音讯全无。

三天前，刑部传下话来：准备接活儿。那爷听了，一乐，有活儿就来钱呀。那爷也就一天到晚足不出户，大门也虚掩着，为什么？这是这行的道道，有人来找那爷，不用敲门，推门就进，省得惊动街坊四邻。

第三天傍晚时分，那爷在院子里喝酒，就听得大门轻轻一响，有人迈进了院子。这是个一脸苦相的男人，五十开外。男人强挤出点笑，蹭到那爷面前，从怀里掏出个布包，拿出半两左右的碎银子，说：“爷，明儿是我儿子升天的时辰，望爷手

下留情……”原来，这是明天在菜市口被砍头人家的亲属，找那爷在行刑时给个痛快。

别看刽子手只是在刑场上大刀一挥，将人犯的脑袋砍下来这样简单。在生死关口，怎么用刀、如何使力，是让人犯瞬间毙命，还是痛苦地挣扎不断气，全得靠刽子手下刀时的分寸。这人犯的亲属就得花钱买通刽子手，让人犯能早一点昏死过去，少受罪。当然，如果人犯的亲属不送钱的话，刽子手们就要凭自己的心情下刀了。

那爷接过钱，点点头，那人就轻轻走了出去。那爷喝完了酒，将那悬挂在床头上方的行刑大刀取下来，在磨刀石上“噌噌”开磨。正磨得用劲儿时，就听大门又是一响，有人径直走了进来，是个年轻男人，穿戴齐整。男人凑上前，压低声音说：“明儿送人上路，可是那爷的活儿？”

那爷点了下头，说：“你们家有人打过招呼了。”

“错啦。”男人说，“我不是苦主。我今儿来，是要那爷明儿给那王八蛋，来个阴阳之间走不动！”

那爷愣了，还从来没有人要给人犯故意制造痛苦的呢。再者，这行当也有规矩，一事不收二主的钱，即同一人犯的不同亲属分别来送钱，也不能多收。如果刽子手收了双份或者更多份的钱，那是损阴德的事，更别说眼下这种要求了。

男人看那爷无动于衷，笑笑，从怀里掏出了足足二百两白银，“砰”地扔在那爷面前，说：“爷，够你下半辈子花了吧？”

那爷眼睛直了。这么多的钱，一辈子也挣不到呀。可他还是摇摇头：“这位大爷，不是我不答应您，是我们这行——”

男人一挥手，打断了他的话：“那爷，俗话说，识时务者为俊杰。当下是什么形势？洋人的洋枪洋炮不比你手上这刀片子好使？现在最最时髦的死法是什么？枪毙！你这行当用不了多久，就得寿终正寝啦。到那时，你那爷凭什么混饭吃？”

这番话，可正正戳到那爷的心窝子上了。这几年，砍人头的事越来越少了，其中有的人犯就是被洋枪毙了的。听说，有的人犯的亲属不惜花大钱买通官府，让亲人吃枪子而不用大刀……

那爷正犹疑不决，男人咬咬牙，又掏出一百两银子：“够了吧？”

“这——”

“别在我这儿又当婊子又立牌坊。你干的就是这行当，不要，我

立马走人，让刑部换人。我就不信，离了鸡蛋，还不做槽子糕了。”说着，男人就要走。

那爷上前一步，赔着笑脸说：“嘿嘿，您看，我也没说不干呀。”

那爷已经打好了小九九，他琢磨着，明儿干完了这档子活，立马脚底抹油，离开北京城，寻一处山清水秀的地方养老去。

男人离开时，那爷讷讷地问了一句：“爷，您、您这是为什么？”

男人冷笑了一声，说：“你难道没听说虎坊桥贝勒爷府上的事儿？”

那爷打了个哆嗦。天，原来这苦主竟是与贝勒爷府的格格偷情的那个戏子呀。

第二天中午时分，那爷身穿大红衣服，手握着大砍刀，直直地立在行刑的地方。人犯被绑在木桩上，脖子后面插着亡命幡。那爷扫了一眼，这人眼角上吊，一看就是个戏子。可怜他为了一时之欢，临到死了，还要受如此巨痛。

午时三刻，监斩的官员将绝命的朱砂签扔下来。那爷提了口气，把腰中的板带一紧，双手挥起大砍刀，就照着跪在眼前的人犯“嗖”地砍了下去，此时，他的眼角已经扫到了人群中两双眼睛，一双是那满含热泪的痛苦的眼，一双是死死盯着他手上砍刀的恶毒的眼。那爷嘴角掠过一丝笑，心想：哼，你们擎好吧！

那爷这一刀下去，人们看得分明，是又快又狠，直直地照那人犯的后脖子缝砍了下去，瞬间，人犯的血喷了出来。但是，人们没有察觉到的是，那爷的双手却在刀离脖子的最后时刻，停了！于是，人犯的脖子并没有完全地被砍掉，而是连着后脖子腔呢。那双痛苦的眼睛愣了，那双恶毒的眼睛亮了。人犯痛苦地在地上翻滚。这样子，没有

一个时辰他是咽不下最后一口气的。而围观的百姓，有的急急地上前，去蘸人血馒头。

那爷收刀回家，就准备一走了之。去哪儿？去云南！天高皇帝远，任谁也找不到我了。

这时，突然有人敲门。那爷开门一看，是刑部衙役。那衙役嘿嘿一笑，说："那爷，明儿午时，您又有活儿了，而且是三个，肥活儿呀！"那爷说："我明儿有事，你们请骡马市那儿的张爷吧！"

衙役说："这是大人吩咐的，我可不敢随意改。"

那爷也不好再说什么。他如果不接，刑部追究下来，他还能走得出北京城吗？

那爷迷迷糊糊地睡了一觉，第二天中午时分赶到了刑场。刑场上一溜跪着三个人犯，都是二十出头的汉子。此时，他猛然意识到，这三个人犯十有八九是革命党，否则，怎么会没有一个人犯的亲属找自己呢？

时辰一到，监斩官"唰唰唰"扔下三支绝命签。那爷因没收到苦主送的钱，也没有照顾一说，举起大刀，像剁肉似的硬生生往下就砍。砍到第三个时，那爷的汗水遮住了眼睛，他抹了一下汗水，下意识地扫了一眼跪在面前的人犯。这一扫不要紧，那爷傻了，他看到，这人犯的后脖子处有一块暗红色的叶子胎记。天，这难道是我的儿子那一叶？那爷立在那儿动不了了。监斩的官员吼道："那一刀，你他妈的掉魂啦？"

那爷怎能忍心下手？可是监斩官已经站起来了，他再不下刀，亲兵就会上来先把他给杀了。那，谁给儿子收尸呀？那爷咬咬牙，闭上眼，举起刀，就在刀落在那一叶脖子处时，他猛然听到面前的人大喊了一声："爹——"

那爷的砍刀无力地落了下来，因用力不到位，砍刀只是将那一叶的脑袋砍下一半……

那爷不知自己是怎么回到家的。他刚推开院门，就有个人从屋里冲出来，定睛一看，竟是送他三百两银子的年轻男人。男人晃了晃手上的钱袋子，嘿嘿一笑，说："那爷，我来取我的钱。"说完，男人举起了一把火药枪……

三天后，教子胡同到处弥漫着一股臭味，人们寻着味儿找到了那爷的院子，推开门一看，那爷已经死了。

（发稿编辑：王 琦）

（题图、插图：陆小弟）

阿P争面子

□刘振涛

这天，小兰出差去了，阿P正自在地刷视频，忽然老丈人打来电话。阿P心里一紧，老丈人好面子，经常跟邻居老张叫板，哪次斗不过老张，都要阿P替他善后，这回十有八九还是他俩的事儿。

果不其然，阿P刚接通电话，就听老丈人在那头喊："姑爷啊，你可得帮爹出这口气啊！"原来，早晨老丈人和老张去赶集，看见一伙人在卖斗米虫的店里赌虫，看谁从木头中劈出的虫多。于是两人也来劲了，老丈人挑了一根木头，说里面最少有四条虫，少了他买单。结果木头劈开后，里面只有一条虫，老张趁机埋汰他，弄得他下不来台。

阿P听了直乐："爹，不就是几条虫子嘛！您别上火，我给您送一盘过去！"阿P只知道斗米虫是一种营养价值很高的虫子，有店铺专门卖里面有虫的木头，但不清楚具体价格。挂了电话，他就上网去买斗米虫，结果顿时感觉上不来气，一条虫要20块！原来这种虫子确实贵，古代就有"一斗米换一条虫"的说法，所以叫"斗米虫"。一盘虫至少要好几百块钱吧？这钱花得可太肉疼了。

阿P只怪自己大意了，可大话已经放出去了，怎么办？想了一会儿，阿P一拍大腿，立马骑车来到菜市场寻觅，正好看到卖桑蚕的，但粗大的蚕宝宝也不像斗米虫啊！他跟卖家一聊，得知蚕要蜕变四次，前两次的蚕宝宝跟斗米虫很相似，但幼蚕价格要贵5块。阿P

一听，小意思，买！

阿 P 拎着一袋假斗米虫来到老丈人家，老丈人朝袋子里瞅了一眼，乐坏了，立刻拉来老张显摆。阿 P 也挺了挺胸脯："十几根木头，千把块钱的小事。木头不好拿，所以我只把虫拿来了，给你和我张叔当下酒菜。"

老丈人乐不可支，却见老张盯着假斗米虫直摇头："不对啊，斗米虫不是米黄色的吗，这个咋是灰色的呢？还有点瘦。"

老丈人仔细看了看虫子，也有点拿不准。

阿 P 早就想好了："张叔，这你就不懂了，斗米虫是天牛的幼虫，天牛有两千多种呢，我这个种类稀有，要不是我爹发话，我才舍不得花这么多钱呢。"

老丈人赶紧附和："长知识了吧？我姑爷可是博学多才，你俩没有可比性，你不算丢脸！"

老张脸上挂不住，一甩手走人了。

谁料，很快老张又回来了，他冷笑一声，打开手里的袋子："赶巧了，这么珍稀的物种，让我在桑树园找到了，50 块一斤，嘿，人家还非要白送一把桑叶呢！"

阿 P 心里"咯噔"一下，凑过去一看，袋子里的蚕宝宝跟自己的假斗米虫一模一样，阿 P 的脸"腾"地红了，他这是被当场戳穿了呀！

老丈人也看明白了，气不打一处来："你小子真混账，本指望你能给我长点脸，没想到……哎！老张啊，咱俩这个赌，我认输了！"

阿 P 一愣，咋回事？在老张的讽刺加打击下，阿 P 终于听懂了，他们是在拿自个儿打赌！

原来，老丈人在集上吃了亏，回来后为挽回面子，说阿 P 肯定会买斗米虫孝敬自己，可老张说啥也不信，因此，俩人又拿阿 P 打起了赌。

阿 P 的脸一阵红一阵白，憋了半天，说："爹您放心，这面子我一定争回来！"说完，阿 P 逃出老丈人家，努力冷静下来，捋了捋这面子是咋丢的——对，赌虫！

阿 P 转了转眼珠，顿时计上心头。他直奔集市，把一个卖斗米虫的老板拉到一边，商量了半天。老板为难地点头："我能保证给你选的一定有虫，但不能保证里面有几条；还有，你答应的 50 块好处费得先给我！"

阿 P 欣然同意，扫码付款后，老板挑好几根木头，阿 P 做了记

号放到一边，接着拨通了二蛋的电话。

二蛋是老张的儿子，也很争强好胜。果然，他被阿P三言两语就忽悠来了：“阿P哥，咋玩？”

阿P跟二蛋说，各买两根木头，谁的木头出虫多，谁赢，所有虫归赢家，输方付所有木头钱。二蛋欣然同意，很快就选好两根，阿P也把有记号的木头交给老板，老板先帮二蛋劈开，一根木头抠出两条虫，一根没有；劈开阿P的两根，每根都有两条虫，2比4，阿P胜！

二蛋急了，又掏出一百块买两根木头，要跟阿P决胜负，这轮阿P险胜一条；二蛋见一条之差就要付所有钱，不甘心，又连续买了好几根木头，最终，阿P的斗米虫总数比二蛋多两条，赢了！

几百块花出去，二蛋彻底泄了气，转身走了。

阿P有些不忍，可办正事要紧，他带着十几条虫飞快去了老丈人家，当着老张的面趾高气扬地把虫倒在盘里，老张仔细一看，吃惊不已：“这可是正宗斗米虫啊，花了多少钱？”

阿P故意不屑道：“用得着花钱吗？跟人家赌虫赢的，一分没花。”

老丈人连连夸阿P厉害，可老张摇头：“你小子几斤几两我还不知道？跟人赌你会赢？那人是个傻子吧？”

阿P憋住笑，说：“那人傻不傻我不知道，但我知道他是你亲生的，张二蛋！”

老张顿时呆了，半天才结巴着说：“二、二蛋？不行，我得打电话问问……”结果，老张边骂儿子边出去打电话了，之后再没进屋。

等老张走后，老丈人急不可耐地要阿P讲讲他是怎么坑二蛋的，阿P一五一十地说了，老丈人给了阿P一拳：“手段有点下作了，但干得漂亮，把面子给我争回来了，痛快！等会儿把我柜子里的红酒带走，对了，还有一条好烟呢，一起拿走。”

阿P一愣，这待遇可不多见啊！高兴之余，他又想起二蛋伤心欲绝的背影，那钱可是二蛋的私房钱啊，不能让好哥们背锅！于是，阿P带上东西直奔二蛋家，他要把这些东西送给二蛋。虽说自己无福享用老丈人的好烟好酒，但不亏欠二蛋，心里舒坦！想到这儿，阿P得意地吹起了口哨。

（发稿编辑：王　琦）

（题图：顾子易）

拜托好兄弟去卖马，结果兄弟和马双双失踪。更离奇的是，过了几天，兄弟没回来，枣红马却自己跑了回来，而且还死了……

一匹枣红马

□杨　哲

1.失踪

开春的一天，双福大队第三生产队发生了一件蹊跷事，社员张开禄突然失踪了。

这是咋回事啊？事情得从一个礼拜前讲起。

那天早上，在饲养院大门口，队长董有福给社员派完今天上工要干的农活后，忽然叫住了张开禄："开禄，你今天别上工了，给你另外安排一件事。"

董有福和张开禄既是光屁股的玩伴，又是小学同学，两人关系特别好。张开禄是队里的第一个初中生，县里多次来公社招工，他几次报名后，却因家庭成分不好，被公社卡了下来。

张开禄问是啥事。董有福得过小儿麻痹症，是个跛子，他一边往饲养院走，一边回答说："你今天去一趟骡马市，把队里那匹枣红马卖了。"

张开禄"嗯"了一声，和饲养员来到马圈，把那匹枣红马拉了出来。这是一匹老马，给队里拉了七八年的马车，拉不动了。队里开会决定把它卖了，再加点钱，另外买一匹骡马。

出饲养院时，董有福把会计开好的介绍信递给了张开禄。

张开禄问："有福，卖多少钱合适啊？"

董有福回答说："最少300块。"

张开禄又问："要是卖不了呢？"

董有福肯定地说："不可能。真要卖不上300块，你怎么拉去的，还怎么拉回来。"

张开禄说了声"好"，拉着枣红马走出村西，踏上了南边进城的马路。骡马市设在县城东关。从双福村到城里有40里路，正常情况下，张开禄徒步到骡马市，卖了枣红马，在天黑前能赶回家吃晚饭。

但不知为啥，到天黑时，张开禄却没回来。

董有福吃完晚饭后，见张开禄还没回来，有些不放心，便来到饲养院值班室等。他一直等到9点钟，却还是不见张开禄的人影子。董有福不由得皱起了眉头，开禄不会在半路出啥事吧？

张开禄婆姨叫金花，两口子的独生子叫张喜。她给男人留了晚饭，凉了热，热了凉，还是不见他回来，心里便开始发慌了。金花来到饲养院，问董有福："董队长，娃他爹怎么还不回来啊？"

董有福圪蹴在椅子上，嘴里喷出了一股旱烟："我也不知道啊，下工后我一直在这里等他。这个开禄啊，真是不让人省心。"

金花提议派两个人去半路迎一下。董有福答应了，打发饲养员喊来队里两个刚上工的半大小子，去五里外的红柳湾桥迎。两人在桥头等了一个多钟头，也没迎到张开禄，就回来了。

董有福来气了，从椅子上下来，气呼呼地说："等开禄明天回来，扣两天的工分，给他长个记性！"说完，他背抄着手回家了。

昏暗的煤油灯下，金花坐在炕上一边纳鞋一边等男人，等到半夜，也没等来男人的影子。夜里，她在炕上翻来覆去睡不着，脑子里一直在胡思乱想，担心男人出啥事了。

天刚麻亮时，金花终于憋不住了，拍响了董有福家的院门。

董有福披着衣裳打开了院门。金花一见着他就问："我男人到现在还没回来。你是队长，到底管不管啊？"

董有福不耐烦地说："你男人又不是3岁大的娃娃，我怎么管啊？”

金花却不依不饶：“我男人是你派去给集体办事的，他要有个三长两短，我不找你队长要人找谁要啊？你要不管，我就去大队，大队不管，我上公社告你去！”

董有福听后哭笑不得，说：“大清早的，你就不能说几句吉利话嘛！你着急，我比你还着急呢。放心吧，兴许吃早饭时他就回来了呢。”

但到吃早饭时，还是不见张开禄的人影子。

8点钟，队里的社员聚在饲养院门口等待点名时，七嘴八舌地议论起了张开禄。有人说，他肯定是见财起意，揣着卖马钱撂下婆姨娃娃跑了；也有人说，张开禄被人骗了，没拿到一分钱，无法给集体交代，无脸回家了；还有人说，说不定在半路上遇到了打劫贼，钱被打劫一空，不敢回来了……

金花独自站在那儿，装作啥也没听见，但心里却五味杂陈，害怕男人出啥意外，撇下他们娘儿俩，往后可怎么办啊；又恨队里社员的乌鸦嘴，没一句好听的话。

张开禄有个弟弟，他在一旁听到后骂道：“你们吃饱了撑的，瞎说啥呢？”社员们才停止了议论。

点完名、派完活后，董有福对金花说：“我现在就进城去找开禄，后晌回来。”说完，他独自一人离开了村子。

后晌4点多钟时，董有福一个人回来了。在饲养院值班室，他立刻召集党员干部和积极分子开会。会上，董有福介绍说：“我到了骡马市，没打听到张开禄的消息，觉得事情不对劲，就赶紧赶回来了。如今枣红马不见了，张开禄也没个人影子，肯定是

出啥事了。我思谋来思谋去，直接去公社武装部报了案，说社员张开禄昨天去给队里卖马没回来，原因不详。大家讨论一下，这件事该怎么办。”

那时，公社还没设派出所，武装部负责全公社的社会治安。

大家讨论来讨论去，最后通过举手表决，先暂扣张开禄两口子年后上工挣的全部工分，等张开禄回来再撤销。

金花下工后来找董有福。他冲金花摇了摇头，说没打听到任何消息，并把队里的会议决定告诉了她，劝说：“开禄是有文化的人，再等等吧，他不会出啥事的。你把心放进肚子里。”

金花啥话也没说，离开了饲养院，但她心里有种不好的预感，男人肯定是出事了。至于是啥事，谁也说不好。

谁也没想到的是，到了第四天，张开禄没回来，枣红马却自己跑了回来，而且还死了。

2. 识途

第四天大清早，饲养员打开饲养院大门后，一下子愣住了。只见门外地上躺着一匹马，一动不动。他走近仔细一瞧，竟是张开禄拉到城里去卖的那匹枣红马，马脖子下面有处刀伤，地下是一摊凝固了的黑血，已经死了。

饲养员吓坏了，赶紧跑去喊队长董有福。

董有福闻听，大吃一惊，趿着脚来到了饲养院门口。他也万万没料到，枣红马居然会自己跑回来，而且还死了，究竟是怎么回事啊？

董有福马上召开了紧急会议。会上，他分析说：“我听老辈人说过一句话，叫老马识途，今天算是见识了。我估摸着，枣红马被张开禄卖了，结果那人昨晚半夜动手宰马时，绳子没绑结实，马被戳了一刀后，疼痛难忍，突然发力挣断了绳子，一口气跑了回来，可惜身上的血流光后死了。真难为这匹老马了。”

参会的党员干部和积极分子都点头表示同意董有福的推断，还说买马的很有可能是投机倒把分子，接着，他们开始讨论该怎么处理这匹死马。最后讨论的结果是，赶紧派人把马皮剥了，马肉按全队人头平分，不然就糟蹋了。因为枣红马是在张开禄手里出的事，是集体的重大损失，会议还决定，死马肉折算 50 块钱，剩余的 250 块马钱由张开禄两口子负责赔偿。

社员们得知这个消息后，个个喜笑颜开，这下有肉可吃了。下工后，家家户户端着搪瓷盆子去排队领马肉，然后拿回家炖肉吃。

唯独金花没去领马肉。董有福打发人来喊，她也没去。分完肉后，董有福只好给提溜了过来。进门后，他把一坨没有血色的马肉往桌上一搁，数落金花说："开禄家的，你傻不傻啊？这肉你领了得赔钱，不领也得赔钱，不领白不领。赶紧收拾一下，给娃娃煮了解解馋！"

金花憋着一肚子的气，问："到今天为止，谁也不知道我男人究竟出了啥事，你们凭啥说他把马卖给了投机倒把分子？再说了，这马即便宰了卖肉，也不止卖 50 块钱吧，凭啥只让我家少赔这么点钱啊？这不是明摆着在欺负我们吗？"

董有福回答说："这是队里集体开会做的决定，不是我一个人说了算，你不能怪我啊。说心里话，我巴不得让你家少赔钱，不赔才好呢。可说一千道一万，从根子上讲，马是在开禄手里出的事，如今他也不见人影子，你说这钱你老张家不赔谁家赔嘛！别赌气了，赶紧给娃娃炖肉吧。"说完，他抬脚走了。

董有福前脚刚走，金花后脚一把提溜起那坨死马肉，扔到了村头的沟里，让几只野狗美餐了一顿。张喜在屋里呜呜地哭，他想吃肉，自从过年吃了一次肉后，有两个月没动过荤腥味了。金花强忍着眼里的泪，瞪着儿子说："瞧你这点出息，哭啥？人活一口气，佛争一炉香。我们娘儿俩宁可饿死，也不吃这坨死马肉！"说完，她也泪流满面。

就在社员们纷纷猜测张开禄不回来的各种原因时，他却突然有消息了，而且结果特别出乎大家的意料。

第九天时，开禄弟弟忽然给金花送来一封挂号信，寄信人地址写着"内详"二字，不知道是谁寄来的。金花是个睁眼瞎，没让小叔子读信，而是揣进了口袋，傍晚下工回家后，才把信拿出来让张喜读。张喜正在读小学五年级。

信是张开禄从新疆寄来的。信中，他把没回家的真正原因详细地讲了一遍：

张开禄晌午赶到骡马市后，却无人前来问价，都嫌马太老了。他想等到后晌，要是没人买就回家。到后晌时，张开禄尿憋不住了，托旁边一个瘦老汉帮忙照看一下枣红马，他去厕所解个手。等张开禄回来后，马和瘦老汉都不见了。他找到日头落山也没找到，才意识到瘦老汉是个骗子，拉着枣红马跑了。张开禄傻眼了，如果空手回去，没法给队里交代，这笔钱一定会让他赔。张开禄在队里上一年工，挣的工分折算成钱不过百来十块钱，三年才能赔清。他思谋来思谋去，决定去新疆搞副业，听说那儿工资高，挣够赔马钱再回来。于是，张开禄来到火车站，半夜三更时扒上了开往新疆的运煤车，一口气跑到了兵团农场。他运气不错，遇到了一个在砖厂上班的老乡，给介绍了份临时工，专门从砖窑里出砖，拿计件工资，一个月能挣 50 块钱。

张开禄在信中说，等他干满半年就回来。信末还留了回信地址：新疆生产建设兵团农一师一团砖厂。

金花抹泪听张喜读完信后，二话不说，拿着信去找董有福。董有福在饲养院和几个党员干部谝闲话，他看完信后，又气又笑："这个开禄啊，真是个书呆子。马被人拉跑了，为啥不去报案啊？民警万一找不到马，马钱可以慢慢给队里还嘛，一年不行两年还，两年不行三年还，队里也不可能逼他一下子拿出 300 块钱啊；或者他回来把事情说清楚后，再去新疆搞副业挣钱也行啊。他倒好，不声不响溜到了新疆，把我给急得，生怕他有个三长两短，没法给你们娘儿俩交代。好了，这下我们终于踏实了。"

吃完晚饭后，金花让张喜赶紧给他爹回信，一再叮嘱男人，在外面要安分守己，踏踏实实干活，别惹事生非。干够半年领到工资就赶紧回来。出门一里，不如家里……

张开禄的这封信，彻底把社员们的乌鸦嘴给堵死了。

第二天早上，董有福给社员们

派完农活后，背抄着手，又去了趟公社武装部，把案子撤了。

谁知，半年过去了，张开禄却没按时回来，张喜写给他的信一封也不回。金花的心立刻揪成了一团，担心男人又出啥事了。

队里又有社员开始乱嚼舌头根了，说张开禄是蔫人出豹子，从一开始就没安好心，怀揣着卖马钱，已经在新疆找了个年轻婆姨，过起了小日子，再也不会回来了。金花还傻不楞登的，在家守着娃娃傻等呢。张开禄写那封信的真正目的，只是为了稳住金花，不让她起任何疑心。等过个几年，张开禄和新疆婆姨生下几个娃娃，生米煮成了熟饭，一切都晚了。有积极分子甚至要求董有福把这件事上报到大队，把张开禄抓回来，却被董有福顶住了：“你们急啥？开禄不是那种烂良心的人，再等等。”

闲话也传到了金花娘家。金花妈当即赶了过来，要她按地址去趟新疆，把张开禄找回来：“拴不住男人的心，拴住身子也行啊。”

没想到，金花却主意很正：“他要真是那种人，我去了也没用；他要不是那种人，我不去他也知道回家。”

金花妈见她听不进去劝，撂下一句：“你的事我再也不管了。到时候别后悔！”说完，她气呼呼地走了。

入冬后的一天，金花正在饲养院给牲口铡草，董有福忽然一瘸一拐地来找她，笑眯眯地说：“开禄家的，你家开禄有消息啦！”

金花又惊又喜，问：“啥消息啊？”

3. 意外

来到值班室，董有福拿出了一张绿色的汇款单：“你看看，这是开禄寄给队里赔枣红马的汇款单！”

金花接过后，仔细一看，汇款单上有两个邮戳，汇款人一栏的名字正是张开禄，这仨字她认识，一直揪着的心终于舒展开了。

董有福知道金花不识字，一字一顿给她念汇款单上的金额，收款人和汇款人的地址和姓名，以及一侧的简短附言：这是我赔给队里枣红马的钱。

金花听后，禁不住纳闷起来：“他为啥不给我们娘儿俩回封信啊？”

董有福说：“我记着，开禄上次留的地址是一团砖厂，而这次汇

款单上却是二团砖厂，十有八九是换地方了。我给你把这个新地址抄下来，晚上让张喜给他爹写封信，问问他为啥还不回来啊。”

当天上午，董有福去邮电局把钱取出来后，给金花退了50块钱，剩余的250块钱让会计入了集体的账。

后晌，金花特意请了半天假，去收购站割了一块肥肉，给张喜做了一顿红烧肉，娘儿俩美美地吃了一顿。晚饭时，社员们纷纷走出院门，互相打听：谁家炖肉吃啊，这么香。

吃过晚饭，金花让张喜给他爹写了一封信，说队长已经收到汇款单了，让他放心，并问张开禄在砖厂干活苦不苦，身体好不好，为啥不给家里回信，等等。可是，信寄出去后十多天了，却还是没有任何回信。

俗话说，无风不起浪。金花开始怀疑，难道男人正如社员们议论的，在新疆又找了个年轻婆姨，不管他们娘儿俩了？为此，金花整宿整宿睡不着，却是干着急没办法。

腊月二十三，老天爷下了一场大雪，队里没啥农活可干，便提前放了假。董有福对金花说：“开禄家的，眼瞅着就要过年了，这开禄一直不回信，我心里也不踏实。趁着这几天放假，你按汇款单上的地址，带着娃娃去一趟新疆吧，看看到底是怎么回事。要是开禄在那边的活不好干，过完年你和他一起回来吧。金窝银窝，不如自家的狗窝。”金花点头同意了。

第二天早上，金花带着张喜坐着火车来到了新疆，一路打听，终于找到了二团砖厂，说找张开禄。没想到的是，砖厂的人却说没这么个人。金花傻眼了，正不知所措时，有个人自称是张开禄的老乡，问她有啥事。金花说张开禄是她男人。这人把娘儿俩带到一间宿舍，让他们边歇边等张开禄下班。

傍晚时，张开禄终于骑着自行车出现了。金花见到男人后，没给他好脸色，劈头盖脸就问：“你到底在哪里干活？”

张开禄耷拉着脑袋，回答说：“我在另外一个砖厂。”

金花又问：“这几个月，我们给你写了好几封信，为啥一封也不回啊？你是不是又在这儿找了个婆姨，怕我和娃娃知道啊？”

张开禄一听，急了：“娃他妈，这是没影子的事，谁在胡说八道啊？我不敢给你们回信，是怕公社派人来找我，要我回去。”

金花说：“那你可以把信寄到我娘家啊！”

张开禄说：“事情万一走漏了风声，会连累他们。”

金花听后，觉得男人说得也有道理。快一年没见，见他又黑又瘦，她知道男人在砖厂肯定没少受苦，心里不由得一阵疼，心中的怨气顿时烟消云散。三人吃完老乡打来的饭菜，张开禄用借来的自行车驮着张喜，一家人来到了他干活的三团砖厂，在宿舍安顿了下来。

晚上，等张喜睡着后，张开禄

悄悄告诉金花：“厂长见我既能吃苦，又有文化，叮嘱我一定要好好干，干够一年就转为合同工，如果表现再好的话，第二年就能转正。我就不回去了。”金花听后，打心底为男人高兴，他终于当上了梦寐以求的工人，而家里也将成为人人羡慕的工人家庭。

娘儿俩在砖厂过完年后，便回到了村里。董有福见张开禄没回来，问金花：“开禄人呢？”

金花眼圈忽然一红，回答说：“娃他爹前阵子出了点事，被窑里塌下来的砖砸伤了左脚。伤筋动骨一百天，现在他稍微好了一点，砖厂厂长答应，等脚伤好利索就让他回来。”

董有福听后，叹了一口气：“我知道了。开禄这属于是工伤，砖厂必须给他治好才行，不然就别回来。腊月二十九那天，队里开年终决算会时，又有人提出，要把开禄旷工的事报到大队，让大队请示一下公社该怎么处理。我这就给他们解释一下。”

说完，董有福就要走，却被金花叫住了：“董队长，问你一件事。”

董有福问是啥事啊，金花盯着他：“我听娃他爹说，他没给队里寄过赔马的钱。上次的汇款单是怎么回事啊？”

董有福不自然地笑了笑：“这是我和开禄之间的事，到时候你就知道了。”说完，他便匆匆走了。这让金花总觉得有点怪怪的。

因张开禄属擅自旷工并外出搞副业，依据队里相关规定，从他离家的半年后开始算起，每月必须向队里缴纳20块钱的副业费，半年一交，否则上报到大队严肃处理。金花听后，二话没说答应了，并让张喜写信告诉了男人。

第二年春天，金花按时给队里交了半年的副业费，队里的社员再也不提她男人旷工的事了。

入夏后的一天，金花正在上工，董有福忽然一瘸一拐地跑过来，送来一份从新疆发给金花的加急电报。一般情况下，发电报就是有急事，如果是加急，肯定是重要的急事。

金花顾不得多想，急忙拆开电报，让董有福帮忙看一眼，电报里写的是啥急事。董有福接过一看，脸色立刻变了，电报单上只有八个铅笔大字：“开禄病危，接电速来！”

金花听他念完后，脑袋里“嗡”的一声巨响，感到老天突然塌了下来，砸到了她的头顶上。金花啥也不管不顾了，扔下手中的铁锹，火急火燎就往家里跑去。董有福也意识到开禄肯定出了大事，急忙打发开禄弟弟去公社中学接来正在读初一的张喜，并在马路上拦了一辆进城的马车。娘儿俩坐上后赶往火车站。

社员们纷纷猜测起来，张开禄究竟出啥事了？有人咋咋舌说，肯定是砖窑塌了，把张开禄砸坏了，十有八九是活不了了。不少人为此纷纷惋惜，但也有几个人一副幸灾乐祸的嘴脸：“看吧，这就是张开禄私自跑出去搞副业的下场。”

在火车上，金花心里十分紧张和不安，好端端的男人，为啥突然就病危了呢？

张喜则一脸不解地问：“妈，我们这是要去哪里啊？”

4. 检举

金花带着张喜赶到三团砖厂后，厂办的人啥话也没说，立刻拉着他们来到了师部医院，见到了躺在急救室病床上的张开禄，他头上缠满了白纱布，只露出两个眼睛。

金花一把抓住张开禄的茧手，哭着问：“娃他爹，你这是怎么了啊？出啥事了啊？”

此时的张开禄，已经说不出一句话来。他使劲地握着金花的手，双眼一动不动地盯着一旁的儿子张喜，泪流不止。后来，在大夫和厂办的人的劝说下，娘儿俩来到了医生值班室。

金花问厂办的人："我上次来探亲，娃他爹还好好的，这次为啥就成这个样子了？"这人才对金花说出了事情的经过：

前天，突然下了一天的暴雨。此时的张开禄，已经当上了砖厂出砖组的组长。因为夏季是卖砖的旺季，雨停后，他便带头进入砖窑开始抓紧出砖。谁也没想到的是，土箍的砖窑被雨水渗透后，其中的一角突然毫无征兆地塌了下来，连同窑里刚刚烧好的砖墙一起，"哗啦"一下砸中了正在低头取砖的张开禄……

当天晚上，张开禄便离开了人世，一句话也没给金花娘儿俩留。金花和张喜在病床前哭得死去活来，肝肠寸断。因为张开禄是合同工，火葬完后，厂里根据相关规定，给金花娘儿俩补偿了二十个月的工资作为抚恤金，并许诺说如果金花愿意，可以优先考虑在厂里当临时工，却被她一口拒绝了。金花不想留在这个令她心碎的地方。

金花抱着男人的骨灰盒回村的第二天，董有福来到她家，他看着开禄的骨灰盒，满脸愧疚，哽咽着说："开禄啊开禄，是我对不起你啊。那天，我要是不派你去卖枣红马，马就不会被骗子拉走，你也不会去新疆搞啥副业，更不会发生这种意外。我对不起你啊……"

谁知，一旁的张喜听完董有福说的这番话，忽然双眼怒瞪，没头没脑地叫嚷说："滚出我家去，你不配对我爹说这些话！"

金花吓坏了，一把拉住了张喜："你这傻娃，说啥呢？"张喜却一把甩开了金花的手，头也不回地走出了堂屋。

董有福不解地望着张喜的背影："这娃是不是因为开禄的事受了刺激？你好好开导一下。"金花点了点头。

第二天，董有福和几个社员帮忙张罗，把张开禄的骨灰盒葬在了坟地。按照风俗，葬完后，孝子张喜要给帮忙的人一一磕头感谢。奇怪的是，他唯独没给董有福磕头。

回来后，金花数落张喜一点也不懂事。谁知，张喜却来了句："姓董的根本就不配！"

金花以为儿子还在怨恨董有福，不该派他爹去卖枣红马，便劝张喜说："你爹的死，真不能怪你

有福叔，他也是好心好意让你爹干轻省活啊。”

不料，张喜却说：“好心不好心，到时候你就知道了。”

这天，金花来到饲养院找到了会计，把张开禄这几个月的副业费交清了。她不想听到社员们再嚼男人的舌头根。

一个礼拜后，队里忽然发生了一件大事，董有福被公安局的民警带走了。

这天早上，董有福点完名后，正在给社员们派活。一辆吉普车忽然开了过来，停在了饲养院门口，下来两名穿着白色制服的民警，还有公社武装部部长和大队书记。

董有福愣了一下，不知道出啥事了，急忙迎上前来。他正要张口问大队书记，忽然，一个民警拿出一张纸，在董有福面前晃了一下：“董有福，请跟我们走一趟。”另一个民警走过来，把董有福带上车后走了。

社员们看得目瞪口呆，不知所措，董有福犯啥法了，民警为啥要抓他啊？直到一个礼拜后，会计才从大队书记口中得知：公安局忽然收到一份检举信，举报去年春天，董有福把队里的那匹枣红马偷偷拉出村子卖给了肉贩子。社员们听后，是丈二和尚摸不着头脑，那匹枣红马不是跑回来后死了吗，董有福还怎么再卖给肉贩子啊？

几个月后，董有福被判了两年有期徒刑，社员们才知道了事情的真相：在张开禄卖马没回的第二天夜里，董有福去巡夜，在饲养院门口发现了一匹马。他轻手轻脚走近仔细一瞧，却愣住了，这不是派张开禄去卖的那匹枣红马吗？它居然自己跑了回来。董有福抓住马缰绳后，想喊醒饲养员把马拉进马圈，但脑子里却忽然冒出了个念头，这

匹枣红马十有八九被开禄卖了，为啥自己不可以悄悄拉到别处再卖一回？正好拿着钱去给婆姨看病。董有福婆姨生老二时，落下了偏头疼的病，时不时就犯，犯起病来，脑袋像炸裂似的疼，在公社卫生院看了半年，一点效果也没有。有人说省城大医院才能治好，可他手里一分钱也没有。想到这里，董有福担心拉着马离开时，被起夜的社员发现就麻烦了。他思谋出了个主意，大大方方拉着马在村里转，如果被人看见，就说巡夜时发现的，最后再送回饲养院；要是没人发现，就来个顺手牵马。董有福在村子里转了几圈后，没遇到任何人。于是，他连夜把马送到了住在城门附近的一个肩挑家，第二天卖给了一个私宰牲口的肉贩子，得了300块钱，春种后带着婆姨去省城治病。让董有福万万没想到的是，第三天夜里，枣红马居然再次从肉贩子手里死里逃生，跑了回来……

社员们听后，都觉得不可思议，这匹枣红马居然跑回来了两次！他们纷纷猜测，到底是谁给武装部写的那封检举信啊？

晚上，张喜在外玩耍后回到家里，把听到的事绘声绘色地讲给金花听。金花觉得有点奇怪："董队长婆姨的病还是那样子，并没治好啊。"

张喜却说："你管她呢。这回董有福就是罪有应得！"

金花说："娃，我们不能这样看别人的笑话，你有福叔对你爹一直不赖啊！"

张喜冷冷地哼了一声："他要不把枣红马偷着卖了，我爹早就回来了，能被塌下来的窑砸死吗？妈，你怎么还在为这个偷马贼说好话呢？我实话告诉你吧，给公安局写那封检举信的人就是我，我要给爹报仇！"

金花一听，惊呆了："真的假的啊？"

5. 隐情

张喜一字一句地回答说："我爹没了之后，我们从新疆回来的那天晚上，我叔叔偷偷来找过我，悄悄告诉了我一件事。在我爹去卖枣红马没回的第二天半夜，正好是农历十五，叔叔忽然肚子疼，起夜去院外的茅房大便。他从茅房出来后，借着明晃晃的月光，忽然发现董有福一瘸一拐地拉着一匹枣红马朝村外走去。叔叔悄悄跟上去，发现竟是我爹去卖的那匹枣红马。叔叔没

敢乱说，背着人给我爹写了封信，可我爹却没回信，他就没再管这得罪人的闲事……”

金花惊呆了，问：“这么大的事，你怎么不跟我商量啊？”

张喜却反过来问：“妈，我要是跟你说了，检举信还能寄出去吗，董有福会被判刑吗？”

金花突然生气了，“霍”的一下站起来，指着张喜严肃道：“你给我坐下。今天既然你把话说到这儿了，有些话我就得替你死去的爹告诉你！”

张喜从未见妈妈这样严厉过，愣住了，乖乖地坐在了炕沿上。金花抽泣着说出了其中的一段隐情：“枣红马被瘦老汉骗走后，你爹一下子没了主意，托出城的熟人给你有福叔捎了个口信，让他第二天早上务必进一趟城。你有福叔不知道出了啥事，进城见到你爹后，才知道马被人骗走了。你有福叔一直为你爹多次招工被卡的事惋惜和不平。他最后思谋出了个主意，让你爹以此为借口去新疆闯荡。听说那里缺有文化的人，不太注重家庭成分，只要肯吃苦，一定能找到合适的工作，到时候挣钱后再还给队里。如果赶上好机会，你爹还有可能成为正式工，到时候生米煮成了熟饭，公社也拿他没办法……”

张喜听后却不信。金花告诉他，这些事她刚开始也不知情，去年到了新疆之后，晚上睡觉时，张开禄亲口告诉她的，不会有假。

张喜质问：“那董有福为啥还背着我们把枣红马偷着卖了啊？”

金花却摇了摇头，说：“我也有些想不通。”

张喜问：“董有福怎么能这样啊？拿着卖马得的昧心钱，心安理得地去给他婆姨看病，却让我爹受苦受累去挣赔马钱！”

金花长叹了一口气，说："儿啊，家家都有本难念的经啊。你有福叔已经被判劳改了，得饶人处且饶人吧。"

两年后，董有福刑满释放回到了村里。金花闻讯，带着张喜去他家探望。

金花把队里退的250块钱放在桌子上，说那份检举信是张喜写的，当时她也不知道。娃娃小不懂事，请他无论如何也要原谅，这些钱算是赔礼道歉的。

董有福听后，说啥也不收。金花说："你要是不收，就是不肯原谅我的傻儿子。"

董有福只好收下了钱，有些不好意思地说："开禄家的，这件事不能怪张喜。真正错的是我，心存侥幸心理，结果还是……嗨，事情都过去了，从今往后再不提它了。"

金花忽然想起了一件事，问："董队长，上次那个汇款单的事，究竟是怎么回事，娃他爹生前一直没跟我提过这件事啊！"

董有福沉默了一会儿，回答说："开禄家的，实话跟你说吧，我和开禄一直在通信。那笔汇款是我从城里汇出来的，正是卖枣红马得的钱。当时，我是这么思谋的，既然枣红马从骗子手里又跑了回来，也没人看见，不如卖了正好替开禄做主赔给队里，双方谁也不亏欠，彻底把这件事了结了。至于婆姨的月子病，我的确动过这个脑筋，托人问了省城的大夫，说耽误的时间有点长，已经治不好了……"

一旁的张喜听后，耷拉着脑袋，一句话也没再说。

几年后的夏天，张喜以优异的成绩考上了地区师范学校，成为队里第一个师范生。

董有福得知后，前来祝贺。他坐在炕沿那儿，十分感慨地说："现在政策放开了，箍在你们老张家头上的那顶帽子终于被摘了。唉，要是开禄在世的话，不知道该有多高兴啊！"金花听得鼻子不由得一阵酸。

晚上睡觉时，金花忽然发现炕角的席子下压着一个东西。她揭开一看，愣住了，是用红头绳绑的一沓子钱。

这是谁塞这儿的啊？金花数了数，是250块，她哽咽着对张喜说："儿啊，这钱是你有福叔塞的，正是上回我们送给他的赔礼钱！"

张喜看到那一沓用头绳绑得仔仔细细的钱，也一下子怔住了……

（发稿编辑：赵嫒佳）

（题图、插图：杨宏富）

·神探夏洛克·

打不开的保险柜

富豪拍卖得到了一颗大钻石，暂时存放在拍卖行的保险柜里。神偷约翰买通了拍卖行的一个职员，得到了保险柜的密码。

这天，约翰终于找到了机会，他换上拍卖行职员的制服，悄悄潜入存放保险柜的房间，按照事先打听到的密码，转动了几下密码锁，果然听见密码锁发出了清脆的“咔”声，密码是正确的！他连忙伸手去拉保险柜门，却没有开，再使劲地拉了几下，门依然没有开。

这时，他背后突然有人问道：“你在干什么？”约翰回头一瞧，夏洛克先生和拍卖行的老板并肩站在他的身后。约翰自知无路可逃，便问道：“密码应该是正确的，可这保险柜为什么打不开呢？”

夏洛克笑着说：“你拨动的密码确实是正确的。”说完，他按照密码转动了几下密码锁，密码锁也发出了清脆的“咔”声，接着他轻轻一拉把手，保险柜的门就打开了。

这是为什么呢？

超级视觉

这是狗断成了两截吗？仔细看看才知道，原来那只是一段木头！

思维风暴

什么一共有六只脚，却只有四只脚在走路？

想知道答案吗？

1. 您可直接扫描下面二维码。
2. 购买 2023 年 3 月上《故事会》。

动感地带，与您不见不散！上期答案见本期 P28。

本期话题：世上没有不可能

最好吃的冰糕

我家住在山沟里。很多年前的一个夏天，我突然发起了高烧，无比想念城里的冰糕。母亲苦笑着说："咱家离城里太远了，就算你爹赶着驴车去买，这一路回来也化了。"父亲则在一边默不吭声。

过了一会儿，父亲出门了，一直到饭点都没有回来。母亲对我说："八成又下地干活了，不管他，咱吃饭。"

饭后，我在炕上迷迷糊糊地听见，院子里传来一阵急促又沉重的脚步声。睁开眼，只见父亲气喘吁吁地抱着两卷棉被站在我床边，上衣已经被汗水完全浸透了。可他饱经沧桑的脸上没有丝毫的疲惫，反而一脸兴奋："儿子，看爸爸给你买了什么！"

我满心疑惑地摊开棉被，发现里面歪歪扭扭地躺满了五颜六色的冰糕。看到我不可思议的神情，父亲擦了把汗，"嘿嘿"一笑："别说，两条棉被还真管用！"

那是我吃过最好吃的冰糕。

（张笑千）

重逢

大学毕业后，李林去一家大公司应聘，偶遇初中同学黄大水。黄大水当时是全校有名的"捣蛋鬼"和"后进生"，像李林这样的优等生是不屑与他来往的。后来黄大水初中没念完，就辍学练地摊儿去了……

李林正回想着，黄大水向他伸出手："多年不见了，老同学，听说你在大学里依然是优等生，真的很了不起啊。"

李林没伸手，上下打量了黄大水几眼，揶揄道："你这西装革履的，该不会也是来这家大公司应聘的吧？"黄大水笑了笑，正想开口，一位年轻女士走到他面前，一脸恭敬地问："黄总，一会儿的招聘，您要亲自主考吗？"

（张连春）

妈妈的字典

大宇爸去世后，大宇把妈妈从农村接到了城里。这天，大宇妈要去社区打疫苗。大宇给她画了一幅地图，告诉她怎么走，因为大宇妈是文盲，一天学也没上过。

大宇妈出门后，大宇发现她的手机和地图都忘在了家里。大宇想，这下完了，妈妈要白跑一趟了。谁知大宇妈回家后，满脸轻松地说："打完了！"大宇疑惑地问："你地图没有带，怎么认路的？"大宇妈说："不是有路牌指示吗？"

"妈，你认识字了？"大宇一脸惊讶。

大宇妈从包里拿出一本很旧的字典，说："村里的小学生每天放学后，都来教我认字。这本字典，我用了15年啦……"（彭爱珍）

固执的母亲

老杨的母亲岁数大了，还坚持一个人住在乡下。前些天她突然晕倒在家里，幸好邻居发现，及时送医，才捡回了一条命。

到了出院的日子，母亲还想回乡下，老杨却不放心，想让她留在城里。他和一众亲戚轮番劝说，好话都说尽了，但母亲却铁了心，谁的劝也不听。

正当众人坐在走廊一筹莫展时，老杨的女儿放学来到了医院。得知情况后，她进了病房，没一会儿，就出来说奶奶答应留在城里了。老杨惊讶道："真的假的？你是怎么劝动她的？"

女儿笑着说："我说我想天天吃她做的红烧肉。"

（佘秀霞）

我们能找到你

学校旁的小河又涨水了，刚来支教的郑老师护送一位小同学过河。他把孩子的书包背在背上，然后抱起他，踏入河中。快要到达对岸时，郑老师脚下一滑，他心知不好，忙将孩子往岸上扔去，自己则倒在急流中。

郑老师很快失去了知觉，等醒来时，他发现自己躺在岸边，双手紧搂着一节木桩，背后还背着书包。他看看两岸，再摸出已撞得稀烂的手机，不由得伤起了脑筋。这山林好陌生，该怎么回去呢？正犯愁，就听远处传来呼唤他的声音，郑老师赶忙大声回应。不大工夫，村民们便来到他跟前，郑老师好不奇怪："你们咋知道我在这儿？"

其中一个村民说："您帮我儿子背了书包，他过河前，把小天才手表用塑料袋包起来放在里面了。"

（郑 燮）

（本栏插图：孙小片）

“钓”鱼也犯法

□ 朱西岭

这天，张某和李某结伴到附近的清苑湖游玩。因为干旱，清苑湖正处在枯水期，湖中浅滩里的鱼儿特别多，引来不少人垂钓。

两人平日也喜欢钓鱼，见这么多人在湖边钓鱼，不由得手痒，各自回家取来鱼竿。虽说湖里的鱼儿很多，可忙活了一天，他们也没钓到几条鱼，而且还都是小鱼。两人当然不甘心，约定明天继续来钓鱼。

第二天，两人又来到湖边。这次张某带来的却不是昨天的渔具，鱼竿比原来的粗了些，也长了些，粗粗的鱼线上拴着很多像船锚一样的鱼钩，显得十分锋利。李某没见过这种东西，问张某是什么。张某神秘地说，这种渔具叫钩刺耙刺，有个通俗的名字叫锚钩，是专门用来钩鱼的，只要有鱼从钩子旁边经过，使劲一拉，锚钩将尖锐的钩刺插入鱼体，以挂刺的方式捕捉鱼。有时一次能钩到两三条，比用普通鱼钩钓鱼快多了。

在钓鱼的过程中，张某瞄准鱼群，把锚钩甩过去，然后猛地一拉，就会有鱼儿被锚钩钩上来，钩上来的鱼儿比李某钓鱼快得多。不过张某钩上来的鱼条条都伤痕累累，有点惨不忍睹。李某觉得这样钓鱼太残忍，劝张某不要用这种方法钩鱼。张某白了他一眼，说用鱼竿一

上午才能钓到几条鱼？还是这样钓鱼快。鱼儿就是一道菜，哪有残不残忍一说？要觉得残忍就不要钓鱼了，更不要吃鱼。

李某听了，竟然也动了心，眼馋张某弄到的鱼多。当天，他在张某的指引下，也买了一套钩鱼的锚钩。

第三天，两人又去湖边“钓”鱼。有其他人发现两人用这种带刺的锚钩，把鱼弄得伤痕累累，便劝两人说，这种方法钓鱼多不假，可是太伤鱼，最好不要用，以免影响鱼类的生存。正钩得起劲的两人根本不听劝说，还把劝说的人怼了一顿。

说来也巧，恰好有渔业工作人员经过，发现两人用锚钩钩鱼，便没收了两人的渔具。两人不服，与渔业工作人员理论起来，同样是钓鱼，为什么不去过问别人，偏偏与他们两个过不去？工作人员告诉他们，他们钓鱼使用的钩刺耙刺等工具，对渔业资源和天然水域的生态破坏极大，不仅要没收渔具，还要对他们进行处罚。

“钓”鱼也会犯法？张、李两人说什么也不信，事后便闹上了法院。法院审理后认为，张某、李某二人使用禁用渔具非法捕捞水产品，违反了《中华人民共和国渔业法》的相关规定，情节严重，已构成非法捕捞水产品罪，故当庭作出判决，分别判处张某、李某二个月拘役，缓期执行，并责令两人缴纳生态环境损害赔偿金500元。

张某、李某二人这才认识到错误，甘愿接受处罚。

律师点评：

这个故事涉及了一个法律问题，即非法捕捞水产品构成违法犯罪的界限。

根据法律规定，违反保护水产资源法规，在禁渔区禁渔期或使用禁用的工具、方法捕捞水产品，情节严重的，处以三年以下有期徒刑、拘役、管制或罚金。禁止使用的渔具包括拖网、围网、滚钩等十大类。

故事中，张某和李某钓鱼使用的钩刺耙刺即属于禁止之列，属于违法，情节严重的，则构成犯罪。

（发稿编辑：朱　虹）

（题图：孙小片）

绿版编辑部电子邮箱：
朱　虹：zhong98305@sina.com
王　琦：wangqi_8656@126.com
赵嫒佳：babyfuji@126.com
田　芳：greygrass527@126.com
彭元凯：abigstudio@163.com

本文改编自美国小说家、剧作家亨利·斯莱萨的同名短篇小说。亨利·斯莱萨的创作横跨侦探、科幻、悬疑文学等领域，毕生发表了数百则短篇小说，作品情节出人意料，讽刺意味十足。

发光的指印

斯塔克五十多岁了，在一家手套公司担任董事长兼首席执行官，是个不折不扣的工作狂。他每天早上在家里与小他二十岁的娇妻用过早餐后，就会从家里出发，步行六个街区到公司上班。

这天，他刚到办公室坐下，就看到行政主管布莱克神色忐忑地走进来，向他汇报说："老板，工厂送来十二双最新的手套样品，但现在样品间里只找得到十一双。而且不光是这种手套的数目不对，最近我发现一直少掉东西，像是有人在公司里顺手牵羊。"斯塔克闻言大发雷霆，他认为有人能偷手套，也可能会偷文具、厕纸，甚至是他的雪茄。所以，他大骂布莱克没用，扬言要自己解决。

于是，斯塔克找来一个私家侦探，把难题径直扔给他。这个侦探以前为斯塔克解决过几件麻烦事，他专注地听完斯塔克的话后，问道："先生，听起来你丢失的货物价值加在一起不过几百美元，而你聘请我来调查，最后的花费也许都会超过这个数。是不是有点划不来？"

斯塔克正气凛然地说："这是原则问题。没人能从我手上偷走任

何东西，尤其是这些由我支付他们薪水的员工。”

私家侦探没有再说什么，问：“你有怀疑对象吗？”

斯塔克咆哮道：“谁都有可能，这些员工在我看来全都长得贼眉鼠眼的。可能是那个秘书，可能是信差，可能是那个讨人厌的弗雷德。”

“弗雷德？”

“公司里的设计师。我从来就不喜欢这个人。他年轻、单身，在外面有许多女朋友。或许她们都戴着我公司的手套。”

“那么你为什么一直雇用他？”

斯塔克没好气地说：“因为他懂设计呗。他称得上是行内最出色的设计师，但他仗着自己本事高，无视公司规章，有一半的工作时间都不在公司里。他说自己去‘摄影棚’做设计，但我知道他肯定是在外面和姑娘们鬼混。如果他是偷手套的贼，我可一点都不会惊讶。”

私家侦探慎重地说道：“我觉得眼下最好的做法是设个陷阱，让贼自己暴露。我有一种由化学家专门设计出的、拥有特殊黏附性的发光粉末。我们先在许多个手套盒的外面涂上这种粉末，只要窃贼再偷手套，发光粉末会沾到窃贼的手上。这种粉末只要沾到人的皮肤上，就会发生特殊的反应，发出绿色荧光。这种光只有在黑暗处才能看到。更妙的是，这种粉末用任何普通的清洁方法都洗不掉。就这样，窃贼会被打上犯罪的印记。”

斯塔克听了，很满意地笑道：“我明白了。到时候，我只要把所有员工召集到一个黑漆漆的房间里，寻找一双发出绿色荧光的手掌就行了。真是妙计啊！”二人当即决定晚上就布下陷阱。

到了晚上，等到公司里空无一人后，私家侦探在手套盒外抹上了一种超细的粉末，那种粉末与白色的盒子融为一体，让人难以察觉。斯塔克站在一旁，想着粉末的神奇之处，开心地笑了起来。

第二天，斯塔克上班后一直待在董事长办公室里，只有午餐时才出来一下。他的内心焦虑不安，既担心陷阱会失败，又担心那个窃贼偏偏选择在今天做一个老实人。如果窃贼不出手，他和私家侦探设下的陷阱就毫无用处。

他向布莱克核实过员工出勤情况，知道几乎所有员工都在公司，只有一个女秘书被派出去办事，一个仓库管理员因为牙齿感染而临时请病假，还有弗雷德又借着去“摄影棚”的由头离开公司两小时。

到了下午四点一刻，布莱克打来电话，他压低嗓门，小声说道：“老板，我刚刚重新清点了公司样品室的手套数量，有一盒手套不见了。”

斯塔克听了这话，有些激动地拔出嘴里的雪茄，问道：“你确定吗？你仔细数过了吗？”

布莱克说：“我数了七次，确实少了一盒。”

斯塔克重重地敲击了一下桌子，说道：“让所有人在四点五十分时到大会议室。不许有借口，每个人都要出席！”

四点五十分时，公司员工一个个神情黯然地走进会议室。按照以往的惯例，全体员工开大会肯定不会有啥好事。只有穿着花衬衫的弗雷德优哉游哉地走进会议室时，脸上挂着狡黠的笑容。

斯塔克走进会议室后在主席台上坐下，咳嗽一声，让会议室内安静下来后，他才干巴巴地说起来：“我叫你们来是为了做一个小小的实验。请各位伸出你们的双手，掌心朝上，五指分开。”

员工们纷纷小声嘀咕起来，但还是乖乖地伸出双手。接着，在斯塔克的吩咐下，布莱克关上电灯。百叶帘早已拉下的会议室顿时变得黑漆漆的。

“老板！”布莱克在黑暗中叫道。斯塔克顺着声音的方向看过去，见到会议室里的另一头出现了一双发出绿色荧光的手。他快步走过去，一把抓住那双手的手腕。

这时，布莱克重新打开电灯，斯塔克发现被自己抓住手腕的人正是弗雷德。斯塔克说道：“我就知道我猜得没错！你以为你能逃脱，你以为你能骗过我——”

弗雷德叫道：

"你在说些什么？"

斯塔克说："你愿意向我出示一下你的公事包里的东西吗？哦，不。我猜想你不会那么愚蠢。你大概早已把手套处理掉了，对不对？"斯塔克转身对布莱克下令："弗雷德的解雇指令即时生效，你现在就去开出他这个月的薪水支票。"

弗雷德问道："你要解雇我？为什么？我不明白。"

斯塔克叫道："你偷公司的东西，你要否认吗？"

弗雷德涨红了脸："好吧，我确实时不时拿走一两副手套。我觉得这没有什么大不了——"

斯塔克说道："确实没什么大不了的，但没人能从我手上偷走任何东西，明白吗？你现在可以滚蛋了，我希望以后都不要再见到你。"随后，他转身对员工们说道："散会，大家可以下班了。"

员工们都下班了，斯塔克却在办公室里补做白天搁置的工作。等到收工时，他见回家用晚餐已经太迟，于是就去了绅士俱乐部，在那儿享受了一顿单人晚餐。

他回到家时，已经是夜里十一点多，妻子正准备休息。妻子看到他回来，一边换上丝绸露背睡衣，一边说："今晚你工作到好晚，是有什么事吗？"

斯塔克得意地一笑，就讲起他设陷阱抓内贼的事。他兴致高昂地说得不亦乐乎，却未注意到妻子的脸色越来越难看。

斯塔克最后说道："你知道那个内贼是谁吗？是那个一无是处的弗雷德！"

妻子说道："弗雷德？那个设计师？"

斯塔克答道："没错，你在去年的圣诞晚会上见过他。那家伙总是一副笑嘻嘻的讨厌模样，但我今天让他脸上没了笑容。我让他明白，没人能从我斯塔克手上偷走任何东西！"

斯塔克一边心满意足地嘟哝着，一边爬进被窝。他"啪嗒"一声关掉床头灯，再翻过身朝向妻子那边，准备将她搂进怀里。但就在这时，他猛然发现，妻子赤裸的后背上有五根发出绿色荧光的指印。看来，弗雷德从他手上偷走的东西不止区区几双手套！

（编译：姚人杰）

（发稿编辑：田　芳）

（题图、插图：孙小片）

工作难找

□ 赵功强

阿琛专科毕业后就一直在家待着，也不出去找工作，家里人都十分着急。

这天，老爸下班回来，见阿琛又在家玩游戏，不由得数落起他来。阿琛不耐烦地说："工作是那么好找的吗？现在本科生满大街，我一个破专科生，到哪儿找工作？"

阿琛爸摇摇头，又出了门。半夜回到家，他把自己的手机递给阿琛看："你说你学历低找不到工作，你看我一个初中生，刚才出去给人代驾，挣了300元呢！"

阿琛不服气地说："老爸，你有20多年的驾龄，这叫工作经验。现在求职要有工作经验，我有吗？"

一旁的老妈听了，也急了："儿子，你这是啥歪理？你老妈可是个家庭主妇，没有任何工作经验，明天出去一样可以找一份工作，你还别不信！"

第二天，老妈一整天都没在家，直到傍晚才回来。进门后，她从包里掏出200元给阿琛看："这是我为商场发传单挣的，咋样？服不服？"

阿琛看了一眼老妈手里的钞票，不屑地说："你这也叫工作？充其量只能叫卖苦力。正经工作可是上档次有品位的！"

一旁的奶奶也听不下去了，说："阿琛啊，你说的这种上档次的正经工作，哪会那么难找？奶奶要文化没文化，要经验没经验，明天就找一个给你看！"这下，不光阿琛，连他爸妈都蒙了！

转天傍晚，阿琛奶奶拿出一张纸给阿琛看："这是我跟服装店签的合同，为他们做服装模特，有档次吧！明天就上班，工资日结。对了，是寿衣模特！"

（发稿编辑：朱 虹）

预期效果

□张连春

大福在公司任部门经理，最近公司将在他和另一个部门经理吴来中挑选一人，去总公司任职，方法是公司全体员工无记名投票。这可是升职的好机会，大福一下班回到家，就将这个消息告诉了老婆，让老婆帮着出主意。

老婆向来足智多谋，忙问：“那个吴来和你比起来，优势是什么，劣势又是什么？”大福想了想说：“优势么，吴来的表叔在总公司当副总；劣势么，这家伙脸皮特厚，他家的份子钱，同事们一年到头都随不完。”老婆沉思片刻，让大福从明天起，在同事面前多提提吴来收份子钱的事，目的是提高大家对吴来的反感程度。大福听了直点头。

没过几天，大福兴奋地对老婆说：“老婆，你太聪明了。这几天我一直按你说的做，大伙都对吴来反感透了，看来咱的预期效果达到了！咱就等着明天选举的好消息吧。”

不料，第二天傍晚，大福一脸郁闷地回到家中，说：“没想到输得这么惨，吴来那小子几乎得了全票。”老婆惊讶地说：“咋会这样？莫非是他表叔……”

大福摇摇头说：“原本我也这样想。所以选举结束后，我偷偷跟踪了吴来的两个下属，想听听他们说些什么。”老婆着急地问：“结果呢？”

大福叹着气说：“一个说：‘本来我准备把票投给大福的，后来经大福一点拨，我才明白过来，这要是把吴来给弄走，大家每年就能省下好多份子钱了。’”

老婆顿时傻了眼，大福哭丧着脸说：“另一个竟然说：‘对对对，我也是这样想的！’”

（发稿编辑：朱　虹）

扫地的学问

□陶崇银

阿芳在城里找了一份环卫工的工作，负责清扫一条街。

这天，阿芳闷闷不乐地回到家里，老公阿牛问：“你这是怎么了？遇到什么不开心的事了？”阿芳叹了口气说：“我今天被领导批评了，说我清扫的道路不整洁，上面留着没有清扫干净的落叶。”阿牛安慰老婆说：“没事儿。一遍扫不干净，大不了你明天扫两遍。”阿芳点点头。

第二天一大早，阿牛悄悄跑到老婆负责清扫的那条街，提前扫了一遍。他心想，这样一来，老婆再扫的时候就会轻松很多。当天下午，阿牛回到家，兴冲冲地对老婆说：“今天清扫得很干净吧！”不料，阿芳满脸委屈地说：“我今天扫了两遍，当时确实很干净。但现在是秋天，下午领导检查的时候，地上又落了一些树叶，我又被批评了！”

正巧，阿芳的话被一旁的儿子小勇听见了。小勇是艺术系的学生，他对阿芳说：“妈，明天我陪你去上班！”阿牛以为小勇也去给他妈扫街，心想我都帮不了你妈，你小子能行？

谁知，当天阿芳下班回来后，眉飞色舞地说：“今天领导对我说，我可以一个星期不用扫地上的落叶了。”阿牛惊讶得张大了嘴巴，好奇地问：“为啥？”

阿芳笑着说：“这多亏儿子啊！儿子带了一帮同学，帮我把地上的落叶摆成了各种美丽的雕塑，许多网红都赶来拍照，还吸引了很多游客。大家都感叹这条街的落叶之美，有人还给环卫局打电话，想让这里的落叶多飘一会儿。”

（发稿编辑：朱　虹）

稀有之物

□胶年儿

朱员外家财万贯，生意做得风生水起，却常常叹气，因为他的独生女年过二十，刁蛮任性，吓得镇上公子不敢来提亲。

这天，朱夫人抹着泪对朱员外说：“再不把女儿嫁出去，可怎么办呀！”

朱员外叹了口气，忽然一拍大腿：“那就不往外嫁，咱往里招上门女婿。以后咱家这财产都是他的，我就不信没人上钩！”他摸了摸下巴：“咱摆个擂台，招个头脑精明的，不能把朱家的财产都败光……这样，我去找个稀有之物，要是有人能说出来是什么，就把女儿嫁给他！”

过了几天，朱员外拿来一个东西，像人参，可又不是人参。朱夫人问他这是啥宝贝，朱员外笑道：“其实我也不知道，是在后山上挖的，到时候咱要是相中了哪位公子，他说啥咱就说是啥！”

招亲当天，果然有许多公子前来打擂。他们为那稀有之物到底是啥争辩起来，朱员外夫妇仔细打量着他们，听他们说些什么，却没有心仪之人，于是连连摇头。

朱夫人失望地起身说：“看起来这招亲要泡汤了，我先进屋了！”

谁知半个时辰后，朱员外忽然带着一位公子进了屋：“良婿，快来拜见一下你岳母。”

看着那平平无奇的公子，朱夫人疑惑不已。朱员外凑过来低声说：“别光看相貌。这位公子慧眼独到，一眼就看出了那稀有之物是啥，说出了我的心声啊！”

朱夫人瞪大了眼睛：“他说那是啥？”

朱员外尴尬地咳嗽一声：“烫手的山芋……”

（发稿编辑：赵嫒佳）

土方子

□二月三十

老薛是个老中医，和老伴住在乡下。这天，在城里上班的女儿打来电话，要老薛带些治脚伤的土方子，和老伴一起去城里住几天。

老两口有些担心，也不知道女儿的脚伤得重不重，第二天上午便赶到了女儿家。可进了门，却发现女儿不在家，电话也打不通。

老薛只好进了厨房，开始准备午饭。薛老太收拾屋子时发现，屋里有一只浑身白羽的鸭子，只是一只脚有点跛，走起路来一瘸一拐的。她一把抓住鸭脖拎起来，心里埋怨道：女儿只知道买鸭子，也不知道把它捆好，万一跑了咋办？受伤得补，不如就用它炖锅汤给女儿补补身子。于是，她把鸭子交给了老薛。

老两口一直忙到中午，门口才有了动静。薛老太忙去开门，果然是女儿回来了。女儿惊讶地说："妈，你们怎么来这么早？"

"快让妈看看，你脚伤哪儿了？"薛老太着急地打量着女儿。

"不是我，"女儿故意小跳几下，说，"别操心了，是我买的宠物柯尔鸭，不知怎的脚伤了，所以想着拿老爸的土方子试一试。"薛老太一愣："就那只白毛的鸭子？"女儿点点头。

这时，厨房里的老薛听到响声，转身隔着玻璃向她们说道："快好了，再等一下。"

"啥快好了？这么香！"女儿闻着香味感叹道，转而问薛老太，"对了，爸的土方子呢？"

薛老太吞吞吐吐地说："已经用上了，只是和他之前给病人用的药不一样。"

女儿好奇地问："啥药？能比给病人用的还灵？"薛老太含糊地说："八角、桂皮、香叶……"

（发稿编辑：朱　虹）

有“鸡”食品

□楚　囝

这天，省里两位农业专家到沙河镇来搞调研，由马主任出面接待。到了午饭时间，马主任请两位专家到一个农家乐用餐。

入座后，马主任对服务员大姐说：“今天的客人都是省城来的专家，你给安排一下，就上咱们沙河镇本地的特色菜，最好是有机食品。”

待到服务员大姐将菜端上桌，马主任一看，是一盘青菜、一盘莴苣、一盘红烧鸡。服务员大姐向专家介绍说：“这是我们沙河镇本地种的特色菜，有‘鸡’食品也有哦！”

马主任疑惑地看了看服务员大姐，说：“这菜有点少，你再给上一盘别的有机菜！”

过了一会儿，服务员大姐又端来一盘菜，对大家说：“这是咱们沙河镇菇农种的鸡腿菇，也是有‘鸡’食品。”

在座的两位专家一听，都忍俊不禁，开怀大笑起来。一位专家开玩笑道：“那我们要是想点有机面条、有机米饭，有没有？”

服务员大姐不假思索道：“当然有！香喷喷的老母鸡汤面、黄焖鸡米饭，可都是我们餐馆的招牌主食。”

马主任接话道：“按你的理解，跟鸡沾边的就算有‘鸡’食品，那我要一盘有‘鸡’青菜，不放鸡肉，不加鸡汤，不用鸡精，有吗？”

服务员大姐指着桌上的青菜说：“这盘就是啊！”

另一位专家好奇地问道：“这盘是有‘鸡’青菜？也能跟鸡沾上边？”

服务员大姐笑道：“我们沙河镇的农民家家户户都在养鸡，地里的菜可都是用鸡粪种出来的。”

（发稿编辑：朱　虹）

难写的警示语

□冯凯

老陈是一名河道管理员。眼看到了7月，酷热难忍，他又开始忙碌起来。忙啥？河道有一处野泳点，天气一热，就会有人来野泳，甚至会溺亡。所以，此处是严禁游泳的，老陈在河边竖起警示牌，上面写着“此处禁止游泳”。

牌子竖起后，游泳的人确实少了一些，但仍有一些人视若无睹。比如村头的倔老头老李，老陈好几次巡视河道的时候，都撞上了老李在野泳。老李更是指着牌子对老陈叫嚣：“这个标语，一点效果都没有。”

老陈气不过，想了想，在旁边又竖起一个警示牌，写的是“水深危险，别让你的父母、妻儿担心”。这可是打了温情牌，果然，来的人又少了很多，可老李依然不为所动，还是外甥打灯笼——照旧（舅），还不忘对巡逻的老陈叫嚣道：“我无父无母，无妻无儿，这些话对我没用。”

面对老李的冥顽不化，老陈很是郁闷：野泳本身就危险，而老李年岁也不小了，万一真出了事可怎么办？老陈束手无策，心里添了心事，连吃饭都不香了。这天，读大学的儿子正好回来，听说了父亲的心事，就给他出了个主意。第二天，老陈又扛着新的警示牌去了河边。

恰好老李也刚到，饶有兴趣地看着老陈立牌子。当看清牌子上的字时，他大喊一声“晦气”，便气呼呼地走了。

老陈望着老李远去的背影，又看了一眼警示牌，自言自语道：“‘野泳一时爽，当心撞阎王！’对付老李这个老迷信，还是阎王爷管用啊……”

（发稿编辑：田　芳）

（本栏插图：小黑孩　顾子易）

2023年

中国十大廉洁故事评选

每篇奖金 3000 元

兴廉洁之风，树浩然正气。为加强新时代廉洁文化建设，鼓励广大作者创作出老百姓喜爱的廉洁故事，上海金山山阳廉洁文化基地与《故事会》杂志社，联合推出2023年中国十大廉洁故事评选活动。

评选范围：2023年《故事会》有关栏目发表的“廉洁故事”，如新时代廉洁故事、中华传统文化中的廉洁故事、红色廉洁故事、家风家训廉洁故事等。

评选方法：专家评选及网络投票。

奖项设置：获奖作品奖金为每篇3000元，全年共10篇，并颁发获奖证书。

投稿方式：欢迎广大作者踊跃来稿。邮箱：gushihuilianjie@126.com。老作者可直接投给固定联系的编辑。篇幅控制在3000字以内。作品后请附：姓名、地址、手机号、身份证号、开户银行信息及账号。

其他说明：获奖作品著作权归作者所有，主办方享有使用权、发布权和改编权，凡参赛者视为接受本项约定。

中国十大幽默故事评选

最高奖金 每则 4600 元

为鼓励广大作者创作出老百姓喜爱的幽默故事，中国幽默故事基地上海金山山阳镇与《故事会》杂志社，联合推出 2023 年中国十大幽默故事评选活动。

评选范围：2023 年《故事会》“幽默世界”栏目发表的所有作品。

评选方法：1. 每季度评选出 6 篇季度奖作品；2. 荣获季度奖的作品再参加年度总决赛，经专家评选及网络投票，评选出 2023 年中国十大幽默故事。

奖项设置：季度奖奖金为每篇 1000 元，全年共 24 篇；年度奖奖金为每篇 3000 元，全年共 10 篇。年度奖获奖作品将颁发获奖证书。

征文邮箱：gushihui999@126.com。请作者自留底稿，参赛稿一律不退。

上海 山陽 SHANYANG TOWN

《故事会》杂志社地址：上海市闵行区号景路159弄A座307-308室，邮编：201101

我是你的底气

丁娴瑶 故事会红版编辑
Ding Xianyao Stories Editor

无意间看到一个电视剧片段，女主为了工作上的去留犹豫不决时，男主温柔而坚定地对她说 :“你想做什么就做什么，我是你的底气。”顿时，弹幕上沸腾了:这一句，简直比一百句“我爱你”还动人啊！

这样的动人，不止在电视剧里。这个春节，阿远打消了回家的念头——他自己刚刚“阳康”，担心春节流动，增加家人感染的风险。

“回家过年吧！”父亲来电话说，“放心，我和聪聪都‘阳’过了，这臭小子也不知怎么想的，上个礼拜，非要去给生病的同学送课本不可，回来就发烧……”

知子莫若父，阿远知道儿子想他了，他没再犹豫，立刻踏上了归途。

在家的时间总是过得飞快，尝尝老父亲的手艺，听听儿子说中学里的趣事，不知不觉，假期就用得差不多了。年初四的下午，阿远又该走了。唉，回家难，回了家再离开，更难。憋了一肚子的“不放心”，也不知该从何唠叨起。走到儿子房间看看，见聪聪在床上刷手机，阿远一下子起了“无名火”:“死小子，又闲着呢！不知道看书，也不知道替爷爷干点活儿了？”被这么劈头盖脸地一顿训，聪聪埋着头，索性不回话了。父亲忍不住对阿远抱怨 :“你呀，老是这脾气……”阿远也没再说什么，拿上行李，出了家门。

等到了车站，阿远愣了，儿子聪聪竟然已经在候车室等着。

“爸，从小玩到大的‘把戏’，你还指望我一直上当啊？”聪聪笑着晃了晃手机，“幸好刚才跟四叔联系，让他开车送我，不然就追不上你了。”

阿远鼻头一酸。以前每次离家，他都会在临走前故意“找茬”，和儿子闹一通别扭。孩子在气头上,就不会因为舍不得他走而缠着他哭。他觉得这样“告别”，大家都轻松一些。

“爸，我长大了，能照顾好自己和爷爷，你放心去拼，我是你的底气。”

爱你的人，因为知道你的软肋在哪儿，就想变做你的铠甲，成为你的底气。也愿每一个有能量的故事，都能传递爱给你，成为你挑战未来的底气。

（插图：丁德武）

770 CONTENTS

扫二维码，可听全本故事。

2023
SEMIMONTHLY
3月上半月刊

开门八件事，扫码听故事。一本可读、可讲、可传、可听的全媒体杂志。

故事会
红版．上半月刊
社　长、主　编　夏一鸣
副社长　张　凯
副主编　吕　佳　朱　虹
本期责任编辑　丁娴瑶
电子邮箱 dingxianyao@126.com
·发稿编辑·
吕　佳　陶云韫　曹晴雯　孟文玉
美术编辑　王怡斐　郭瑾玮
红版编辑部电话　021-5320 4057
绿版编辑部电话　021-5320 4050
地址　上海市闵行区号景路159弄A座3楼
邮编　201101
主管、主办　上海文艺出版总社
出版单位　《故事会》编辑部
发行范围　公开
·出版发行部·
发行业务　021-5320 4165
发行经理　钮　颖
媒介合作　021-5320 4090
广告业务　021-5320 4161
新媒体广告　021-5320 4191
·融媒体中心·
《故事会》微博　@故事会
《故事会》微信　story63
故事中国网　www.storychina.cn
《故事会》网店
shop36332989.taobao.com
故事会公众号　故事会小程序
国外发行　中国图书贸易总公司
印刷　上海四维数字图文有限公司
发行：中国邮政集团公司报刊发行局总发行
国内代号　4-225　定价 8.00元

美好祝词

彼得先生身材很胖，没什么朋友，便独自在餐馆里迎接新年。他叫来服务员：“请给我一杯伏特加酒、一只烤鸡、三份牛排、五份甜点……另外，新年快到了，你最好能再送我一句美好的祝词。”

不一会儿，服务员将食物都端到了彼得面前。彼得笑着问：“那么，你送我的祝词是什么呢？”

服务员看了看彼得，俯下身对他轻声说道：“祝您没有味觉，先生。”

（暮　春）

（本栏插图：包丰一）

再婚生活

玛丽嫁给了一个二婚的男人。婚后，男人总是有意无意地说起前妻的事，玛丽为此很苦恼，常常借酒消愁。

这阵子，玛丽突然发现丈夫对她又恭敬又殷勤，而且绝口不提前妻了。玛丽好奇，问丈夫怎么了。丈夫说：“你……你每次喝醉，都会说起你的前三任丈夫，他们真的……结婚不到一年都病死了？”

（苏　童）

小蜡烛

外国小伙儿麦克，第一次跟中国妻子回农村过情人节。晚上，麦克提议吃烛光晚餐，并自告奋勇去买蜡烛。不久，他回来了，说：“你们这儿真有意思，红蜡烛一串一串地卖，看着小了点，但也能用吧！”

妻子一看，没好气地说：“我可不敢点，你这‘小蜡烛’，我们中国人叫它‘鞭炮’！”

（紫糯米）

准能分清

杰克班长对一名新兵吼道："你是怎么混进军队的？我看你这视力，连前方开阔地上哪个是坦克、哪个是母牛都分不清！"

"长官，我准能分清！"新兵指着前方信心十足地说，"这是母牛，那是坦克。"说完，他犹豫了，又补充道："或者我应该反过来说，这是坦克，那是母牛。"

（洛丽河）

午 睡

小丽午睡时，一只苍蝇在她屋里"嗡嗡嗡"地飞个不停。她大喊："妈，有苍蝇吵得我睡不着觉！"小丽妈赶了过来，开门看了看，"咣"地又将门关上："你可别开门啊，家里就这么一只苍蝇，别飞出来吵到你爸睡觉！"（米 达）

医生的安慰

一位病人在手术前非常紧张，他的主刀医生为了分散他的注意力，便聊起自己儿子即将举行的婚礼。随后，医生问道："怎么样，感觉好点了吗？"

病人忐忑地问道："医生，你说你儿子要结婚，我需要给个红包吗？"（小 娃）

写作文

有个小学生写作文，开头是这样的："周日，我在公园门口买了一根五分钱的冰棍……"

老师看后，批评道："这是从很久以前的作文书上抄的吧？写作文最起码要有时代感，五分钱的冰棍，那是好几十年前的事了！"

小学生点点头，不一会儿就把改好的作文交给老师，上面写着："周日，我在公园门口买了一根五分钱的冰棍，一看生产日期，是好几十年前的……"

（远 山）

机智的钢琴家

演奏会开始了，钢琴家来到舞台中央，却发现观众席的座位只坐了一半。这时，台下有人起哄道："这座位可真空啊！"

钢琴家却笑了笑，说："朋友们，看来你们一定都是有钱人。"

那人问："为什么这么说？"

钢琴家说："喏，我看你们每人都买了两个座位的票嘛！"

（洛塔山）

淡季干什么

这天，在野外风景区，一位游客的爱犬被豪猪咬伤了。

风景区的兽医费了不少功夫才治疗完小狗，随后开出了收费单。游客一看，立马怒道："疯了吧，这儿的豪猪干了蠢事，你们怎么还敢跟游客收费？没有我们这些游客，淡季时你们还能干什么？"

只听兽医不紧不慢地回道："饲养豪猪，女士。"（橙　叶）

怎么瘦的

A：月初见你时，你还顶个"啤酒肚"，怎么到月底就瘦了？

B：主要是我控制了饮食，吃各种蔬菜、水果、粗粮、坚果……

A：噢，我懂了！

B：你懂啥！后来我吃坏肚子了，拉了一个多星期……（离萧天）

挂号

有位老太太为了治病，需要一直去医院复诊。有一次，她憋不住了，对医生抱怨道："我找你看病这么多次，怎么还要挂号啊？"

医生哭笑不得，便说："你就把我当作是动物园的猴子呗，总不能凭一张门票，看好几天吧？"

（秋　月）

豌豆公主新编

姑娘一觉醒来，发现自己在一个古堡里，身边还有个王子温柔地问她睡得好不好。姑娘抱怨道：“床上不知啥东西，硌得难受！”

王子一听，大喜：测试成功了！和童话里说的一样，只有真正的公主才有这么娇嫩的肌肤。虽然胖了点，但这就是我要找的心上人！于是，他吩咐随从：“快去把床上的豌豆取走，让公主好好睡一觉。”

过了一会儿，随从回复：“殿下，豌豆不见了，只找到豆沙。”

（美丽豆）

葡萄有毒

李大爷家的葡萄园经常有小偷来，他无奈之下，就在葡萄园入口处竖了一块牌子，上面写着：“葡萄喷有剧毒农药！”

没想到，葡萄还是被偷了。这天，李大爷终于逮到了小偷。他怒道：“不认字吗，没看见门口牌子上写的啥？”

小偷嘟囔道：“看到了。”

“那你还偷我的葡萄？”

小偷回道：“摘回去喂老鼠不行吗？”

（田宇轩）

本栏欢迎来稿。请将有新鲜感、有精彩细节的笑话佳作尽快投寄给我们。来稿一经采用，即致稿费，最高稿费为 100 元。本期责任编辑电子邮箱：dingxianyao@126.com。

手指算账

早年间，有个小伙子去粮店应聘，老板问他：“会用‘一只手’算账吗？”小伙子点了点头。

老板又问：“两袋小麦，怎么伸手指？”小伙子伸出了右手小指和无名指。

老板再问：“再加两袋大麦呢？”小伙子立马伸出了右手大拇指和食指，过了一会儿，又伸出了中指。老板奇怪地问：“为什么要伸中指？”

小伙子答道：“这样可以不让大麦和小麦掺在一起嘛！”

（王世全）

501房客

□ 卢金聪

比尔是某公寓楼的门卫，他看似和善，私底下却有一个不光彩的癖好——喜欢偷窥别人的秘密。

比尔的门卫室每周都会接收大量住户的包裹，而他最爱干的就是将这些包裹拆开偷看——207的女记者劳拉常用什么牌子的香水，402的服装师约翰喜欢什么样的内衣，305的小说家杰克被退了多少稿……窥视别人的秘密是比尔枯燥生活里唯一的乐趣。

最近，501室搬来了一位新房客。这位新房客总是身穿黑色大衣，头戴黑帽，每次出门都用帽檐把自己的脸遮住。这个古怪的家伙自然引起了比尔的兴趣，比尔想知道他身上究竟有什么秘密。

这天，门卫室收到了501室的包裹，比尔立马开始了他的“老把戏”。他小心翼翼地将包裹拆开，里面是一张女人的照片和一根麻绳。真是怪事，怎么会有人把麻绳和照片一起寄过来呢？比尔疑惑不解地将包裹重新封好。晚上，501房客回来时，比尔一边将包裹交给他，一边试图与他攀谈：“嘿，今天过得怎么样？”可那古怪的房客什么话也没说，接过包裹就走了。

比尔暗暗骂道：“无礼的混蛋，连句‘谢谢’也不说！”

两天后，比尔像往常一样从邮

箱取来报纸，边吃早餐边读报。一则新闻引起了他的注意：今早，一位叫玛丽的女明星被发现在家中上吊自杀，而她正是上次501室包裹里那张相片上的女人。

上吊自杀？比尔顿时联想到包裹里的麻绳和相片，仿佛那个包裹在两天前就预言了玛丽的死亡。一股寒意蹿上了比尔的脊背，难道说玛丽的死是501房客干的？不，也许只是巧合，比尔这么安慰自己。

话虽如此，但从那天开始，比尔留意起了这位古怪的房客。经过一段时间的观察，他在这位房客身上发现了许多疑点。比如，从没见他买生活物资带回家，也从未见他与人交谈，他总是身穿黑衣并用帽檐把脸遮住。如此神秘低调，不禁让人联想到电影里的蒙面杀手。

过了半个月，门卫室又收到501室的包裹。这一次，比尔还是按捺不住自己的好奇心，把包裹拆开了。只见里面有一袋冰块，下面压着一张胖男人的照片。比尔的心“怦怦”直跳，他赶忙将包裹封好。等晚上501房客回来时，比尔装成没事人一样，把包裹交给了他。

接下来的日子，比尔时刻关注着报纸上的新闻。这天，他一打开报纸，就看到一则新闻：市里最大肉类加工厂的老板沃克，被发现冻死在厂里的冷库中。警方初步判断，也许是工人们下班时不小心将沃克锁在了冷库。而这个沃克，正是501室包裹里照片上的胖男人。

冰块、被冻死的沃克，这绝不是巧合。比尔可以肯定，这两起案件都和501房客有关——他会根据包裹里的提示将目标杀害，然后伪装成意外死亡。

公寓里住了一名杀手，比尔既担心又兴奋。他并不打算报警，而是把这当成一种刺激的游戏，并暗中调查起501房客。为了获取更多的情报，这天，在与其他房客聊天时，比尔故意把话题往501房客身上引，于是大家便聊开了。

402的约翰第一个发言：“我猜那家伙一定有洁癖，不管天多热，他都要戴着手套。我是个服装师，见过许多这样的人。”

比尔心里暗想，戴手套也许是为了遮住指纹。

207的劳拉说：“他可不是什么洁癖，尽管他衣着得体，还喷香水，但他很可能是在屠宰场工作。有一次，我下楼时跟他撞了个满怀，闻到了他的衬衫上有一股浓浓的血腥味，他喷那么多香水，就是为了掩盖血腥味。”

最后，305 的杰克发言了：“我发现，那家伙其实穿了增高鞋垫，我注意到他时高时矮。”

时高时矮？比尔听后很惊讶，这是他不曾留意的。这次谈话后，比尔开始注意 501 房客的身高。经过一段时间的观察，他发现了一个惊人的秘密。501 房客不光身高时常变化，就连走路的样子也常常判若两人。比尔恍然大悟，这 501 房客并不是一个人，而是一个组织！他们都穿戴着统一的黑色衣帽，早上出去和晚上回来的是这个组织不同的成员。难怪他们从不说话，总是用帽檐遮住脸！

比尔察觉到了危险，他决定不再掺和这件事情了。这天晚上，又有一个 501 室的包裹被送进了门卫室。以往的包裹都是白天送来，这次这么晚送来，一定有什么紧急情况。在好奇心的驱使下，比尔还是打开了那个包裹，可眼前的一幕吓得他往后一仰——包裹里是一把匕首和一张比尔的照片！

“天啊，这次的目标是我！”比尔尖叫起来，他赶紧冲出门卫室，想趁 501 房客还没回来之前逃出去。还没等他跑到门口，就看到三个黑衣人正从公寓大门走进来。见到比尔，那三个黑衣人二话不说便扑上来，比尔吓得掉头就往楼上跑。在这危急时刻，比尔发现有个房间的门是开着的，他想也没想便冲了进去，可进去后他才发现，自己竟来到了 501 室。

“哦，不，我怎么跑这儿来了？”比尔绝望地叫道，赶忙将门锁上。这时，“哐”的一声巨响，外面有人在用力撞这扇门。比尔吓坏了，他用尽力气搬来衣柜堵住门，然后跑到 501 室的窗户边，朝着街道大喊：“救命！救命！”

很快，人们纷纷围了过来，有人报了警。警察赶到后，救下了惊魂未定的比尔。比尔一边哆嗦一边把黑衣人的事告诉了警察。

警察听后一脸疑惑，其中一个警察问：“我们初步搜了一遍，没看到什么黑衣人啊？”

“这不可能！”比尔叫道。他跑进门卫室，翻出之前的报纸，对警察说：“看，女明星玛丽、肉厂老板沃克，他们不是自杀，而是被501房客杀害的，这些501房客是一个杀手组织。”

警察面面相觑，其中一个对比尔说：“先生，我觉得也许是你压力太大，产生了幻觉。我知道一家精神疗养院，或许可以帮助你。”

“为什么不相信我？”比尔突然惊叫道，“难道……你们也是那个组织的人？不，别靠近我！”

比尔尖叫着逃出了公寓，沿着街道一路狂奔。他只想永远离开这个鬼地方，再也不回来了。

骚乱结束后，人们纷纷散去。就在夜深人静之时，501室的灯亮了，三个身穿黑衣、头戴黑帽的人走了进来。等关上门，三人脱下了衣帽，他们分别是207的劳拉、305的杰克及402的约翰，他们互相看了看，接着放声大笑起来。

约翰先开口了：“计划成功，终于赶走讨厌的比尔了！那家伙绝对想不到，所谓的501房客是我们三个轮流扮演的。杰克，你的点子也太妙了，真不愧是小说家。”

杰克笑道：“约翰，也多亏你设计的服装，穿上这身黑衣黑帽，比尔还真把我们当成了杀手。”

一旁的劳拉插嘴道：“我的功劳也不小，比尔还不知道他读的报纸都是我为他量身定制的。那些都是假新闻，所谓‘死者’的照片其实是我从惊悚片的海报里剪下来的。他平常就爱看各种八卦报纸，根本不会怀疑它们的真实性。你们看到了吗？当他把那些‘死者’照片给警察看时，警察那像看傻瓜一样的眼神真是太好笑了！”

三人又是一阵大笑。接着，约翰从怀里掏出一瓶香槟和三个酒杯，给每人斟上酒，然后举起酒杯说：“我们每个人都有秘密，不想被人窥视。比尔每次偷翻包裹，还以为我们不知道呢！这都是他的报应。让我们为了庆祝赶走比尔，干一杯吧！”说完，一阵清脆的碰杯声回响在501室里……

（**发稿编辑**：曹晴雯）

（**题图、插图**：孙小片）

据说有一种鱼叫黄貂鱼。给它挠痒痒，它会立即卷起身体，做出“咯咯笑”的表情，十分有趣。殊不知，这其实是黄貂鱼的一种应激防御动作，它的“笑脸”代表着痛苦和恐惧……

欢喜

□ 冯骥才

针市街和估衣街一样老，老街上什么怪人都有。清末民初，有个人叫欢喜，家住在针市街最靠西的一边，再往西就没有道儿了。

欢喜姓于，欢喜是大名，小名叫笑笑。

这可不是因为他妈想叫他笑，才取名笑笑，而是他生来就笑。

也不是他生来爱笑，是他天生长着一张笑脸，不笑也笑。眉毛像一对弯弯月，眼睛像一双桃花瓣，嘴巴像一只鲜菱角，两个嘴角上边各有一个浅浅的酒窝儿，一闪一闪。

他一生出来就这样，总像在笑，叫人高兴，可心，喜欢。于是他的大名就叫欢喜，小名就叫笑笑。

可是，欢喜不会哭吗？他没有难受的时候吗？他饿的时候也笑吗？他妈说：“这

孩子什么时候都笑，都哄你高兴。他从来不哭不闹，懂事着呢！”

这样的人没见过。老于家穷，老于是穷教书匠，人虽好，人穷还得受穷。邻人说，这生来喜兴的小人儿说不定是老于家的一颗福星、一个吉兆，这张像花儿一般的小脸仿佛带着几分神秘。

可是事与愿违，欢喜三岁时，老于患上痨病，整天咳嗽不停。老于为了治病，把家里的存项快吃光了，最后还是带着咳嗽声上了西天。

这一来，欢喜脸上的笑便没了秘密。他却依然故我，总是那个笑眯眯的表情，无论对他说嘛，碰到嘛事，他都这样。

可是面对着这张一成不变、并非真笑的笑脸是嘛感觉呢？人都是久交生厌，周围的人渐渐有点讨厌他，甚至有人说这个三岁丧父的孩子不是吉星，是克星，是笑面虎。

欢喜十岁时，守寡的于大妈穷得快揭不开锅，带着他嫁给开车行的马大牙。马大牙是个粗人，刚死了老婆，有俩儿子。没人管家，家里像个大车店，乱作一团，他就把于大妈娶过来料理家务。马大牙的车行生意不错，顿顿有肉吃，天天有钱花。按说日子好过，可是马大牙好喝酒，每酒必醉，醉后撒疯，虽然不打人，但爱骂人，骂得凶狠难听，尤其是爱当着欢喜的面骂他妈。

让马大牙和两个儿子奇怪的是，马大牙骂欢喜他妈时，欢喜居然还笑。马大牙便骂得愈加肮脏粗野，想激怒欢喜，可是无论他怎么骂，欢喜都不改脸上的笑容。

只有于大妈知道自己儿子这张笑脸后边是怎么回事。她怕哪天儿子会憋疯了，于是找到当年老于认识的一个体面人，把欢喜推荐到城里一个姓章的大户人家当差。扫地擦房，端茶倒水，看守房门，侍候主家……这些活儿欢喜全干得了。章家很有钱，家大业大，房套房院套院，上上下下人多，可是个耕读人家，规矩很严，不喜欢下人们竖着耳朵，探头探脑，多嘴多舌。这些恰恰也不是欢喜的性情。他自小受父亲的管教，人很本分，从不多言多语。因为家中清贫，他干活也很勤。还有他那天生的笑脸，待客再合适不过，笑脸相迎相送，叫人高高兴兴。

欢喜在章家干了三个月，得到主家认可。主家叫他搬到府上的佣人房里来住。这一下好了，离开了那个天天骂街的车行了。

欢喜的好事还没到头。不久，

他又叫这家老太太看上了，老太太说：“我就喜欢看这张小脸儿，谁的脸也不能总笑。总笑就成假的了，可欢喜这张小脸笑眯眯是天生的。一见到他，心里嘛愁事也没有了。叫他给我看院子、侍候人吧。”

老太太金口玉言，欢喜便去侍候老太太。他在老太太院里一连干了四年，据说老太太整天笑逐颜开，待他像待孙子，总给他好吃的。老太太过世时，欢喜全身披麻戴孝，守灵堂门外，几天几夜不吃不睡，尽忠尽孝。可有人说，他一直在偷偷笑。这说法传开了，就被人留意了，果然他直挺挺站在灵堂外一直在眯眯地笑。

起灵那天，大家哭天抢地，好几个人看见欢喜站在那里，耸肩扬头，张着大嘴，好似大笑，模样极其荒诞。

有人把这事告诉给章家老爷，老爷便把欢喜叫来审问。欢喜说自己天打雷劈也不敢笑，老太太待他恩重如山，自己到现在还是悲痛欲绝呢。老爷说：“你会哭吗？我怎么从来没见过你哭？”

“我心里觉得疼时，脸上的肉发紧，紧得难受，什么样不知道。”

老爷忽然叫人拉欢喜下去，打六大板子，再掩上来。他半跪地上，垂着头，嘴里叫疼。老爷叫他抬起头来，想来一定是痛苦不堪的表情，可是头一抬起，叫老爷一惊，居然还是那张眯眯的笑脸！

老爷是个见多识广的人，心里明白，这欢喜算得上天生尤物，一个奇人。这个人是母亲生前喜欢的，就应当留在家里，留下对母亲的一个念想。这便叫人扶欢喜去养伤，以后仍在府上当差，并一直干下去。

（推荐者：暮　春）

（发稿编辑：丁娴瑶）

（题图、插图：孙小片）

有些笑点一戳就准

◆ 考试周的图书馆就像是年后的健身房。

◆ 来呀，熬夜呀，反正有大把头发。

◆ 有时候感情的消失，就好像冰箱停电之后，里面的食物变质一样。冰箱没错，食物也没错，只是不来电了。

◆ 年纪大了，现在我每天都看养生节目，只能看到凌晨三四点。

◆ 我闭上眼睛就是天黑，摘掉美瞳全是眼白。

◆ 这位同学，你想加入什么部？小卖部。

◆ 生活就像一盒巧克力，你永远都不知道这次让座后，会听到“谢谢姐姐”还是“谢谢阿姨”。

◆ 酒精大概是所有妖精里最平易近人的吧？

◆ 网购发泄，犹抱薪救火，薪不尽，火不灭。

◆ 早知道人间还有上班这种事，就不该下凡！

（**推荐者**：谁与争锋）

给生活找点乐子

◆ 刚做完手术，望着天花板的灯，嫌太过刺眼，于是掀起被单盖住了头。结果被推出手术室时，我妈吓瘫了，一下扑过来哭喊着：“咋做个痔疮手术，人没了？”医生和护士惊呆了，我尴尬得动也不是，不动也不是……

◆ 在咖啡馆，一个美女过来问我：“帅哥，介意合个影吗？”我绅士般地笑了笑：“当然不介意！”然后美女拿起我的咖啡杯，自拍了几张照片，走了……

◆ 老婆：我属牛，你属虎，应该我怕你呀！老公：哪里，您是犀牛，我是壁虎啊！

（**推荐者**：潘光贤）

麻辣问答

◆ 问：吃饭时为什么会咬舌头？

答：为了提醒你，即使有几十年的经验，还是能把事情搞砸。

◆ 问：在不经商、不违法的情况下怎样快速赚到一个亿？

答：继承。

◆ 问：以你的水平踢欧冠决赛，是一种什么样的场面？

答：紧张到游戏手柄上全是汗。

◆ 问：为什么广告里的平板电脑用途各种“高大上”，而作为消费者的我却总是拿它当玩具？

答：为什么别人的笔可以签在支票上，而你的笔只能在答题卡上涂色？

◆ 问：为什么之前很多人上 QQ 都隐身，现在都不隐身了？

答：以前隐身怕有人找，现在在线都没人找。

◆ 问：你听过表面上十分积极，其实无比凄凉的话是什么？

答：我们会通知你的。

（**推荐者**：丁　强）

冷门知识与爆笑点评

◆ 据说每天平均有 12 个新生儿被交给错误的父母。

点评：现在，知道为什么星座预测达不到 100% 准确了吧？

◆ 聪明人的头发中含有更多的锌和铜。

点评：下雨的时候，小心头发会变绿。

◆ 达·芬奇描绘蒙娜丽莎的嘴唇花费了近十年的时间。

点评：为了亲第一个姑娘的嘴，我等了 18 年。

◆ 拉斯维加斯的赌场都没有钟。

点评：热恋中的人都没有表。

◆ 即使没有头，蟑螂仍可存活 10 天。

点评：这就是“小强”这个名字的由来。

◆ 大拇指的指甲长得最慢，中指的指甲长得最快。

点评：点赞点多了呗。

◆ 据说大概 56% 的键盘录入由左手完成。

点评：视频聊天，解放双手。

（**推荐者**：丁　强）

（**本栏插图**：孙小片）

今天不杀猪

□许申高

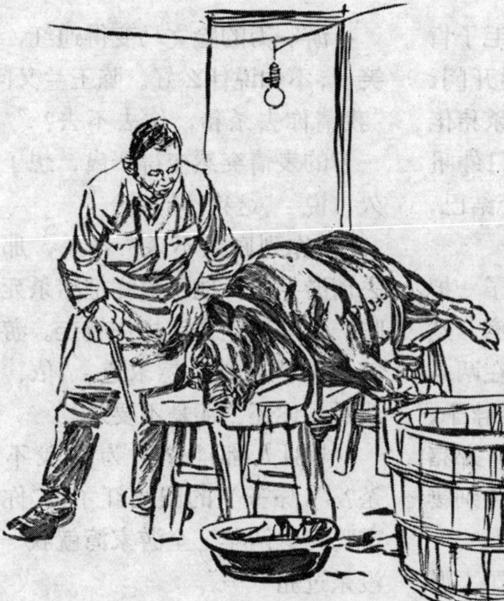

游家湾有个远近闻名的杀猪佬。因为刀法好，放血快，杀出的猪白白净净，而且全程不用帮手，所以人称“游一刀”。游一刀天生是个歪头，再加上说话有点结巴，所以四十多岁了还没成家。他养了一栏猪，种了几亩地，农闲时就在街上开肉案，替人杀猪卖肉。

过了冬至，乡里杀年猪的多了起来，游一刀就成了大忙人。可这天，他却闭门不出，说自己发高烧。来请他杀猪的人一听这话，拔腿就跑。特殊时期，谁敢把一个发烧病人请回家？可偏有胆大的，那就是村头的游毛子。游毛子是方圆十里有名的地痞，大事不犯，小事不断，没少干偷鸡摸狗的勾当。

游毛子来请游一刀时，游一刀正与人打电话：“对、对不起，我、我感冒了，不能杀猪……”打完电话，他回头一看，发现游毛子一脸坏笑地站在跟前，于是冷着脸问：“你、你来干、干吗？”

“请你杀猪。”

“你、你刚才听见了，我、我发烧，手抖，杀、杀不了猪。”

“我看你精神挺好。”

“我、我说不杀就不杀！你、你走吧！”游一刀说完，返身走进里屋，“哐当”一声关上了门。

换别人，游毛子肯定会飞起一脚踢开门，可唯独游一刀他有点怵，这杀猪佬可不是好惹的！他便只在门外吼道："哼，我就不信缺了你这个结巴，还杀不成猪！"

游毛子回到家，自己找了一把锈迹斑斑的杀猪刀，磨了又磨，然后从猪栏里拖出一头猪，绑在两条拼在一起的长凳上，照着猪脖子，狠狠一刀捅了进去……立时，那猪歇斯底里地嚎叫起来，声音特别凄厉，持续了很久。

这时候，太阳快要落山了。游一刀从里屋走出来，到后院给猪喂过食，正要做晚饭，又有人找上门来。他抬眼一看，是邻居陈玉兰。

陈玉兰四十来岁，人长得漂亮。两年前丈夫因病去世，留下两个女儿，母女三人相依为命，日子过得相当拮据。游一刀一直看在眼里，疼在心里，想帮又帮不上，就怕惹出闲话。毕竟人家长得标致，而自己歪瓜裂枣，最多只能暗恋，所以平常很少往来。

陈玉兰突然找上门来，这可是破天荒第一次。游一刀慌乱起来，说："你、你来了……坐、坐。"

陈玉兰笑道："听说你感冒了，还敢留我坐？"

游一刀的脸立马变得通红，傻笑着，不知说什么好。陈玉兰又问："我请你去杀猪，你去不去？"游一刀的表情突然变得严肃，想了好久，说："这猪不能杀！"

"你到底杀不杀？不杀，那我去请游毛子，他不照样把猪杀死了吗？"陈玉兰说完扭头就走。游一刀急忙拦住她，恳求道："依、依我看，你还、还是不要杀。"

"别人都能杀，为啥我不能杀？"陈玉兰的眼圈红了，"你知道吗？这两年，全游家湾就我一家没杀过猪……"

游一刀忙说："我、我也没杀。"

"你没孩子啊！"陈玉兰本想说出这句话，但感觉不妥，忙咽了回去，"要不是为两个孩子着想，我也不想杀。"

听罢这话，游一刀下决心说："好，我、我去杀！"他当即收拾工具，随陈玉兰去了她家。两个孩子在县城上中学，家里没有其他人。

按乡俗，杀猪的场地一般都选在屋前的场坪上。游一刀似乎有所顾忌，便跟陈玉兰商量，在后边院子里杀。陈玉兰说："你怎样方便怎样来。"

天快黑了，游一刀让陈玉兰去烧水，他在后院牵上电灯，放好工具，然后来到猪身边，用铁钩钩住猪的耳朵，将它牵到后院。猪“哼哼唧唧”，很不情愿。到了杀猪案前，看到杀猪盆和杀猪刀，猪知道要上杀场，顾不得耳朵生疼，好歹也不肯迈步了。游一刀一手牵猪，一手将案板竖起，案板上安装了一个杀猪架，张开后能轻松地把猪套进杀猪架内。可这次不知道是哪个环节出了问题，还没等打开杀猪架，猪发怒了，挣脱掉游一刀手中的铁钩，跑进了菜地里，游一刀慌忙追了出去……

这时，天完全黑了，陈玉兰在厨房烧水，听不到猪叫声，她觉得有点奇怪，心想这么快就杀死了，

连一声嚎叫也没有？不可能吧！她忙出来张望，结果除了一地凌乱的工具外，猪不见了，人也不见了。

陈玉兰忙回屋找出手电筒，往菜地里寻去。突然，她隐约听到游一刀与人打电话的声音，接着，“哼哼唧唧”的猪叫声又响了起来。只见游一刀牵着猪，从他家菜地那边过来了。陈玉兰放下悬着的心，走回厨房，她最怕杀猪的血腥场面。

游一刀牵着猪进了后院，来到案边，只见他熟练地张开杀猪架，一下子就把猪套牢了。猪动弹不得，开始拼命嚎叫。游一刀腾出右手，操起那把锋利的杀猪刀……像是一瞬间，他就漂亮地完成了一系列动作，嚎叫声戛然而止，几声短促的吼叫后，一切归于平静。陈玉兰这才拉开门出来，当她看到那头杀死的猪后，大惊失色：“不对啊！分明是一头白猪，这怎么变成了一头黑猪？”

游一刀不好意思地笑了，说：“猪、猪跑了，找不到，我、我就上我家拉、拉来了一头，赔给你！”

陈玉兰先是诧异，然后似乎明白了什么，定定地看着游

一刀，笑道："别骗我！你游一刀怎么会让猪跑掉呢？这不成了天大的笑话？"

"真跑掉了！"游一刀不敢与陈玉兰对视。

"就算跑掉了，我也知道它藏在哪儿，不信你跟我来！"说着，陈玉兰亮起手电筒，往菜地走去。游一刀只好跟上去。

陈玉兰直接走过自家菜地，又穿过游一刀家的菜地，走到他家的猪栏前。猪栏里有几头猪，被手电筒一照，都挤在一角不敢动。陈玉兰用手电筒照着一头耳朵渗血的白猪，说："看，它跑这儿来了！"

游一刀笑着不说话。陈玉兰看着他的傻样，眼眶突然湿润了，然后扭身跑回自家后院里。游一刀紧跟进来，见陈玉兰坐在凳子上抹眼泪，一时手足无措，忙劝道："别、别哭了，我、我只能这样……"

"不怪你，只怪我太糊涂……要不是你，我以后可就没脸见人了！"陈玉兰抬起头，指着那头被杀的猪，说，"多谢你一片苦心。这猪我不能要，你拉回去吧！"

"杀也杀了，怎、怎么好拉回去？不、不兴这样的。"游一刀急道，"留、留着让孩子们吃。"

听了这话，陈玉兰老半天没吱声。再开口时，她变得不好意思起来，柔声说："好吧，这年猪我留下，但你也得答应我一件事……"见她欲言又止的样子，游一刀的心"怦怦"直跳，说："你、你说呀！"

陈玉兰红着脸说："既然杀了年猪，这年，我们就一起过！不过，我先去一趟派出所……"

游一刀害羞地笑了，然后说："不、不用去了，我、我已经打电话给派出所了，猪、猪在我家栏里，随、随时可以拉走。"

两人心照不宣，相视一笑……

原来，今天上午村里的广播通知，一辆拉运生猪的大卡车在游家湾路口翻了。有十几头生猪跑散，要是有村民发现，须立即上报派出所，如有藏匿、宰杀等违法行为，将依法追究责任。游一刀听到广播后，担心有人请他去杀来历不明的猪，就找了个借口，拒绝出门。果然，后来游毛子和陈玉兰来了。游一刀知道，他们两家没养猪，突然多了一头待宰的猪，肯定有问题。然而，拒绝游毛子简单，拒绝陈玉兰却不容易。游一刀只好想了这么一个方法，保住了那头跑散的猪，也意外收获了陈玉兰的好感……

（**发稿编辑**：曹晴雯）

（**题图、插图**：陆小弟）

现如今，用手机“咔嚓”一张照片是轻而易举的，然而要拍出一张“幸福的留影”，着实困难……

□ 任黎明

满意的照片

黄大妈七十多岁了，女儿在外地打工，她一个人守着老屋。

这天，黄大妈扫完院子，想晒花生，院外响起了自行车的铃声。她循声望去，只见一个背着大包的年轻女人正推着自行车朝她走来。

“大妈，我叫邓雅之，是一个摄影师。”女人把车停在院门外，探头说道，“您最近照过相吗？我可以帮您照相。”

黄大妈心中一动。最近，她一直琢磨着给自己照张像样的照片。镇上照相馆关门好些年了，女儿过年回来，只顾拿手机给外孙照相，从来也没帮她照一张。

“大妈，拍吗？免费的。”邓雅之目不转睛地望着黄大妈。

免费的？黄大妈不由得警惕起来。前不久，有个陌生男人到隔壁王大爷家“免费”帮他修电器，结果趁王大爷去沏茶的工夫，偷了他的积蓄，溜了。这女的，不会也是骗子吧？想到这里，黄大妈赶紧摇头，说：“不，我不拍。”

邓雅之把包往院门口一放，挽

住黄大妈的胳膊，诚恳地说：“大妈，拍一张嘛，真不要钱。拍好了，我会打印出来，送给您。”

黄大妈抽开手，摇头拒绝了。

邓雅之轻轻叹口气，想推车离开，却面露难色，捂着肚子说：“不好意思，大妈，我肚子忽然有点疼，能不能在您家休息一下？”

黄大妈心慈，不忍心赶走这个不速之客，便倒了杯热水，让邓雅之坐在凳子上休息。她晒完花生又喂鸡、洗衣服，邓雅之一句话也没说，默默地看着她。黄大妈晾好衣服一转身，看见邓雅之手里多了个黑乎乎的东西，还将那个东西塞进了脚边的大包里。

这女人偷拿了自家什么东西吗？黄大妈想弄个明白。她灵机一动，拿起口袋装了几捧花生，走到邓雅之身边，说：“闺女，大妈种的花生，你带点回去吃。”

邓雅之摆手推辞，黄大妈却不塞进她手里，而是蹲下来，说：“不用客气，大妈给你装包里。”

包被黄大妈一下子拉开了，里面装着一些衣服和化妆用具，那个黑乎乎的东西，是一部照相机。黄大妈一颗心放下了，邓雅之没骗自己，她真是一个摄影师，而且也没偷拿东西。

邓雅之顺势拿出相机，说道：“大妈，花生我收下。作为回报，我来帮您拍张好看的照片吧！”

黄大妈想了想，点头同意了：“那……能帮我拍张证件照吗？”

邓雅之笑眯眯地从包里拿出一块红布挂在墙上，又摆好凳子示意她坐下。黄大妈看了看身上穿的旧蓝布衣裳，对邓雅之说：“闺女，我去换身新衣服。”邓雅之拉住她道：“就这身，非常好看！”

就在这时，黄大妈的手机响了，是女儿打来的。女儿听说有陌生人要给母亲免费照相，赶紧让黄大妈到一边接电话。黄大妈把事情一说，女儿急了，说：“这人一定是骗子，快赶她走！”

“她一分钱也不要，也没拿我东西，怎么能是骗子？”黄大妈不相信地说。女儿却语气坚定地告诉黄大妈，绝不能让邓雅之照到脸。“刷脸”时代，高科技行骗手段太多，这人这样做，准是在收集人脸用于以后行骗！黄大妈想到邓雅之刚才慌里慌张地把相机塞进包里，顿时觉得有点可疑。她走回院子，对邓雅之说：“闺女，你把你相机里的照片翻出来，我瞅瞅你给别人照的相片好不好看。”

邓雅之有些不自在，她背过身去摆弄相机。黄大妈猛地凑过去，瞟见相机里有一张自己晾衣服的侧脸照。她抓住邓雅之的胳膊，质问道："你偷拍我了？"邓雅之把相机藏在身后，拼命摇头。

"哪有摄影师偷着拍照，也不让人换新衣服的！"黄大妈正死死拽住邓雅之，远远看见村支书带着几个人走来，大喊道："快来人啊！"

邓雅之被吓了一跳。那几个人迅速围了上来，村支书悄悄地对黄大妈说："你女儿刚才打电话，说你家来了个骗子，我先把她带去村委会，你查查家里少东西没有。"

几个人拥着邓雅之走了，黄大妈把屋子里里外外查了一遍。等她赶到村委会时，顿时傻眼了，在坝子上，一群老年人正围着邓雅之让她照相呢！村支书看见目瞪口呆的黄大妈，把她拉到一边告诉她，他们查了邓雅之的身份证，也打电话到她单位核实了，她不是骗子，的确是位摄影师。误会解开后，邓雅之让村支书通知村里的留守老人都来村委会，她免费为大家照相。

黄大妈心想，既然不是骗子，为啥要偷拍我呢？闹了一场误会，现在哪好意思再去拍照！

下午，黄大妈坐在院子里发呆，突然又听见自行车的铃声。

"大妈，我来给您照相了！"邓雅之边喊边走进院子，又把红布挂在院墙上。

黄大妈嗫嚅着说："闺女，上午的事，对不住……"

邓雅之咧嘴一笑，像是完全没放在心上。

黄大妈换了身新衣裳，邓雅之欲言又止。拍照时，她耐心地引导黄大妈："大妈，您想想开心的事，回忆一下最幸福的场景，调整一下情绪。"黄大妈想到了女儿，想到了外孙，她不觉嘴角上扬，眉眼弯弯。只听"咔嚓"一声，邓雅之举着相机欢呼道："成了！"她把照片展示给黄大妈看，只见屏幕上的黄大妈笑容可掬，一脸幸福样。黄大妈仔仔细细地看着照片，笑得合不拢嘴，连声说："终于有一张满意的照片了。谢谢你，闺女！"说着，她掏出一百块钱塞进邓雅之手里。

"大妈，说好了不收钱的！"

黄大妈比画着说："闺女，我想托你办件事。你能不能帮我把这张照片放大，装上玻璃框？我很满意这张照片，我想等我死后，把它当遗照，摆在灵堂上。"邓雅之愣住了，小心翼翼地问："大妈，您……

还好好活着呢，您不忌讳？”

黄大妈笑道："没啥好忌讳的，我早看开了。我啥都准备好了，就差一张好看的遗照，这也是我今天穿新衣服拍照的原因。我想拍张开心又幸福的遗照，到时候女儿看着，肯定不会那么难过了，对吧？”

黄大妈笑眯眯地说着，邓雅之却听哭了："大妈，之前我怕老人们忌讳，便没说破。其实，我就是想帮老人拍一张好看的遗照！上午的事，我告诉您实话……”

两年前，邓雅之的母亲突发心脏病去世了。邓雅之在外地工作，悲痛不已，赶回家为母亲操办后事。在准备为母亲举行追悼会的时候，她惊讶地发现，母亲已经很多年没有照过一张正式的照片。她翻遍自己的手机，发现里面塞满了自己孩子的照片，却没有母亲的。身为摄影师，这真是一种讽刺。万般无奈，邓雅之只能翻拍母亲身份证上的照片，放大后挂在灵前。看着那张照片，邓雅之既惭愧又内疚，因为她知道，母亲生前最不情愿别人看她的身份证，那张照片她很不满意。

母亲的遗照成了邓雅之的心病。为了弥补遗憾，她周末便下乡为老人们免费拍照，拍完了打印好送给他们。今天她看见黄大妈的时候，心里“咯噔”了一下，黄大妈不光穿了一身母亲生前最爱穿的蓝布衣裳，一举一动也像极了母亲。她思母心切，就缠着黄大妈拍照，被拒绝后又装病留下来偷拍黄大妈干活的身影，就想给自己留个念想。

邓雅之说着，眼里泛起了泪花。黄大妈鼻子酸了，她转身回屋，不多久，穿着那身蓝布衣裳出来了。她招手对邓雅之说："闺女，来，再给大妈照一张！”

（**发稿编辑**：陶云韫）

（**题图、插图**：豆　薇）

当人身处低谷、一蹶不振，有时需要的不是关心和爱护，而是一次真正的较量……

轮椅上的较量

□高伸武

王杰曾是市第一高中足球队踢得最好的队员，然而一场车祸降临，让他从此只能坐在轮椅上。他一蹶不振，颓废消沉，甚至还曾割腕自杀，幸好被照顾他的保姆阿姨杜娟及时发现。这之后，王杰的性格愈发古怪，经常独自在屋里待一天，连窗帘都不让拉开。

这天，家里人都去邻市参加婚礼，王杰和平时一样闷在屋里。十二点半时，王杰见杜娟还没来叫自己吃饭，正疑惑是怎么回事，突然有人推门进来，一下子拉开窗帘，顿时满屋光亮，照得他睁不开眼。王杰怒道：“你拉窗帘干什么？我不是说过吗，不要拉窗帘！”

“我妈还说她照顾的是个好孩子，敢情你平时就是这么对待我妈的呀？”说话的是个二十多岁的微胖女孩，她大大咧咧地看着王杰。王杰一愣，问：“你是杜娟阿姨的女儿？”

“是，我叫杨美丽，我妈今天有急事，你家没人，又请不了假，就让我顶她的班。你就是王杰？”

“废话！这家里还有几个坐轮椅的？”王杰不耐烦地说。杨美丽看了王杰一眼，同情地说：“怪不得有人说身体残疾的人，心理也不

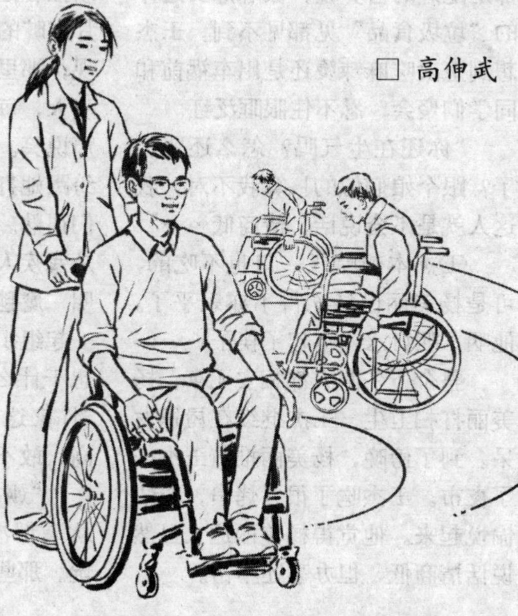

正常……”

“你说谁不正常？”

“这屋里只有咱们两个人，我挺正常的，你说是谁不正常？”

王杰惊得张大了嘴，从来没人敢像杨美丽这样跟他说话。他气得浑身发抖，让杨美丽立刻滚出去。

“行，等你吃完饭我就滚。”杨美丽不由分说地把王杰推到餐厅，餐桌上放着打包的两份麻辣烫，“有次听我妈说，你不想吃营养餐了，今天正好给你换换口味。”

王杰家里条件不错，因为他运动量严重不足，平时家里给他吃的都是配好的营养餐，像麻辣烫这样的“垃圾食品”见都见不到。王杰想到上次吃麻辣烫还是出车祸前和同学们聚会，忍不住眼眶泛红。

“你还在生气吗？怎么还哭上了？跟个娘们似的！算我不对，我这人就是不会说话，情商低……”

王杰本想赌气一口也不吃的，可是杨美丽已经吃得不亦乐乎了。他咽了咽口水，拿起了筷子……

整个下午两人都相安无事，杨美丽打扫卫生，王杰继续在屋里发呆。到了傍晚，杨美丽推着王杰去了夜市。王杰吃了很多烤串，心情愉悦起来。他觉得杨美丽这人虽然说话情商低，但办事还不错。

不料王杰对杨美丽刚改观，杨美丽就给了他一个“大惊喜”。遛弯时，杨美丽并没有推王杰去公园散步，而是来到了体育广场。只见广场上灯火通明，跑步的、打球的……各个活动区域都很热闹。王杰看着这一切，心里像被插了一把刀子。他神情不悦地问：“我们来这里干什么？”

杨美丽脱口道：“运动啊！来体育广场，不运动还能干什么？”

“你觉得我能做哪种运动？”王杰的眼神简直能杀人。

杨美丽让王杰少安毋躁，继续推着他往前走。两人很快来到一片空旷的活动区域。王杰惊讶地发现，那里集结了二十多个年轻的残疾人，每个人都坐在电动轮椅上大声说笑。他们见到杨美丽来了，纷纷跟她打招呼，看得出杨美丽和他们很熟。杨美丽说，这些年轻人都是残疾人协会的。他们创办了一个叫“魔毯”的电动轮椅团队，经常一起组织各种活动。王杰问她到底想干什么，杨美丽凑在他耳边说：“你家这么有钱，轮椅配置肯定很高，敢不敢和他们飙轮椅？”

“飙轮椅？”王杰惊呆了，他从来都没想过坐着轮椅还能这么玩。那些已经进入赛道的轮椅选手

们都在招手叫他，王杰心动了，操控着自己的电动轮椅进入赛道。

随着一声哨响，一辆辆电动轮椅开始你追我赶。王杰一边适应状态，一边调整挂挡，很快冲到了前面。风吹过耳边时，他找回了久违的感觉，几乎忘了是坐在轮椅上。不过，王杰转弯时没控制好，一下子撞在旁边的橡胶防护装置上。虽然没受伤，但狠狠摔了一跤，他的两条腿都没知觉，靠自己根本起不来。他怒火中烧，想着自己真是被猪油蒙了心，竟受了杨美丽的蛊惑。

杨美丽急忙过来搀扶王杰，反而被王杰一下甩了出去，摔倒在地。轮椅选手们见出了状况，陆续围上来。有人骂道："你连轮椅都操作不好，还拿美丽出气，真是废物！"

王杰刚要反驳，突然意识到他们也是残疾人。更令人难受的是，同样的身份，在同样的起点和赛道上比赛，自己确实比不上他们。王杰恼羞成怒，朝杨美丽吼道："把我扶到轮椅上，我要回去！"

"你们回避一下，我有点情况要处理……"这一摔明明不算重，杨美丽却起不来了，她脸通红，窘迫地四下张望。王杰疑惑起来，杨美丽这是怎么了？这时，另一个年轻人说："美丽的左腿是假肢，你刚才那么用力甩她，可能是摔了一跤假肢错位了。"他又向大家喊："我们背过身去，让美丽调整一下！"

大家听后都照做了。王杰惊呆了，杨美丽活泼开朗，怎么都想不到她的左腿会是假肢。杨美丽解开衣服，沉默而熟练地调整之后，忍着不适站了起来。她笑着跟大家说抱歉，然后就推着王杰离开了。

路上，王杰犹豫再三，开口问："你的腿……很多年了吗？"

"是啊，不到十岁就这样了，不然你以为我妈为什么能胜任你家的保姆职位？就是因为她有照顾我多年的经验，照顾你那绝对是专业对口！"杨美丽大大方方地说。

"对不起，我不知道……"

"没事，我没那么'玻璃心'！我家条件不好，跌跌撞撞的，早习惯了，哪能跟你似的整天啥也不干，就知道拉上窗帘思考人生……"杨美丽一如既往地"低情商"发言。

这次，王杰没有生气，他明白杨美丽的意思，全世界有六亿多残疾人，他并不是最不幸的那一个。王杰想，颓废了那么久，或许是时候重新规划一下自己的人生了。

（发稿编辑：曹晴雯）

（题图：豆　薇）

防狼喷雾

□ 姚国庆

小丽长得很漂亮，在村里是“村花”，在学校是“校花”，在上班的工厂是“厂花”。有一回，她还当过“车花”。那次她坐火车回家过年，火车上有一群年轻人无聊，走遍了每个车厢，要找出“车花”来。最后，他们无一例外都把票投给了小丽。

虽说长得漂亮是资本，但漂亮也给小丽带来不少烦恼。面对男孩们的搭讪，甚至骚扰，小丽不得不冷冰冰地板起脸来拒绝。更可怕的是，有时小丽还会遇到坏人。一次她加班到深夜，回家路上差点被一个色狼侵犯，幸亏旁边工地上值班的大爷听到动静，赶过来吓跑了色狼，小丽才幸免于难。

从此，小丽开始研究“防狼神器”。她试过许多东西，便携报警器、高亮激光笔、迷幻弹等等，最后，她觉得还是辣椒喷雾最好用。这种喷雾很小巧，外形像口红，拿出来不会引起罪犯警觉。有一次，小丽遇到一条凶恶的流浪狗，那狗龇着牙向她扑来。小丽本能地掏出辣椒喷雾，朝着狗的眼睛一喷，狗顿时“嗷嗷”叫着逃跑了。那么凶恶的狗都能对付得了，小丽相信它对色狼同样有效。

为了喷得更准，小丽还特意练

过。她在家具厂当设计师，厂子里有喷漆车间，她找到车间里最老实的小刘师傅，向他请教。别看小刘平时闷声不响，一说话就爱脸红，却是个肯动手动脑的人。他把小丽带到厂子旁的树林，在那里扎了个稻草人，配上玻璃眼珠子，教她练习喷射辣椒喷雾。

小丽练了一段时间，效果不错。她挺感谢小刘，可是为了避免麻烦，她没有请小刘吃饭，而是硬塞给他三百块钱作为报酬。

最近，小丽回家的那条大路因为修路封了，只能绕道走小路。小丽隔几天就会轮到一次夜班，小路上灯光暗淡，四周是阴森森的树林，走夜路挺吓人的。好在有了辣椒喷雾，小丽的安全感强多了。

不久疫情来袭，大路的施工彻底停摆，走小路成了常态。小丽本来已经习惯了，可是突然有个坏消息传来：疫情居然给了一个采花贼灵感，他想了个缺德点子——穿上防护服作案。防护服遮去了他的脸部和身体特征，让他不易被识破。他连续作案多起，每次都是尾随年轻漂亮的女性，到黑暗处再下手。

小丽害怕了，为啥？辣椒喷雾不好使了呗——防护服有面罩，喷雾喷到面罩上，人家用手一抹就没有了。这天下夜班，小丽走在小路上，见整条路空荡荡的，一个人都没有。她捡了一根细树枝，拿在手里壮胆，可没走几步，就听到身后传来脚步声。她回头看，仿佛有个影子快速钻到旁边的树林里去了。小丽不由得手心出汗，加快了脚步。

走到小路转弯处，那里有个废弃的报亭，小丽灵机一动，钻到报亭后面躲起来。脚步声越来越近，小丽探出头，看到地上的影子，是个男人，没错！小丽一咬牙，冲了出去，她从包里摸出辣椒喷雾，对着那人就是一阵猛喷。一击而中！那人捂着眼睛痛苦地哀号起来。这时，小丽才发现，眼前这人没穿防护服，难道喷错人了？果然，这人叫起来：“是我，是我，别喷了！”

这声音有些熟悉，小丽再仔细一看，竟然是小刘师傅。“哎呀，怎么是你？”小丽赶忙道歉，“对不起，你没事吧？”她想起包里有湿纸巾，就取了出来，说：“你手拿开，我来给你擦。”

小刘听话地移开双手。他的眼睛被辣椒水辣得紧闭着，直冒眼泪。小丽耐心地给他轻轻擦拭，换了好几张湿纸巾。终于，小刘慢慢睁开了眼睛，看见月光下，小丽的脸庞那样美，对着他的神情又那么关切，小刘心中不由得一动。平常，他见到异性都会脸红，说话磕巴，这一刻，他居然一口气把心里话说了出来："小丽，其实上次咱们在树林里练习，我就喜、喜欢上你了。我总在想，那么多人，你单单选我来帮你，总、总是有那么点意思的……我知道你走夜路有危险，所以想来护送你。虽然遭了你的辣椒水，可并不是坏事，我也把心里话讲出来了……"

这一番话，小刘讲得挺动情，可是小丽只觉得尴尬。当初她选小刘，就是看他人老实，不会瞎动歪心思，没想到……她在这方面经验还算丰富，知道必须立刻让对方断了念头，否则今后纠缠起来更麻烦。小丽想了想，说："小刘，上次我请你帮忙，真没别的意思，让你误会，我深感抱歉。你帮过我，我很感谢你，可是我们之间是不可能的。"

小刘脸涨得通红，结结巴巴地说："小丽，这、这是你的真心话吗？你、你们女孩子都羞涩的……"

小丽一听，话就说得重了："这是真心话！我可以对天发誓，你在我心目中什么都不是，我从来就没有注意到身边还有个你……"小刘听了，像石像一样呆住了，小丽趁机转身走了。

第二天中午，小丽在厂里食堂吃完饭，走到自己办公室门外，看见一个人红着脸、低着头从办公室里出来，快速走了——是小刘！小丽走进办公室，发现里面没有其他人。小刘的工作地点在车间，他趁中午没人的时候来办公室干什么？带着疑惑，小丽走到自己的桌前，仔细看了一下，并没有发现什么异常，她更觉得奇怪了。

这天，小丽加班到挺晚，下班后她走在小路上，一轮明月照得小路亮堂堂的，小丽不由得放松了警惕。没想到这时，那穿防护服的采花贼出现了！他从树林里跳出来，向小丽扑来。小丽慌张地把手伸进包里去摸辣椒喷雾，拿出来对着那人就是一阵猛喷。可是，她马上想到对方穿着防护服，不由得感到绝望：辣椒水对防护服有什么用呢？

没想到喷雾竟真的起作用了！小丽看到，随着喷雾喷出，采花贼低下头，拼命用手去摸面罩，一时竟没有再顾上纠缠她。趁此时机，小丽转身就跑，一口气跑了很远，感觉那人没追过来，就大着胆子回头看了一下。只见那人站在原地，还在用手摸面罩。奇怪，他戴着面罩，怎么会被辣椒喷雾辣到呢？

回到家，小丽才彻底放心。她掏出手机报警，电话那头说："我们马上赶过去。"挂了电话，小丽突然注意到自己的手是黑色的，摸过的手机上也有一大片黑斑。怎么回事？她想到了什么，忙翻出包里的辣椒喷雾，仔细一看，这才明白：这哪里是辣椒喷雾？分明是一罐黑色的喷漆，喷口还沾着不少黑漆。原来，自己刚才往采花贼面罩上喷的是黑漆呀，难怪喷上去后，他什么都看不见了，一直想用手抹掉，可是漆哪有那么容易抹掉呀！

好好的一瓶辣椒喷雾怎么变成了黑色喷漆？小丽想了一会儿，终于明白了。是小刘！他在喷漆车间工作，一定是他想到这个方法可以用来对付穿防护服的采花贼，所以中午就悄悄来自己办公室给调换了。小刘制作的这罐喷漆和辣椒喷雾的外观差不多，自己先前竟没有发现。

夜里，小丽没睡好，不知怎么了，她老是想着小刘。多好的人啊，干了这样的事，居然不声不响的。他把喷雾换了，为什么不和自己说一声呢？是不是自己拒绝他的时候，话说得太重了，伤了他的心？明天，无论如何得向小刘道声谢，或许，还该请他吃顿饭……

第二天，小丽一上班就找到喷漆车间，却没见到小刘。车间主任告诉她，小刘已经辞职了。

小丽愣住了。这时，警方打来电话告诉小丽，采花贼已经被抓住了，感谢她提供的线索。小丽松了一口气，终于安全了。

挂上电话，小丽在通信录里翻找到了小刘的手机号码，她想立刻把这个好消息告诉小刘……

（**发稿编辑**：吕　佳）

（**题图、插图**：陶　健）

养财神

□王　芬

李家村有一家富户，人称李财主。李财主家人丁单薄，只有夫妻俩和两岁的独子。那年月兵荒马乱，老百姓的日子都不好过，李财主家却从不为钱发愁，花起钱来大手大脚。渐渐地，村里就有了传言，说李家能这样，是因为家里养着财神。说起来，李财主的父亲李老汉原先也不过是村里的一个闲汉。有一年，他外出游荡了一阵子，回村后忽然就暴富起来，添置了楼房田产。李老汉去世后，儿子李财主就继承了家业。

据说，李家花园里有一座楼，那是一座神楼，里面养着活财神。每到夜深人静的时候，李财主的邻居们常会听到神楼里传出“咚咚咚”的硬物撞击地板的声音。大家就说，那是财神给他们家送银子呢！

这传言听起来荒诞不经，但落在有心人耳中，却别有一番意味。

这天，李财主的小公子忽然得了急病，上吐下泻，请了好几个郎中上门诊治，都看不出是什么病症。眼看小公子奄奄一息，李财主两口子哭得死去活来。

这时，一个云游的老道人正好经过李家门口。他听见里面传来的哭声，甩了甩拂尘，向大门口的仆人说道：“带我去见你家主人，小公子或许还有救。”

李家自从李老汉发迹后一向推崇道教，仆人不敢怠慢，赶紧通传。李财主闻讯，把老道人请进内堂，倒头便拜：“老神仙救救我的儿子，我们李家只有这根独苗啊！”

老道人扶起李财主，说：“要救你儿子也容易，只是你得拆了花园里的神楼，让贫道在那里做一场法事。随后，你要把所有家财散去，从此清贫度日。”

李财主闻言，脸色变得有些难看，说：“这神楼是先父在世时建的，他临终前嘱咐我……”

李财主的话尚未说完，仆人又急匆匆地进来禀报：“门口有位郎中求见，说他能治小公子的病。”

一听此言，李财主顾不得再和老道人谈话，急忙请见郎中。

来的这位郎中自称姓黄，说他四处搜方采药，这几日经过此地，偶然听到旁人议论小公子的急症。

他一听就知道是何病，刚好手中有一种对症的药粉，便上门求见。

李财主一听大喜，忙带着黄郎中来到小公子的床前。黄郎中诊了诊脉，即刻调好药粉给小公子服下。不一会儿工夫，小公子就从昏迷中苏醒过来。

李财主夫妻俩转悲为喜，对黄郎中千恩万谢，要留他在家中好生招待。一行人走到厅堂，见老道人还站在那里等着。见到李财主，老道人问："贫道提到的神楼一事……"

李财主打断他的话，说："幸亏黄郎中妙手回春，小儿已经无恙，就不劳老神仙了。"

老道人脸色严肃地说："那你可莫要后悔。"

李财主觉得老道人这话中有几分威胁的意味，心里挺不舒服，但是脸上并没有表露出来，依旧恭恭敬敬地把老道人送出了门。

送完老道人回来，李财主请黄郎中入席。闲聊中，黄郎中说："刚才那老道人说起的神楼，我也略有耳闻。这里街头巷尾都传说，贵府的神楼上养着活财神，说得活灵活现。"

李财主叹了口气，说："都是些无稽之谈罢了。先生今日救了小儿的性命，若先生有心一观，便请移步到楼上看看。"

黄郎中没想到李财主会这么说，他略作推托，便跟着李财主来到后花园的神楼。上楼后，只见楼里空空荡荡，桌椅器皿一概全无，更别提什么财神了。

李财主笑道："先生亲眼看到了，我家哪有什么活财神？"

黄郎中也"呵呵"一笑，说："可知市井传言是信不得的。"他嘴里虽然这样说，却趁着李财主不注意，在衣袖中用小刀割破食指，在墙壁上偷偷画了个血符。

两人从楼上下来后，黄郎中给府中上下人等熬了"退疫汤"，说是服用后可保三月内诸病不犯。谁知等到皓月当空时，李府里除了两岁的小公子，其余人全在昏睡中停止了呼吸，他们都是被"退疫汤"毒死的。全府只有小公子没有喝汤，因为黄郎中说小公子刚服完药，不宜马上服用别的药品。其实，他留下这孩子的性命另有用途。

原来，姓黄的根本不是什么郎中，他本是一个无赖汉。有一天，他在深山里遇到一个双腿残疾、瞎了眼睛的道人。瞎眼道人说，多年前，他用毕生所学为李老汉请了活财神，说好事成后两人同享富贵。谁知李老汉却起了歹心，要独占财神，趁道人不备，李老汉戳瞎他的双眼，把他推下山崖。

瞎眼道人大难不死，一直在苦苦等待一位有缘人替他报仇雪恨。作为报答，他愿意教这位有缘人把活财神迁移为自身所用。

听说有这样的好事，无赖汉哪有拒绝的道理？李家的小公子其实不是得了急病，而是丫鬟抱着他在门口玩耍时，被无赖汉下了瞎眼道人给的奇毒。后来无赖汉拿着解药，装作郎中，顺利进了李财主的家门。

瞎眼道人对无赖汉说过，养财神是认血脉的。李老汉养了财神，财神就只认李家的血脉。要换主，必须先在供财神的神楼墙上画上新主的血符，然后将李家最年轻的后人的血液，和新主的血符加在一起，财神就会现身。这时候，新主要赶紧冲上去，背上财神就走，一路跑，不要停。等日头出来时，财神就会随着新主走，之后每天晚上就能召唤钱财了。

此时，无赖汉抱着李家小公子走上神楼，听见空荡荡的房间里传来“咚咚咚”的声音。推门进去一看，随着声音，地板下不断溅出碎银子，就像雨天的水面溅起水花一般。

“果然养着活财神！瞎眼道人说过，活财神招财都在深夜，李财主白天带我上楼，分明是想哄我。”无赖汉自言自语道。他来到自己先前画血符的墙壁前，狠心割开了小公子的手腕。他把小公子出血的手腕紧紧按在血符上，不多久，血符

就被鲜血浸透了。随着小公子的身体逐渐变凉，无赖汉看见房间深处的阴影中，一个人影渐渐显现，手中好像还抱着一个大元宝。

是财神！可不能错过了！无赖汉赶紧把小公子的尸体一扔，然后张开双手就朝财神扑了过去。

一阵风吹散乌云，明亮的月光照进房间。就在无赖汉扑上去的一瞬间，他猛然看清了，那个所谓的活财神并没有头，光秃秃的颈部不断涌出鲜血。他的头被抱在他的怀里，远远看去，就像抱着一个大元宝。

无赖汉愣住了，他停住脚步，惊恐地看着眼前这一幕。

这时，"活财神"双手一松，人头掉落在木地板上，"咚咚咚"地急速朝着无赖汉滚过来。

静夜里，响起无赖汉凄厉的号叫声，把四周邻里都惊动了。大伙儿循声而来，惊讶地发现李财主一家竟一夜间被灭了门，而无赖汉面容扭曲地死在李家的神楼里，好像死前看见了什么恐怖的场景。

出了这样的惨案，李家的宅院很快荒废下来，无人敢接近。

有一天，一个云游的老道人来到这里，说他愿意超度这些惨死的冤魂。这个老道人就是劝说李财主拆毁神楼的那位。那天他经过李府，看出李府的花园里怨气冲天，那是极阴损的"鬼运财"法术——要寻一个无辜的人，布阵法把他害死，在他断气的那一瞬拘住他的魂魄，不让他去轮回投胎，而是留在人间为人运财。每运一次，这个魂魄都会受一次临终之苦。

村里人自然不懂这种法术，见李家突然暴富，就传出了养财神的传言。施展"鬼运财"的人都大损阴德，不会有好下场。那教唆李老汉的道人有了断腿、瞎眼的报应。他为了报仇，向无赖汉隐瞒了"财神"的真相。无赖汉害死李财主一家，最后在看到"财神"真面目时被惊吓而死。还有李老汉，当年临死前头顶长疮，脚底流脓，痛苦不堪。李财主虽见过他爹死时的惨状，却也不舍得毁去神楼，最终家破人亡。

老道人本想拆去神楼，减轻李家的罪孽，可惜李财主执迷不悟。

"世人嘴上总说不要把钱财看得太重，要做到却谈何容易？"老道人一边挥拂尘作法，一边喃喃自语，就好像在和谁说着话一般。

（**发稿编辑**：吕 佳）

（**插图**：陆小弟）

威廉·布里顿（1930—2011），美国作家，前期创作侦探小说，后期以“比尔·布里顿”之名创作、发表儿童文学。本篇根据其同名小说改编。

制造说谎者

□ 无机客 编译

怪事连连

第27生物研究中心正在进行疫苗和解毒剂的研发工作，奥林少校是中心的保安主管。

这天，中心档案室的管理员拉尼尔一脸忐忑地找到奥林，说：“长官，请解除我的职务，我的精神出现异常，成了安全隐患。”奥林听得一头雾水，他知道拉尼尔工作一直是勤勤恳恳的。他问道：“拉尼尔，你这话是什么意思？”

拉尼尔说：“长官，最近我身边发生了很多怪事，我想了半天，唯一的解释就是我的脑子出了问题。”随后，拉尼尔就像竹筒倒豆子一样讲了起来。

平时，拉尼尔在镇上租房住。他有个室友叫波默，是个中士，最近都没在家，说是去看朋友了。所以这阵子，整座房子里只剩拉尼尔一人。这天，他早上睡过头，慌慌张张地出门，走到汽车边才发现忘带钥匙，于是折返。结果他打开房门，发现自己的宠物金丝雀死在客厅地毯上，而他的钥匙链正绕在金丝雀的脖子上。

拉尼尔想不明白金丝雀是怎么死的，他很伤心，头也跟着痛起来。当天下班回家后，拉尼尔打算早早洗漱，然后闷头睡一觉。就在他打开洗手间柜子拿牙膏的时候，“叮叮咚咚”一阵声响，好多把长锉刀从柜子里掉出来。柜子里怎么会有这么多锉刀？拉尼尔惊呆了，屋里没别人，难道是自己稀里糊涂地干了蠢事？

深夜，拉尼尔辗转反侧难以入眠，索性出门散步。他走着走着，身旁突然闪过一个人影。拉尼尔回头一看，吓了一跳——那人的脑袋上套了一个狼人面具，像狼一样趴在地上，朝着月亮叫起来。叫了几声后，那人又迅速起身，转身消失在夜色中……

奥林听完拉尼尔的叙述，说道：“这些事确实很奇怪，不过你先别着急，我会让医学官安排你接受全套检查。等有结果后，我们再来决定你的去留。”

测谎原理

下午，中心的首席医学官多尔蒂来找奥林。他走进办公室时，奥林正站在窗边眺望外面的警卫换岗。有些警卫下了班，就径直走出中心大门，坐公交车去镇上了。

多尔蒂坐进椅子里，说道：“我们对拉尼尔进行了检查……”

“等等再说，我新发现了一个漏洞。”奥林打断了多尔蒂的话，手指着桌上的中心平面图，说，“有些警卫执勤结束后，能直接离开中心，而我们没有仔细检查那些人。假如他们中的某个人想要从中心带出某样东西，是很容易的。对我们研究中心而言，关键的资料都在档案室。假设警卫手里有档案室的钥匙，在夜里动手，就能神不知鬼不觉地偷到资料，然后趁着换班，直接把资料带出去。”

多尔蒂说：“档案室外面还有专门的看守呢！”

奥林思忖片刻，走到墙边，一边演示，一边说：“假如贴着走廊边走，就不容易被看守发现。他甚至可以戴上面具，伺机把看守打晕，再潜入档案室……多尔蒂，你是知道的，最近我们的研发工作已经进入了关键阶段，我们的确应该防着点，不是吗？”

“假如这个漏洞让你困扰，就向上级提出整改意见吧！现在我们说正事？”多尔蒂打算回归正题，“从检查结果来看，拉尼尔的神智没什么问题，而且他的鸟确实是被

勒死的。"

奥林问道："你怎么查出来的？"

多尔蒂说："我派人找到了那只金丝雀的尸体，发现鸟脖子断了。这起码证实拉尼尔说的第一件事是真的，绝非他的幻想。"

奥林叹气道："可惜这不足以证明他就没问题……"

多尔蒂建议道："你有没有考虑过用一下测谎仪？如果他是在说谎，就说明他的确有别的企图。"

"测谎仪？"

奥林知道，测谎仪不能直接鉴别谁在说谎，它是通过监测人在说话时一些生理反应的数据，来判断他是否说谎。

"通常，我们会先用一些中性词汇，譬如'猫''狗''鸟'之类的，来测试受试者的一般反应……"奥林若有所思，"这么说来，如果拉尼尔听到'鸟'这个词，多半会想到那只金丝雀的遭遇，他的情绪反应就会有大波动。从数据上来看，就像他说谎了一样……老天，原来是这么回事！"

奥林沉吟片刻，茅塞顿开，他抓起电话，让手下把拉尼尔立刻带到办公室。

多尔蒂显然还没反应过来："我错过了什么吗？"

"不，好戏才刚开始！"

水落石出

三分钟后，拉尼尔已经紧张不安地坐到了奥林对面，一台测谎仪也被搬到了桌子中央。

奥林故意沉默了几秒，然后开口说道："我有一个好消息和一个坏消息，拉尼尔，先听哪个呢？"

拉尼尔咽了咽口水，回道："长官，先听坏消息吧……"

"我们发现有人企图潜入档案室偷走机密资料，这事你难辞其咎。"奥林盯着拉尼尔的眼睛，说道，"你甚至还有很大的嫌疑！"

"不！如果有人窃取了资料，那我肯定有责任，但那人绝不会是我！"拉尼尔有些激动。

奥林说："当然，我们还会进行全员审查，那些能进入档案室的人将会是第一批审查对象，你就是其中之一。我们需要对你使用测谎仪，拉尼尔。"

"我愿意接受审查！来吧！"

接着，奥林开始对拉尼尔进行测谎。他问了一连串问题，有些十分平常，听上去和窃取事件没有任何关系。当然，有些是必然会问到的内容，比如问拉尼尔是否在深夜用钥匙进入过档案室，有没有打开过档案柜，是不是在卧室藏有面具等。最终，拉尼尔的测谎结果很糟糕，数据显示，他在撒谎！

“长官，我没有撒谎！”

“测谎仪可不是这么说的。”一旁的多尔蒂开口道，“你在回答问题的时候，出现了明显的情绪波动，尤其是和‘钥匙’‘面具’‘柜子’相关的问题上……天啊，我好像明白了！”多尔蒂立刻看向奥林，两人相视一笑。拉尼尔却一头雾水：“长官，明白什么？”

“是有人故意把你制造成了一名‘说谎者’，好让你背负最大的嫌疑！”多尔蒂笑着说，“拉尼尔，你遇到的那些怪事，杀死金丝雀的‘钥匙链’、洗手间的‘柜子’、陌生人的‘狼人面具’……这些都让你在测谎过程中听到相关单词时，不自觉地产生联想，从而有了大的情绪波动。”

“没错，一旦你被认定是说谎者，我们就会花大力气对你展开调查，从而就可能放过了真正的作案人。”奥林说，“不得不说，这个人很聪明，而且他对我们这里的情况十分了解。”

多尔蒂问：“这么处心积虑的家伙会是谁呢？”拉尼尔毫无头绪，奥林却笑着说：“我倒有个猜想，让我们守株待兔吧！”

第二天深夜，只见有人偷偷打开了档案室的门，可他刚探身进去，就被奥林少校扯掉了面具。少校猜得没错，闯入者正是拉尼尔的室友波默中士，他的本职工作是研究中心的一名警卫员。这些日子，波默一直潜伏在屋里，伺机从拉尼尔那儿复制了一把档案室的钥匙。他故意设计一连串怪事，就是为了让拉尼尔在测谎时“出状况”，从而成为“替罪羊”……

（发稿编辑：丁娴瑶）

（题图、插图：佐　夫）

据说浙江大云一带，有一片美丽的花海。花海来之不易，若你细问，那就得从一个曲折动人的故事说起……

花海传说

□ 方赛群

传说大云一带有个东云村，村头住着龙秀才一家。那一年天下大旱，庄稼都死绝了。村里人愁死了，几位老长辈一商议，就来找龙秀才，要他领着大家求雨。龙秀才哭笑不得："龙某人一介书生，素来只知耕读，哪懂求雨啊？"为首的老长辈板着脸说："龙秀才，你姓龙，算得上与龙'沾亲带故'吧？你带着我们去求雨，老天爷一定会给你几分面子的！"话说到这份儿上，龙秀才也没辙了，只好硬着头皮应承下来。

第二天正午，村里的男女老少都跟着龙秀才到旱田里求雨。龙秀才求雨，跟别人还不一样，他仰面朝天，一首接一首地念着吟龙诗。乡亲们则匍匐在地，叩头如捣蒜，那情景颇为壮观。别说，这招还挺灵！龙王爷为龙秀才的"好龙之德"深深打动，决定要普降大雨为民解灾，还要派得力的龙族干将——黑龙，下凡护佑一方百姓！

只见刹那间天上乌云密布，雷声大作，铜钱大的雨点子直往地上砸。又听"轰隆隆"一声，云中飞出一条通体乌黑油亮的巨龙，在人们头上盘旋了一会儿，就一头钻进

远处的深潭。“啊！真龙下凡了！龙王爷显灵，我们有救了！”乡亲们在雨地里一片欢腾。

此后，那黑龙便潜居在大云深潭，耕云播雨，使得一方土地风调雨顺。人们感激它，都尊称它为“黑龙爷”。每年二月二，家家户户都提着好酒好菜来参加祭龙祈福仪式，可不知从啥时候开始，黑龙的胃口变大了——百姓们的“意思意思”，它觉着不够意思，要全鸡、全鸭不算，还要全牛！如此盘剥，让大家叫苦连天。黑龙见百姓不懂孝敬，龙心不悦，不但不行雨，还喷毒云、吐黑气，弄得大云一带乌烟瘴气的。

原本的天灾成了龙祸，龙秀才万分自责。思来想去，他决定去与黑龙讲讲道理。龙秀才来到深潭边，言辞恳切地说：“尊敬的黑龙爷啊，村里已数月不下雨，老百姓怨声载道，这事传到天上去也不好听啊，求求您给降一场雨吧！”

黑龙大笑说：“此言有理！本龙可以下一场雨，可你龙秀才必须按我说的做——你每日为我写一首《颂龙诗》，歌颂我的功绩，而且要在日出之时站在高台上对天诵读，要让龙王爷听见才行！”

这不是明摆着弄虚作假吗？龙秀才不情愿，但为了乡亲们，他咬牙答应了，当晚就开始写诗。

龙秀才过去写诗，文思泉涌，如今脑子却像灌了糨糊，直到天蒙蒙亮，才勉强凑了四句。他来到高台上刚吟诵了两句，就听下面有人喊：“黑龙作恶，你还在为它歌功颂德？”还有人吼着：“想必黑龙给了他好处！该打！”龙秀才百口莫辩，只得抱头遮面，奔回家中。他心中郁闷难忍，从此一病不起，不久就断了气。

龙秀才的女儿花枝悲痛欲绝，她独自到深潭边哀告：“黑龙爷，念在我阿爹一世‘好龙’，求您为百姓降一场雨，还我阿爹清白吧！”

见花枝带着泪花，叩头不止，黑龙心动了：“花枝姑娘，我可以降雨，但你得做我的娘子！”花枝听了，又羞又怕，拔腿就逃回家去。黑龙并没有放过她，张牙舞爪地在龙秀才家的屋顶上盘旋不止：“做我娘子！做我娘子！否则我就让此处永无安宁！”黑龙如阴魂不散，花枝被逼不过，上吊自杀了。

丈夫病死，女儿自杀，好端端的一个家散了。龙秀才的妻子柳娘咬着牙，只有一个念头：“告天状”——把恶龙在凡间作恶的事上告天庭！可凡胎肉身，上天无路，要怎么告天状？柳娘心一凉，不由放声痛哭起来。

这时，一个白发老婆婆路过，听了柳娘痛哭的缘由，白发婆婆心疼地说：“我听说，离这里五十里的地方，有一块巨大的鹰爪石。鹰爪石下有两个铜蛋，铜蛋相撞发出的声音，比打雷还要响亮，可以直达云端。你带着铜蛋到那黑龙所在的深潭边使劲敲，天上众神顺着这声响传来的方向看，就知道是黑龙闹事，一定会来听你诉冤。”

柳娘激动得一跃而起：“真有此事？”白发婆婆点头道：“不过想得到这铜蛋，要吃很多苦头！”柳娘说：“我死都不怕，还怕吃苦？我一定要找到铜蛋！”柳娘还想说什么，一转眼，老婆婆不见了！柳娘没多想，一刻不停地朝老婆婆指的方向走去，走了十天十夜，当真找到了鹰爪石。那鹰爪石巨大无比，形状恰似一只凌空欲飞的鹰，两只石爪坚实有力。柳娘找准目标，在石下不停地挖，挖得两手渗血，挖得十个指甲都折断了。终于有一天，两个铜蛋出现在她的面前！

柳娘带着铜蛋回到东云村，叫来乡亲们一起到深潭边准备告天状。她深吸一口气，拿出两个铜蛋猛地相互一击，两个铜蛋被撞得火花四溅，却没有发出声音。柳娘又奋力地击打了几下，依旧无声！

乡亲们见状十分灰心，唉声叹气地走了。柳娘不甘心，不吃不喝地敲了一夜，可铜蛋依旧没有发出一点声音。柳娘忍不住放声大哭，直哭得两眼通红，声嘶力竭。她哭了三天三夜，哭到彻底绝望了，她决定跳进深潭，亲手去宰了黑龙！

正在这时，柳娘眼中的一滴血泪落在了铜蛋上，发出了“当”一声巨响，接着又一滴血泪落下，又是“当”的一声！柳娘赶紧拿起一双铜蛋猛敲，“当当当——”铜蛋发出了惊天动地的声响！柳娘一边奋力地敲着铜蛋，一边仰天不停地控诉黑龙的恶行。这时，乡亲们回来了，人越来越多，大家和柳娘一起仰天哭诉。一时间，大云一带只闻铜蛋声响震天，百姓哭声震地。

黑龙也被惊醒了，它恼羞成怒，摆动龙身，以千钧之力向柳娘横扫过来。奇怪的是，柳娘的身边突然升起一道金光，龙身扫过，被狠狠地灼伤了。黑龙疼得龇牙咧嘴，这才服软：“秀才娘子，只要你不敲铜蛋，我马上降雨解灾！”柳娘冷冷地说：“太迟了！”

黑龙听罢，双目喷火：“既然

如此，休得怪我！”正当它再次张牙舞爪扑向柳娘时，只听空中传来一声呵斥：“死到临头还不知悔改？”大家抬头望去，是龙王爷！龙王爷隔空收走了柳娘手里的铜蛋，然后重重一击，那声响惊天动地。黑龙吓得魂飞魄散，在天上翻滚一通后，重重落在地上，成了一条小黑泥鳅。

百姓们见状，纷纷对着龙王爷叩头谢恩，唯独柳娘仿佛被抽干

魂儿似的，瘫软在一旁，呆呆地不出声。龙王爷对柳娘说：“你为家人报了仇，又救了大云的百姓，为了奖赏你的善心与功德，我可满足你三个心愿！”

柳娘缓过来，抬头看看灰蒙蒙的天，说：“我想要回大云的蓝天。”龙王爷“嗯”了一声，天上阴云霎时散尽，露出了湛蓝湛蓝的天。柳娘又说：“我想要回大云的绿水！”龙王爷又“嗯”了一声，地上的臭河浜变得绿水荡漾。龙王爷笑着说：“还有一个心愿，你想要什么？”

柳娘嘴唇颤动，哽咽着说：“我想要回花枝……”

龙王爷点点头，瞬间化作巨龙，穿云而过，消失在天的尽头。巨龙所到之处，纷纷扬扬地落下各式各样的花籽。那花籽落地生根，见风就长，不一会儿，大云土地上便开满了鲜花，恰似一片花海。人们这才醒悟过来，原来柳娘刚才说话声音太轻了，龙王爷没听清，把“花枝”听成“花籽”啦！

虽然女儿不能复生，但看到春回大云，柳娘是真高兴啊，她和乡亲们一起笑起来，那笑声在花海中荡漾，久久不散……

（**发稿编辑**：丁娴瑶）

（**题图、插图**：谢　颖）

·东方夜谈·

写命运

□ 任宏伟

吴友是个作家，这天早上，他构思了一个明朝的孝女故事——

一个名叫紫云的姑娘，她喜欢上了同村青梅竹马的王三郎。就在紫云盼着王家来提亲时，紫云的爹杨大山却得了重病，卧床不起。眼看杨大山就要撒手人寰了，村里七十六岁的老财主马有财派人来说，只要紫云愿意给马有财当第五房小妾，他就请张神医给杨大山治病。紫云一咬牙，答应了。张神医药到病除，马有财便打算择日将紫云娶进门。王三郎得知后，剃了光头，说要出家……

吴友写到上午十点，便按习惯出门健身。他家附近有片密林，空气清新，无人干扰，很适合一边走路，一边思考。吴友走到密林深处，突然有个身穿古装的姑娘跑到他面前，跪在地上不停地磕头。吴友一头雾水，赶紧问："姑娘，你这是干什么？"

姑娘说她叫紫云，就是吴友那个故事的女主角，她对吴友安排的命运很不满，跪求吴友改稿。

吴友目瞪口呆，自己写的故事竟然创造了一个世界？他好奇地问："你怎么知道命运是我安排的？"

紫云说："听说三郎要出家，我很急又想不出办法。我去家附近的小庙求菩萨，谁知菩萨竟开口了，说我们那儿的世间万物皆由您创造，要想改变命运只能求您。”

吴友又问：“那你是怎么从故事里跑出来找到我的？”

紫云说，菩萨教了她“出书咒”和“入书咒”。她记牢后念了三遍“出书咒”，然后就晕了。等她醒来就到了这里，因菩萨和她说过吴友的长相，所以她认出了吴友。

吴友很为难，说他之前写的内容已经成真了，改稿也没用。

紫云想了片刻说，吴友可以这样往下写：张神医是个正直的人，听说王三郎要出家后，不想拆散一对情侣。他便带着银子，和杨大山一起找到马有财，想把医药费退给马有财，可马有财不肯。张神医说，如果马有财不同意退亲，以后就再也不给马家人看病。张神医医术高明，半年前，要不是他出马，马有财估计就见阎王了。权衡利弊后，马有财这才同意退亲。

吴友点点头说，他立马就回家按紫云说的写。紫云连磕了几个头，起身后念了几句咒，便晕倒在地上，然后就消失了。

紫云光顾着回去报喜，却没想到，她和吴友的对话被藏在林子里的马有财和两个家丁听到了。

原来，马有财派了一个家丁暗中监视紫云。紫云在庙里和菩萨的对话，包括“出书咒”和“入书咒”，都被躲在暗处的家丁听到了。她凭空消失后，家丁忙跑回去向马有财报信。马有财得信后，便带着两个家丁，也念了“出书咒”，来到了密林里。

紫云消失不久，马有财就走到吴友面前说：“吴先生好，我是马有财，您和紫云的对话我都听到了，求您别按她说的写。”马有财边说话边递给吴友一锭金元宝，又说：“如果您愿意按照我的意思往下写，我会再给您十锭金元宝。”

看着金元宝，吴友犹豫了，不禁问：“你想让我怎么往下写？”

马有财说，他要这样写：王三郎剃完头出门，原本打算去当和尚，可半路上看见一个漂亮的小媳妇。王三郎色心大起，把那个姑娘糟蹋了……后来，官府找到王三郎，他被押入大牢，等待秋后问斩。紫云听说王三郎的事后既气愤又失望，心甘情愿给马有财当小妾。一年后，紫云生下一个男孩。男孩很聪明，十九岁就中了状元，后来还当了大官。马有财活到一百岁，寿终正寝。

吴友虽然对金元宝一时心动，但尚有良知，他没想到马有财这么狠毒。他气愤地说："就算给我一百锭金元宝，我也不会这么写！"

马有财冷哼一声，威胁道："你要是不答应，我现在就命两个家丁把你杀了。"

吴友拔腿就跑，好在他常年健身，两个家丁虽紧紧追赶，但很快就被他甩到了后面。见追不上吴友，两个家丁只得回去向马有财请罪。马有财骂了几句，怕吴友找人来对付他们，便念了"入书咒"，三人就回到了故事里的世界。

吴友回家后，先按紫云的意思写了一段。一想起马有财那丑恶的嘴脸，他就气不打一处来，于是又写：杨大山和张神医退亲成功后，马有财当天夜里突发心脏病死了。

吴友故意把马有财写死还有另一个目的：如果马有财不死，可能还会从故事世界出来找他麻烦。这之后，吴友也不再去密林里健身了，他可不想再遇见诡异的事了。

一晃半个月过去，这天夜里，吴友做了个梦，梦到有个用斗笠遮住半张脸的老头子拿着一张纸对他说："先生好，我从一位大师那里请了'平安咒'，不过我不识字，您能教教我这咒怎么念吗？"

吴友接过纸，念了一遍咒语。老头子说他耳背，吴友又大声连念了两遍。大声念完三遍咒语后，他突然感觉头晕目眩……当他醒来时，发现自己竟然到了一个很陌生的环境，天上月明星稀，周围全是大树。他不禁自语道："这到底是咋回事？"

这时有个声音说："这是故事里的世界，你刚才念的不是'平安咒'，而是'入书咒'。"吴友循着声音的方向看去，可那里根本就没有人。突然那个声音又响起来："我是马有财的鬼魂，你以为把我写死

了，我就没办法报复你吗？”

吴友惊问：“你把我骗到这片林子里想干什么？”

“这片林子很大，我再一施‘鬼打墙’的法术，你这辈子也别想走出去，我要让你变成野人，受尽折磨，最后困死在这里！”

吴友一夜没睡，天亮后，为防遭到野兽攻击，他折断一根树枝当武器，打算走出森林。路上，饿了，他就摘几个野果子吃；渴了，就在小溪里喝点水。吴友走到太阳快落山了，四周却还是望不到边的森林。他又困又累，只得趁着天还没黑就地取材，搭了个窝棚睡觉。

第二天醒来，吴友接着走，可走到下午竟发现了昨天搭的窝棚。他目瞪口呆，这才知道自己真遇上了“鬼打墙”。第三天，吴友又起来尝试，结果还是回到了窝棚。

吴友灰心了，第四天他一直睡到十点多，实在饿得不行，才出了窝棚去找野果充饥。吃了几个野果，他又找了一条小溪喝水。

谁知等吴友回到窝棚，刚躺下，就闹起了肚子，而且闹了三天都不见好转，现在连爬起来的力气也没有了。吴友估计自己撑不了多久就要死了，正伤心呢，突然听到脚步声。窝棚的简易门被推开，进来了一男一女。见女的就是紫云，吴友激动道：“紫云，你怎么来了？”

不等紫云说话，那男人说：“恩公，我是王三郎，我们小两口来救您了。”吴友好奇地问：“你们怎么知道我被困在森林里了？”

紫云说，自从她回到故事里的世界，没过多久，她就和王三郎成亲了。婚后她很感念吴友的恩德，每月初一、十五都到庙里烧香，祈求菩萨保佑吴友，好人一生平安。

昨天紫云去烧香，菩萨又开口了。菩萨先说了吴友被困森林的事，又说自己已施法让马有财魂飞魄散。不过吴友还困在林子里，让紫云去救。紫云赶紧回家，和王三郎商量去救吴友。小两口从昨天一直找到现在，终于找到了人。

吴友吃了紫云带来的干粮，又喝了干净的水，慢慢有了精神。王三郎有在野外生活的经验，也懂一些草药知识。他采了药让吴友服下，吴友的病症也减轻了。在两人的悉心照料下，两天后，吴友就能外出活动了。紫云把“出书咒”教给吴友，吴友念了三遍，终于回到了现实生活中的家……

（**发稿编辑**：曹晴雯）

（**题图、插图**：陶 健）

对母亲说『不』

有一位大学教授，对父母很孝顺。那一年，教授的母亲因手术失败而半身不遂。此后，他给母亲的每月生活费便增加了3000元。他以为母亲会很高兴，母亲却说：“我瘫痪在床，你给我钱，没有用。”

为了让母亲高兴，教授说：“我努力工作，在外面的名声还不错，您应该高兴吧？”母亲却说：“你在外面有名声有什么用？别人又不知道我是你妈妈。”

教授问母亲：“我怎么做，您才高兴呢？”母亲想了想说：“你陪我打麻将好了。”于是，教授开始学打麻将。每到星期六，他就回家陪母亲打。他每次打麻将，都故意输点钱给母亲。看到母亲坐在轮椅上打麻将，完全忘记了病痛，很快乐，他也感到特别欣慰。

教授陪母亲打了半年麻将后，母亲说：“你现在是教授，每星期的课又不多，你既然希望我快乐，为什么不天天陪我呢？”教授想：天天打麻将还能教书做学问吗？还能“扬名声，显父母”吗？还能做个真正的孝子吗？不能！即使是亲密的母子，也该有说“不”的时候。于是教授向母亲说了两个理由：“第一，陪妈妈打麻将的快乐，我怎么可以独占呢？您看，您生了七个孩子，兄弟姐妹正好每人陪一天。第二，我除了是您的儿子以外，还有六个角色要扮演。结了婚，是做丈夫的；有小孩，是做爸爸的；在学校，是做老师的；在社会上，是个公民；在人群中，是朋友之一；在家庭里，是兄弟姐妹之一。这些加起来正好是七个角色，一个星期有七天，我有七个角色要扮演。我每星期陪您打一天麻将，不是正好？”

母亲听了之后，笑着答应了。

敢于说“不”，善于说“不”，生活会亮出新的色彩。

（**作者**：蒋光宇；**推荐者**：田龙华）

打听房间号的蚊子

这天，一位有名的科学家应邀到牛津大学参加一个年会。晚上，他就在大学附近，找了一家小旅店住宿。

那时候正是盛夏，天气炎热，科学家很幸运地要到了最后一间客房，可等他上楼查看客房时，却发现屋里蚊子特别多，根本无法安心睡觉。

想换房间是不可能了，科学家便决定提醒服务员来处理一下。于是，他回到柜台办理入住手续时，十分感慨地对服务员说："听说牛津人非常好客，刚才我领教了。"

服务员一愣："先生，我没有看到您和谁交流过啊，您怎么知道我们好客呢？"

科学家微笑着说："刚才不是每人都派了一只蚊子来我房间吗？它们记住房间号，回去告诉主人，晚上好带着主人来拜访我。"说着，科学家便出门办事去了。

服务员笑了笑，没有说什么。

等科学家出去办完事，回到自己的房间时，发现被子被叠得整整齐齐，房间被打扫得干干净净，屋里还飘着一股清香。

原来服务员记住了这个幽默的顾客，特意来到他的房间，打理好了一切。经过细心处理，这个房间一晚上都没有蚊子来，科学家度过了舒适的一晚。

幽默，往往是人与人之间高效且有趣的沟通方式。

（**作者**：任万杰；**推荐者**：一米阳光）

最深的善意

朋友是当地颇负盛名的作家，也是国内一家著名出版社的特约书评人。

一天，她在朋友圈晒出一张家中鲜花的照片，并在评论区留言："谁能猜到这是什么花？愿以书相赠。"

那花不是什么罕见的品种，并不难猜。半个小

时后，我的朋友留言：“游戏时间结束，将有三位朋友得到赠书。”之后，我便经常见到朋友以这样的方式把书赠送出去。

一日闲聊，我不解地问：“为什么不直接把书送人，而要采用游戏的方式？”

朋友莞尔一笑：“如果直接赠书，大家心里自然会挂念着我的好，会努力设法回报。采用游戏的方式把书送出去，对方得到书是参与游戏的结果，他们的内心会多收获一份快乐，而少一份感恩的压力。”

这世上有一种善意，叫不想被觉察，不愿被记挂。这是为人处世的一种智慧，也是对这个世界最深的善意。

（**作者**：张燕峰；**推荐者**：晓　潼）

鸡蛋摔碎了

一个男孩骑着自行车，车后架上绑着一篮鸡蛋。不幸的是，他半路摔了出去，自行车倒在路边，鸡蛋摔了一地。

男孩不顾身上的疼痛，迅速爬起来，难过地看着一地碎鸡蛋，挑拣着没摔碎的鸡蛋。这时，周围看热闹的人你一言我一语地给出建议或者挖苦男孩。

“骑车时你在想啥呢？”一位老人对男孩说，“可怜的孩子，你该如何向鸡蛋的主人交代啊？你肯定没有钱赔这么多鸡蛋，让我帮帮你吧！”说着，老人从口袋里摸出一张10元钱的钞票，递给男孩说：“这里的人都很好，他们不仅给你建议，我相信他们也会跟我一样，用实际行动来帮助你。”

人们感动于老人的善举，也纷纷掏出零钱给男孩。最后，男孩高兴地数了数大家给的钱，至少能买两篮子鸡蛋。

男孩连声对大家表示感谢，然后扶起自行车准备离开。这时，有个人特意走过来跟男孩说：“孩子，你应该好好谢谢那位老人，没有他，恐怕你今天无法交差呀！”

男孩看了看这位好心人，说：“先生，一会儿我回到店里，肯定会好好感谢他的。他就是鸡蛋的主人，我在他的店里干活儿。”

其实很多时候，人们所看到的不一定就是真相，因而也很容易被“绑架”和“利用”。

（**编译**：夏建清；**推荐者**：晓晓竹）

（**本栏插图**：佐　夫）

学写作文，从读故事开始

金眼

□ 安学斌

金条不是事儿

民国初年那会儿，长白山深处的桦树镇有了警察事务所。警察所长是瘦高个儿，一双眼睛圆溜溜的，带点烂眼边子，镇里人背后管他叫“鬼眼鲇鱼”。在河里边，鲇鱼是吃肉的；在镇子里，“鬼眼鲇鱼”吃人不吐骨头。他勾结土匪“十三阎王”，逼着桦树镇周边的老百姓种大烟。

这年夏天，一个叫铁蛋的孩子把大烟贩子“朱大肚子”的儿子摁到水里灌了个半死。“朱大肚子”告到了“鬼眼鲇鱼”那儿。鲇鱼那家伙啥也没问，把铁蛋捆起来，说他滋生事端、触犯国法，要他父母交一百现大洋，才能放人。铁蛋父母平时是给“朱大肚子”种大烟的，家里穷，根本拿不出钱，只好下跪磕头求“鬼眼鲇鱼”开恩。

这顿闹腾惊动了镇上不少人来看究竟。铁蛋家来串门的远房舅舅，走到“鬼脸鲇鱼”跟前恳求道：“所长大人，小娃子哪懂什么国法？您别跟他计较。我采点金子顶罚款，您行行好，就当这小嘎豆子是个屁，把他放了得喽！”

“鬼脸鲇鱼”上下打量这个人，衣着是带补丁的粗棉布，脚上是黑乎乎的皮乌拉，脑袋上斜着一顶破草帽。他心想：这个穷鬼凭啥强出头？“鬼脸鲇鱼”发话道：“铁蛋这小子必须严惩。你是他舅，现在就拿一根金条来！钱到位，老子就放人；要是拿不出钱来就靠边站着，少管老子闲事儿！”

“鬼眼鲇鱼”本以为要一根金条肯定能吓住人家，没想到铁蛋舅舅立马向他鞠躬致谢，说：“大人您等会儿，我这就去采金子。”

大伙儿跟着铁蛋舅舅顺着河岸往前走了有三里路，“鬼眼鲇鱼”眼看着人蹚进了河里，弯腰在河里摸索起来。不一会儿，他直起腰来，摘下草帽，把手里攥着的东西扔进草帽里，用左手端着，涉水上岸，让在场的人挨个儿验看。

大伙儿和“鬼眼鲇鱼”看着草帽里的东西都惊呆了，那是百十粒淘金人也许一辈子都见不到的“瓜子金”，是沙金中的极品！

“鬼眼鲇鱼”亲眼看到铁蛋舅舅采到“瓜子金”，猜他不是一般人，赶紧派人四处打听，得知此人叫程天浪，祖上干的就是专门给人找金矿的活儿。

长白山出金子，但看金脉还得凭真本事。能把金脉一看一个准的，淘金客称之为“金眼”。程天浪的爷爷，就是“金眼”。程老爷子立了规矩，“金眼”传人不许为挣大钱到处去看金脉，不许挣了钱就干荒唐事。到了程天浪这一辈，他压根就不看金脉了。一个月前，他来到铁蛋家里住着，每天就是闲游。有人得知他的底细，高价请他看金脉，他就指着自个儿的鼻子笑着说：“老辈人倒是想教我，可我烂泥糊不上墙，啥也学不会。”

给“活阎王”开矿

嘴上说着没本事，却轻而易举地从河里摸出了极品沙金，程天浪的本事算是藏不住了。“鬼眼鲇鱼”得了这么个“金眼”传人，高兴得眼冒金光！他赶紧让“朱大肚子”张罗了一桌酒菜，亲自登门邀请程天浪赴宴。在席上，“鬼眼鲇鱼”喝了点酒，拍着程天浪的肩膀一口一个“大哥”地叫着。起先，程天浪并不接茬，把头摇成拨浪鼓。直到“鬼眼鲇鱼”又猛灌了自己几杯，一拍桌子，出了个天价：只要程天浪能够找到金脉，开出金矿就给他三成干股。看到“鬼眼鲇鱼”涨红的脸上写满了“肉疼”，程天浪这才眯起眼睛点了头。也是，要么不赚，要赚就得赚够本嘛！

没过几天，程天浪果然找到了金脉。不过，金脉所处地界让“鬼眼鲇鱼”有点闹心，那是土匪“十三

阎王”的地盘。“十三阎王”得到消息，也是大喜过望，赶紧派人去请程天浪到山寨议事。

程天浪拿出一块现大洋赏给传信儿的喽啰：“我现在不是一般人喽，是警察所长的义兄。我帮义弟开金矿，没工夫到山寨议事。你回去告诉‘大当家的’，让他问问我义弟让不让我去。”

“十三阎王”虽说和“鬼眼鲇鱼”勾结干事，可每到分钱时，他只拿到四成，“鬼眼鲇鱼”白得六成。要不是买卖大烟得靠警察那头上下疏通，他才见不得便宜都让那“死鲇鱼”占了去。这会儿，听说程天浪仗着势头没把自己放在眼里，他气得掀了桌，让人把程天浪抓上山寨，关进“秧子房”！

秧子房是土匪用来关押人票的地方，每天变着法子地折腾人，不听话的，很可能会丢了性命。程天浪一看这情形，像是吓得不轻，当场服了软：“我不是不想帮着‘大当家的’找金矿，我是不敢！我义弟可是警察所长，我能对着干？”

“十三阎王”最烦人家用“警察”俩字压他，他怒道：“你怕他，就不怕老子这个活阎王？你听着，只要你帮老子挖金矿，等老子发达了，去毙了那条死鲇鱼，救你于水深火热。不然老子现在就把你摁在开水里，让你火热火热！”

得，还能怎么着？程天浪只能答应。“十三阎王”立马找来几家靠他做生意的富户，一起合股开办了金矿。矿井开挖，程天浪的“金眼”果然不凡，挖到山里四十丈就见了红，工人把矿石背出来，真的炼出了亮闪闪的金子。

“十三阎王”这回发了财，破天荒地没去到处耍，也没娶压寨夫人，而是把钱攥手里反复掂量，决定闷声干大事。

再说“鬼眼鲇鱼”这边。“十三阎王”绑了程天浪私自开金矿，“鬼眼鲇鱼”气得差点没把两只眼珠子生生瞪出来！他大手一挥，就要带人去捅了“十三阎王”的老窝。哪知前脚刚出门，就有手下递进来一封密信。“鬼眼鲇鱼”眯着烂眼边子把信一瞧，跨出去的脚就收了回来，然后他缓缓一挥手，又把人手都撤了。

“老大，不捅匪窝了？”

“捅！换个法子捅！”

第二天，“鬼眼鲇鱼”跑到奉天，给警察厅长孝敬了一张虎皮、两棵百年老山参，然后说了一嘴自己的剿匪计划。厅长一高兴，给了鲇鱼一顿夸，还有赏呢。

这天，当“鬼眼鲇鱼”领着平常几个手下堵在山寨门口的时候，“十三阎王”可是一点都不怵。他“呀”地吆喝了一声，寨子里里外外地涌出了提着快枪的山匪。这些亡命徒过去手里都是刀啊棍啊的，了不起有几支火铳，如今人人手里一杆快枪，气势更是凶狠了不少。

“呵，果真是鸟枪换了炮！你还真有胆儿造反啊！”“鬼眼鲇鱼”似乎并不意外，他斜嘴一笑，“可惜就你这点儿三脚猫功夫，怕是敌不过我这正统的快枪队！”

一记响指，百来人的警察快枪队闪现，枪口齐刷刷地对准了匪窟。这快枪队就是“鬼眼鲇鱼”从警察厅长那儿领来的“赏”。他收到密信，知道“十三阎王”偷偷地买了不少快枪，升级了装备，靠他原先那些人手，是不好对付的。

眼前的状况，把一窝山匪都看愣了。还没回神呢，就枪响四起，“十三阎王”的人马被打得落花流水。是啊，快枪也不过刚到手，还没捏热乎呢，不怎么会用啊，哪能跟训练有素的警察快枪队去较量？很快，匪徒全数毙命，“十三阎王”也没能逃过。咽气前，“阎王”朝秧子房狠狠瞪了一眼，想说什么，也说不出口了。

给“死鲇鱼”领路

“鬼眼鲇鱼”来到秧子房，程天浪一见人就哭哭啼啼地叫苦叫屈，说自己受尽折腾，是迫不得已才对不住义弟的。“鬼眼鲇鱼”冷笑一声：“受尽折腾？那你还能有闲工夫给我写密信？”

“我就是想给义弟你提个醒……”程天浪觍着脸，说他为了递出密信有多不容易。为了将功折罪，他还在矿主们面前给“鬼脸鲇鱼”帮腔，说警察保护地方不容易，

以后“十三阎王”占的干股就算金矿给警察事务所捐的保护费。

“鬼眼鲇鱼”对此很满意，可过了一阵子，他察觉不对劲了：“十三阎王”那伙人被剿后，老百姓也不怎么怕他“鬼眼鲇鱼”了。矿主们好像也在忽悠他，催了几次分红的金子，回回答应给，可是一直没送来。还有那个程天浪，整天不见人影，不知在偷偷捣鼓什么。

“鬼眼鲇鱼”亲自跑到金矿查看，到了才知道金矿停工了，听程天浪说金脉断了。“鬼眼鲇鱼”心生狐疑：这么巧，自己刚接手，金脉就断了？他不放心，想下矿看看，程天浪却拦着：“义弟，矿洞危险啊，你还信不过哥吗？”“鬼眼鲇鱼”冷哼一声：“金脉咋回事，我得自己看看才行，你憋着什么坏水，别以为我不知道！”

程天浪只得提着油灯前面引路，领着“鬼脸鲇鱼”下矿去。“鬼眼鲇鱼”拱着一肚子火跟着往里走了三四十丈，他突然觉得油灯照亮的岩壁阴森森的，好像藏着厉鬼随时要扑过来，心里有点怕，就招呼程天浪往回走。这工夫，“鬼眼鲇鱼”在前，程天浪在后。“一步、两步、三……”程天浪轻声念叨，“鬼眼鲇鱼”警惕地回头，刚要问他在数什么，就见程天浪猛地推了一把支撑矿井顶端的木桩子。那木桩子“咔嚓”一声断裂了，接着矿井顶端落石砸下来，顿时“鬼眼鲇鱼”发出瘆人的惨叫。

后来，矿主们带着人挖了三天三夜，挖到了“鬼眼鲇鱼”的尸体。他们也找到了程天浪，他像是算好了似的，卡在一处凹陷里，没被砸着，就是饿得瘦了一大圈。

警察厅长派人到金矿调查“鬼眼鲇鱼”的死因，来的人不敢往矿井里钻，只找在场的几个人问了话。矿主好吃好喝招待，打了小赏，来的人便做出了“鬼眼鲇鱼”死于矿井坍塌的结论。

一年后，程天浪和几家矿主拿分红在桦树镇建了一所学校。铁蛋上了学，在作文中写道：“程舅舅说过，‘金眼’看的不是金子，是善恶。金子有德者拥有，那是苍生之福；金子落入恶人之手，就是灾祸。那天，他把‘瓜子金’放到河里，让我和朱大爷家孩子打架，说是要我看一出好戏。我那时候不明白，如今明白了，他是用金子当肉骨头，引诱两只恶狼互相乱咬，替镇上除暴安良呢！”

（发稿编辑：丁娴瑶）

（题图、插图：陆小弟）

家务劳动赔偿引发的官司

□ 李新忠

罗某经朋友介绍，认识了在食品厂工作的杨某。两人经过一段时间的交往，感情迅速升温，很快就结婚了。

第二年冬天，杨某生下了一个女孩，在家休起了产假。产假到期后，杨某需要回食品厂上班，然而这个时候，丈夫罗某和双方父母都抽不出身来照看孩子。想找保姆看孩子吧，费用高不说，也不放心。为此，杨某与丈夫伤透了脑筋。

罗某左思右想，对杨某说：“老婆，我看你干脆把工作辞了，就在家照看孩子，做做家务，等孩子上幼儿园了，你再重新找一份工作，行吗？”

杨某思来想去，也没想出别的好办法。她只好去食品厂办理了辞职手续，在家安心带孩子，当起了“全职太太”。

这之后，罗某让妻子杨某把家里所有的家务活儿都包了，他自己则每天清晨去上班，晚上很晚才回家。

起初，杨某对丈夫让自己承包所有家务活儿的做法没说什么，可时间一长，她实在忍不住了，就向罗某抱怨起来。

没想到罗某气呼呼地说："你又不挣钱，凭啥怨这怨那的？我一个人辛辛苦苦地挣钱，养着你们娘俩，你还不知足？你要是不愿意，我们干脆分居单过！"罗某说完，就拿着自己的日用品，去单位宿舍住了。

没过多久，罗某向当地法院提起诉讼，请求法院判决自己与杨某离婚。杨某考虑到孩子还小，而自己与罗某的感情也尚未破裂，不同意离婚。法院经过调查，驳回了罗某的诉讼请求。

没想到半年后，罗某又向法院提出了要与杨某离婚的诉讼请求。

这一次，在法官调解两人离婚案的过程中，杨某对罗某已经不抱希望了，同意与他离婚。她还提出要自己抚养女儿，由罗某每月支付抚养费；要求平分共同财产，理由是她在抚养孩子等方面承担了绝大部分家务。除此之外，罗某还应支付自己七万元家务劳动赔偿金。

罗某辩称，自己一直挣钱养着妻子和孩子，没理由再付给妻子家务劳动赔偿金。为此，罗某与杨某激烈地争吵起来。

面对这一状况，法官调解无效，只好择期宣判。

不久，法院做出了判决：同意罗某与杨某离婚，孩子由杨某抚养，罗某每月支付给杨某两千元抚养费，双方平分共同财产，同时判决罗某付给杨某家务劳动赔偿金六万元。

罗某拿着判决书，疑惑不解。他想不通，为什么自己挣钱供养着杨某，离婚时还要付给她家务赔偿金呢？

律师点评：

本故事涉及的一个法律问题，即离婚案中的经济补偿制度。

根据《中华人民共和国民法典》的相关规定，夫妻一方因抚养子女、照料老年人、协助另一方工作等负担较多义务的，离婚时有权向另一方请求补偿……

故事中，罗某与杨某结婚后，罗某顾外工作，杨某顾内做全职太太，那么，在他们离婚时，杨某依法有权要求罗某承担相应的家务劳动赔偿金。

（**发稿编辑**：曹晴雯）

（**题图**：张恩卫）

女子高龄怀孕，诞下一女，未料丈夫愤然离家出走。焦头烂额之际，家里来了小时工，可她的身上，似乎隐藏着一个惊天秘密……

生死对戒

□ 赵玉冰

1. 新来的保姆

琼斯今年四十八岁，是一名妇产科医生。两年前，她的儿子在一次意外中不幸丧命，年仅二十岁。琼斯夫妇备受打击，悲痛欲绝。

儿子去世一年后，琼斯有了意外之喜——她竟然怀孕了！在琼斯怀孕三十五周时，她开车外出，在车上早产，独自分娩下了女儿。

女儿出生不久，原本开心万分的丈夫史密斯突然变得沉默，甚至开始酗酒，动不动就离家出走。

一开始，琼斯不停地打电话央求史密斯回家，没想到他换了手机号码，几个月没回来过了。

琼斯一个人既要忙家务，又要照顾刚出生的女儿，整天累得腰酸背痛，痛苦不堪。

这天，琼斯带女儿去医院体检，回来时发觉屋里有人来过。难道是史密斯手里没钱，回来拿钞票了？家里并没有存放多少现钞啊……琼斯转念一想，忙从衣橱里拿出一只小皮箱，打开一看，不由得叹了一口气——丈夫的确回来过了，将儿

子留下的那枚戒指拿走了。

说起儿子，他死于一场车祸：酒后驾驶摩托车，撞上路边大树，当场死亡——这是警方察看现场后得出的结论。那枚戒指，就是从车祸现场拿到的。警察问琼斯夫妇，这是否属于他们的儿子，琼斯看过之后，说这是儿子的。其实琼斯清楚：凭儿子的收入，买不起这价格不菲的首饰，但她知道儿子有小偷小摸的习惯，戒指很可能是他从哪里“顺”来的。告诉警察这些会很麻烦，不如撒个谎吧。

除了这枚戒指，史密斯没有拿走其他东西。琼斯稍感安慰，她知道丈夫心里还有自己，还有这个家。

不久后，家里来了一名小时工，叫露丝，是个年轻女人。她说，是史密斯先生雇她来做清洁的，已经预付了半年的薪水。

琼斯猜想，肯定是丈夫上次回来，看见家里乱成一团，心疼她，所以给她请了小时工。尽管史密斯没回来，但想到他惦记着自己，琼斯还是很开心。她让露丝留了下来。

露丝三十多岁，喜欢戴各种颜色的丝巾。她每天在琼斯家干两个小时的活儿，上午八点准时来，十点离开。露丝话不多，干活虽说有些笨拙，但非常卖力。

开始，琼斯还对这个露丝保持警觉，生怕她偷拿家里东西。可暗中观察了一段日子，琼斯发觉露丝很本分，干活时眼睛从不往别处瞟。有时，家里的灯或水龙头坏了，露丝也能修好。露丝特别喜欢琼斯的女儿，每次干完活儿，都要去逗逗孩子。

过了些日子，琼斯渐渐对露丝放心了，两人交流也多了起来。露丝说自己住在三十公里外的一个小镇上，琼斯听说过那个小镇，离史密斯上班的公司不远。

这天，是琼斯儿子的忌日。琼斯想起去世的儿子，伤心地哭了。露丝不知发生了什么，连忙问：“夫人，您怎么了？”

琼斯抹着泪，把儿子的意外离世告诉了露丝。露丝听了，连忙劝慰了一番。接着，琼斯拿出一沓儿子的照片来，招呼露丝过来看：“露丝，看我儿子，他真的很帅。”

露丝放下手里的活儿，接过照片，一张张看了起来。当露丝看到男孩骑着摩托、戴着白色头盔的那张照片时，手抖了一下，脸上露出慌张的神色，但很快恢复了正常。

琼斯抹着眼泪，说：“他喜欢喝酒，喝完酒还把摩托车开得飞快。我不止一次提醒他，这样很危险，结果真的发生了不幸。”琼斯有点激动起来，接着说：“我总怀疑那次事故有其他原因，可警察说没有其他车辆介入。”

露丝脸色微变，劝慰道：“警察更有经验，您不要多想了。”

这时，一直在客厅睡觉的孩子哭了起来，露丝吓了一跳，连忙过去哄孩子。琼斯把照片收进小皮箱，走到客厅抱过孩子。

露丝看着孩子，说：“您女儿几个月了？”

“哦，这个月的十四号正好半岁。”琼斯说。

“十四号？六个月……”露丝听了这话，陷入了沉默。

几天后，琼斯去超市购物，出门前关照露丝帮忙照看女儿。

开车出门不久，琼斯突然感到肚子痛，她急忙开车回家上厕所。琼斯开门没看见露丝，女儿正在摇篮里睡觉。她怕吵醒女儿，没敢大声叫露丝，匆匆往卫生间冲去。

卫生间的门虚掩着，琼斯刚要开门，却发现里面有人。透过门缝，眼前的情景让琼斯大吃一惊：露丝正站在马桶前小便。天啊，露丝竟是个男人！

琼斯轻轻地退到大门外，紧张地思索着：这人究竟是谁？男扮女装有什么目的？琼斯没有声张，回到院外，启动车子悄悄离去。车上有一把手枪，她自言自语道：“我倒要看看他演的是哪一出！”

2. 雨夜的回忆

小时工真名“科尔”，是一名货车司机，露丝是他妻子的名字。六个月前的十四号早上，怀孕三十六周的妻子发信息给科尔，说感觉胎动得厉害，想去医院检查。科尔和露丝居住的乡村离医院有点远，有近一个小时的车程。

科尔看到妻子的信息，急忙下了高速。他想打电话告诉妻子，千万不要自己开车，等他回来再陪她去医院。可过了一会儿，妻子的电话打不通了。科尔很不放心，连夜赶回家，发现妻子不在家，家里的白色皮卡也不在，妻子的手机也落在家中。科尔拿起手机，看到上面只有自己打过的几个未接电话。

估计是妻子发完信息，独自一人开车去了医院，匆忙中手机也忘记带了。妻子为什么到现在还没回来？科尔打电话给在小镇开酒馆的妹妹，妹妹很惊讶，说露丝没去过她那儿。科尔感觉不妙，连忙报了警。

警察立即看了路面监控，发现科尔妻子驾驶的白色皮卡，当天中午十点十分左右，从国道一条出口下去后就没了踪影。那儿有一条依山傍海的乡村小路，是去医院的捷径，但那条路没监控。警察搜寻了那条路，什么都没发现，那辆皮卡和露丝都不见了踪影。

转眼过去了三个多月，还是没有一点妻子的消息。科尔焦急万分，人都快崩溃了。

这天，科尔正在家里对着妻子的照片发愣，他妹妹来了。妹妹一进门就问科尔："你看，这枚戒指眼熟吗？"说着，她从口袋里拿出一枚白金戒指。

这枚戒指款式复古，和科尔订婚时的信物一模一样。

科尔一看戒指，吃了一惊，接了过来，问妹妹："哪儿来的？"

"一个客人卖给我的。"妹妹说。原来最近几个月，常有一个中年男人去妹妹的小酒馆喝酒，每次都喝得醉醺醺。以往，这人喝酒都是现金付账，没想到今天这人喝完酒说没钱了，竟拿出一枚戒指，说卖给她抵酒账。妹妹不解地说："我一看到这戒指，就觉得好眼熟，特别像你和露丝的订婚对戒。"

科尔悄悄看了一眼戒指的内圈，含糊地对妹妹说："不是我的那枚，但确实很像，只是一个巧合。"接着，他借口要早点休息，打发妹妹走了。妹妹一走，科尔看着手里的戒指，坐立不安地想起了两年前那个雨夜——

那时，科尔和露丝刚刚订婚。一个雨夜，他跑完长途，感觉疲惫不堪，就喝了一点酒。再上路时，他怕遇上警察，就尽量往偏僻的乡村小公路开。

科尔的酒喝得不多，但酒精还是影响了他的判断。当他在一条没有路灯的乡村小路上拐弯时，他的方向少打了半圈——弯拐大了，车开上了对面车道。狭窄的路上，一辆迎面快速开来的摩托车避闪过头，刹那间偏离了方向。就听"砰"的一声巨响，摩托车撞上了路边的一棵大树。开车的人撞到树上，又被弹回了路中间。

科尔吓了一大跳，酒醒了大半。他急忙下车，就着车灯走过去一看，发现开摩托的是一个年轻小伙。小伙没穿雨衣，浑身酒气，白色的头盔掉在一旁，口鼻不断有血流出。科尔扶起小伙，一连呼叫了好几声，但对方没有一点反应，手臂都垂了下来。再一探鼻息，只有非常微弱的呼吸了。

出事了！科尔从没经历过这种事情，顿时吓得不轻。雨很大，路上没有一个人影。科尔想打电话报警，但想到自己是酒驾，又想到未婚妻露丝，最终放下了电话。他知道，一旦警察到场，自己就全完了。

科尔想了想，飞快地将小伙抱起来，往路边移了移。小伙身材高大，矮小的科尔费了很大劲才将他移到路旁。科尔尽量将小伙的姿势恢复成刚才的样子——那样看起来就像是小伙酒后开车，自己撞上了大树。做完这些，他对着地上的小伙默默说了声“对不起”，就上车快速逃离了现场。

科尔回到家，惊魂未定。就在他暗自庆幸车祸无人发现、大雨又能冲洗干净所有痕迹时，却发觉自己手上的戒指不见了！

这是祖传的古董对戒，款式特别稀有，科尔还请人在对戒的内圈，刻上了他和露丝姓名的首字母。另一枚戒指，不久前刚送给未婚妻露丝。

科尔直冒冷汗，戒指很可能是在移动那个小伙时，不小心脱落在了事故现场！

怎么办？万一警察发现了这枚戒指，会不会找到自己？可现在回头去找戒指，等于自投罗网。科尔坐立不安，只能祈祷大雨将戒指冲到一个没人发现的地方。

科尔在不安中度过了一段日子。警察一直没来找过他，科尔吊着的心总算渐渐放了下来。

现在，这枚戒指竟然出现在一个中年男人手里！他是谁？他又是从哪里得来的戒指？

科尔觉得，很有必要见一见妹妹说的那个酒鬼。

想到这里，科尔打电话给妹妹，说等那个酒鬼再去酒馆，一定要通知自己。

3. 妻子的戒指

过了几天，妹妹来电话说那个酒鬼来了。

科尔急忙赶到妹妹的酒馆。妹妹对着角落努努嘴，然后领着科尔朝那边一张小桌子走了过去。

“史密斯先生。”妹妹转头为科尔介绍道，“您上次把戒指卖给了我抵酒账，我哥哥科尔看到这枚戒指，说想认识您一下。你们聊，我先去忙了。”

科尔一挑眉，轻轻地说：“我研究过首饰，这枚古董戒指挺贵重的，一定是你的心爱之物，卖了它多可惜啊！”

“唉，这其实是我儿子的遗物，我每次看见这枚戒指都很伤心，不如不见。”史密斯眼圈红了起来，他拿起面前的酒杯，猛喝了一大口。

“你儿子？”科尔心里一惊，“冒昧问一句，你儿子……他怎么了？”

史密斯打了个酒嗝，说：“他酒后开摩托车，结果……撞上了树，人没了。我太太很难过……后来，她却怀上了别人的孩子，这让我怎么抬得起头？”烂醉的史密斯喃喃自语。

见史密斯醉成这样，科尔问清楚史密斯的住址，把他送回了小镇上一家小旅店。

店主说，史密斯住在这里已经好几个月了，这个月的住宿费还没付呢。科尔帮史密斯结了账，还在史密斯的口袋里留了一些钱。

回去的路上，科尔的脑袋“嗡嗡”作响。两年前的那个雨夜，自己撞到的小伙，竟是史密斯的儿子！从史密斯的话里，科尔猜到了大致的经过——当晚，自己在移动小伙时，将那枚戒指遗落在了现场，人们把戒指当成了小伙的物品。小伙一身酒气，警察便认为他是酒后飙车，操作不当，导致了惨剧发生。

科尔不解的是，史密斯太太为了弥补丧子之痛，不顾年龄，再次怀孕。可她为什么要背叛自己的丈夫，怀上别的男人的孩子呢？

又过了一个星期，妹妹打电话告诉科尔，说是史密斯来酒馆找他。

科尔来到酒馆，史密斯热情地对他说：“谢谢你帮我支付房租，我一定会还的。”科尔只好说，戒指很贵重，得再给一些补偿。

接着，两人像老朋友一样，边喝边聊了起来。

几杯酒下肚，史密斯口齿不清起来，说：“我卖给你们的那枚戒指，可能是对戒哦！”

科尔听了这话不禁一愣，他放下手里的酒杯，问史密斯："你怎么知道的？"

"不瞒你说，我家还有一只类似款式的戒指，内圈刻着一样的英文字母。我猜，它们可能是一对。"

史密斯的话让科尔震惊了。

如果史密斯没骗人，那么，他家中的另一枚戒指，会不会就是妻子露丝的那枚呢？妻子的那枚戒指怎么会在他家里？

科尔试探道："我愿出高价，把你说的另一枚戒指买下来。"

史密斯挠了挠头，说："我已经很久没回家了。卖给你们的那枚，还是我偷偷回家拿出来的……"

将史密斯送回小旅馆，科尔一路上不停地在想，妻子的戒指怎么会在史密斯家里呢？这是一个重大线索，但科尔不能马上将线索告诉警方，因为他无法肯定，史密斯嘴里说的另一枚戒指就是妻子的那枚。而且，史密斯根本说不清另一枚戒指到底是怎么来的。史密斯说，儿子生前会收藏首饰，不排除他收了一枚相似款式的戒指。

科尔想，只有亲眼看到那枚戒指，才能肯定真假。

如何才能看到那枚戒指？科尔猛然想到，自己年轻时在学校演出中扮演过女孩子。他想出了一个办法：男扮女装，进入史密斯家。史密斯因为妻子不忠，短时间不会回去，他妻子一个人领着孩子在家。

对！冒充史密斯为妻子雇佣的小时工，进入他家，先取得史密斯太太的信任，再伺机找到那枚戒指。

就这样，科尔顺利进入了史密斯家中……

4. 孩子的秘密

自从发现露丝是假女人，琼斯表面不露声色，但时刻保持警惕。

这天，科尔刚到琼斯家，琼斯就说她要出去一趟，科尔觉得机会来了。听见车子离去的声音，科尔抱起摇篮里的孩子，假装找奶瓶，来到卧室。之前他已经观察到，琼斯会把贵重物件存放在小皮箱里。

等怀里的孩子睡着，科尔悄悄地打开衣橱门。果然，那只小皮箱正放在最上面的一层搁板上。

科尔轻轻地拿出小皮箱，蹲在地板上，从口袋里拿出准备好的工具，轻易地撬开了上面的锁。科尔无暇查看其他东西，他看到箱子里有一个精致的首饰盒，打开一看，顿时瞪大了眼睛：那枚戒指，真的是妻子露丝的！科尔的心揪了起来。

“露丝，你干吗呢？”科尔拿着戒指正在愣神，突然听见身后有人叫他。一回头，见琼斯站在卧室门口，正冷冷地看着他。

科尔一把收起戒指，结结巴巴地连声说道：“对不起，史密斯太太，我、我……”

“露丝？哦，不，我应该叫你先生！”琼斯带着嘲弄的口气又说，“说吧，费尽心思到我家里来，就为了偷戒指？”

“这是我妻子的戒指，怎么会在你家里？”眼看没必要隐瞒了，科尔激动地质问道。

“你妻子的……戒指？”琼斯眯起眼睛，看着科尔。

“是的！请您告诉我，她怎么了？求您了！”

琼斯沉默了半晌，开口道：“可以。不过，你得先告诉我，两年前，还有一枚同款的戒指，怎么会掉落在我儿子的车祸现场？”琼斯嗓门不高，眼里带着升腾的怒火。

科尔急着想要知道妻子的下落，语无伦次地把当晚的经过说了出来：“对不起，那枚戒指是我的，那条路太暗了……”

听了科尔的话，琼斯踉跄了一下，险些瘫倒在地。她扶住门框站好，咬牙切齿地说：“果然是你，害死了我儿子！”琼斯的眼泪“唰”地流了下来。

“史密斯太太，对不起。我是有错，可当时您的儿子真的已经不行了，即使叫来救护车也……”科尔一边说着抱歉，一边急切地望着琼斯，他想知道自己妻子的下落。

“呵呵！即使叫来救护车也救不了我儿子？”琼斯突然狂笑起来，

她长长地叹了一口气，“上帝呀，这难道真是您的旨意吗？”

科尔不解地看着琼斯，他弄不明白琼斯在说什么。

琼斯稍稍稳定了一下情绪，对科尔说：“好，现在我告诉你，你妻子的下落。半年前的那天，我开车出门，发现你妻子的车停在小路边，然后听见你妻子在小树林里呼救。我走进去一看，你妻子坐在地上，说她开车时感觉内急，来小树林想方便，可她发现自己好像要早产。”

“您帮她了，是吗？”科尔紧张地盯着琼斯。

琼斯看了一眼床上的孩子，又说：“是的，我是妇产科医生。当时的情况来不及呼叫救护车。虽然分娩过程不太顺利，但孩子总算平安落地。”

“我妻子呢？那个孩子呢？”科尔几乎跪在了地板上。

“她当时的状况很糟，大量出血。我想回车上拿电话叫救护车，但你妻子害怕得不行，她以为我要抛下她。她伸出双手，对我说‘救救我’。那时，我看见了她手上的戒指，和我儿子车祸现场留下的是同款戒指。”

“她见我盯着她的戒指看，就说这是她和丈夫的订婚戒，是对戒，还说如果我喜欢就送给我。”琼斯平静地叙述着。

科尔紧张地盯着琼斯。

“我仔细看了看戒指，内圈的英文字母也和家里的那枚一样。我眼前出现了我儿子惨白的脸。”琼斯脸色铁青，“我问她，她丈夫是干什么的。她说，是货车司机。她还告诉我，她丈夫的那枚戒指，两年前丢了……接着，她脱下戒指，塞到我手上，说对戒只剩一枚，戴着没意思……”

“当时你太太的话让我明白了，我儿子是被人撞死的，肇事者就是眼前这个产妇的丈夫！”琼斯歇斯底里地笑了起来，“如此惊人的巧合，只能是上帝的旨意！”

“你到底对我妻子和孩子干了什么啊？”科尔两拳紧握，愤怒地看着琼斯。

“你太太当时除了大出血，还出现了羊水栓塞症状，半小时内得不到抢救就会危及生命。我无能为力，即使叫救护车也来不及，也救不了她。你发觉没有，我这话和你说的，是一样的？”

“你这个狠毒的女人！”科尔愤怒不已，吼叫着想要扑过来。

“别动！”琼斯手里多了一把手枪，她命令科尔站住。

“知道心痛的滋味了？在我的孩子发生车祸时，你见死不救，选择逃逸。你有没有想过他父母的感受？你有什么资格谴责我？”琼斯也怒吼了起来。

床上的孩子被两人的争吵吓醒，高声哭了起来。琼斯和科尔同时一愣，科尔趁机抓起床上的孩子，“嗖”地往琼斯这边扔去，同时飞快地朝琼斯扑来！

“别伤到孩子！”琼斯一声惊呼，急忙丢掉手里的枪，一把接住孩子。等她刚站稳，科尔已经捡起地上的手枪，顶住了她的脑门。

科尔两眼发红，咬牙切齿地说：“说，我的妻子和孩子现在在哪？不说的话，就让你丈夫也尝到同时失去妻子和孩子的滋味！”

琼斯轻轻拍打着怀里的孩子，看了看科尔手里的枪，说：“你应该知道了，你太太失踪的日子和这孩子的出生日期是同一天。那你有没有想过……”

科尔看着琼斯，疑惑地问：“你想告诉我什么？”

5.上帝的旨意

琼斯长叹一声，说出了一直压在心头的秘密：一年多前，沉浸在丧子悲痛中的琼斯，忽然发现自己变得嗜睡、喜酸，生理期也推迟了。作为妇产科医生，琼斯猜测，自己怀孕了。丈夫史密斯听到这个消息，欣喜若狂。但随着时间的推移，琼斯失望地发现，自己并没有怀孕，只是由于精神压力太大，加上太渴望再拥有一个孩子，而出现了假性孕期反应。

琼斯不忍告

诉丈夫真相，她无法想象，丈夫知道了真相会怎样……

时间一天天过去，琼斯度日如年。为了圆谎，她在衣服里垫了硅胶，并不许丈夫再碰她。她当然不能让丈夫陪她一起去“产检”，她装作轻松地安慰丈夫：怀孕生孩子，自己是专家，让丈夫尽管放心。

假的终归是假的，纸里肯定包不住火。就在琼斯不知如何收场的时候，上帝给她送来了她最渴望的礼物。

十四号那天，琼斯对丈夫谎称去医院，开车出了门。和以往一样，琼斯想将车开到海边透透气，打发时间。经过一片树林时，她看见路边停着一辆白色皮卡，树林里传来微弱的求救声，于是她走了进去……

开始，琼斯出于医生的本能，帮露丝分娩。等她发现产妇的丈夫就是当年导致儿子车祸去世的肇事者时，琼斯的心态变了。

露丝生命的最后时刻，她拉着琼斯的手断断续续地说：“请将孩子交给我的丈夫……”话没说完，她就垂下了双手。

琼斯没按露丝的意思做。看着刚出生的女婴，她觉得这是上帝给她的礼物：老天为了补偿她，给她送来了这孩子；老天为了惩罚肇事者，让他还给自己一个孩子！

想到这，琼斯快速包裹好孩子，放在一边。她知道，这个地方荒无人烟，被人发现的概率很低。她仔细埋葬了露丝的遗体，又把皮卡开到海边，用自己的车将皮卡顶下大海。做完这一切，琼斯抱着孩子回了家，谎称自己在路上早产……

说到这，琼斯解脱似的叹了一口气，说：“来，开枪吧！这是你的女儿！”说着，琼斯依依不舍地

将怀里的孩子递给科尔。

科尔举着枪，迟疑着往后退了一步，他盯着眼前的孩子，不知如何是好：“你……说的是真的？”

“孩子是否亲生可以鉴定，把枪放下！”一个男人的声音从卧室门口传来。科尔和琼斯同时回头一看，见史密斯不知什么时候站在那儿了。

“亲爱的，我误会你了！”史密斯对琼斯说。

原来，史密斯在“女儿”出生后不久，进行了体检，得知自己的生育功能早就出了问题，这两年不可能当父亲。他以为妻子对他不忠，气得离家出走。

一个多月前，科尔频频请史密斯喝酒，还帮他支付房租。刚开始，史密斯觉得没什么，可后来一想，只凭一枚戒指，不可能让这个陌生人对自己如此慷慨。他开始怀疑，科尔就是妻子的情人，孩子的父亲！

史密斯越想越不对，这几天，他开始远远地跟踪科尔。他发现，科尔每天都去自己家里，两个小时后再离开。让史密斯大惑不解的是，科尔进出自己家时为何要装扮成一个女人？他在自己家干什么？

今天，史密斯发现科尔并没有像平常一样在十点钟离开，而且史密斯远远地看见，妻子从外面回来时，将车停在了院外，进入院子时还轻手轻脚，举动十分异常。

史密斯感觉不对劲，他想了想，决定去家里看个究竟。史密斯悄悄走进家里，听见了妻子和科尔在卧室里的所有对话。

“亲爱的，你终于回来了！”琼斯一见丈夫，抱着孩子，激动地朝史密斯跑去，史密斯也张开双臂，抱住了妻子和孩子。

看到眼前情景，科尔慢慢放下了手里的枪。他咬了咬嘴唇，对琼斯说：“我有一个请求，请带我去看一下埋葬我妻子的地方，然后我会去警局自首。”

琼斯点点头，说：“我带你去，然后我们一起去警局，把整件事和警察全部说清楚。”

科尔看向了史密斯：“我的孩子就先拜托给你照顾了。”说完，他将手里的两枚戒指留在了床头柜上。接着，他摘下头上的假发套，扔在了地上。科尔深情地亲吻了一下史密斯怀里的孩子，转过身，快步地往门外走去……

（**发稿编辑**：陶云韫）

（**题图、插图**：杨宏富）

这是一起不寻常的案件。死者身份特殊，案情秘而不宣，没有仵作，没有帮手，神捕方绝山独自一人，能否拨开迷雾，追寻真相……

□蒋诗经

大案寻踪

1.秘而不宣

方绝山在京城刑部任职，有“神捕”之称，能让他接手的案子，都是大案。这天，方绝山接到一封刑部的密函，让他速速赶往边塞重镇——东阳城。方绝山当即起身，到达时已是深夜。

城门口早有人在等候，问明了方绝山的身份后，片刻也没有耽误，直接将他带到了城内的悦来钱庄。钱庄外，竟然有重兵把守，岗哨森严。领路人带着方绝山，直接进入了钱庄。钱庄内空无一人，一片漆黑，唯有耳房尚有一星灯火。领路人轻手轻脚地来到耳房门前，压低嗓音禀道：“大人，方神捕到了。”房内应了一声：“请他进来！”领路人向方绝山做了个“请”的手势，悄然退去。

踏入耳房，方绝山不由得心中暗惊：屋内背手而立的中年人不是别人，正是刑部侍郎赵谦。要知道，在刑部，侍郎仅次于刑部尚书，是三品大员，可谓大权在握。看来，东阳城内确实有大案发生。

赵谦面色平静，稍稍打量了方

绝山一眼，说道：“方神捕，请随我来。”随后，赵谦亲自提着灯笼，带方绝山穿庭过院，来到一处奢华的书房。书房中，弥漫着一股血腥气。在灯笼的映照下，只见书桌后的座位上，斜坐着一具尸体。尸体双目圆睁，眼神中仿佛还留有最后的惊恐。尸体的胸口插着一把匕首，刀锋深入，直没至柄端。

对方绝山来说，这样的凶案现场并不稀奇。让他捉摸不透的是，赵谦这样的大人物为何亲临现场？

赵谦仿佛看穿了方绝山的想法，淡淡地说道：“方神捕，可知我为何急召你来？”

方绝山不敢贸然猜测，谦卑地答道：“卑职听候大人差遣。”赵谦点了点头，面色却凝重起来。

赵谦告诉方绝山，死者身份很特殊，名叫黄进，是刑部尚书倪清的小舅子。刑部尚书倪清，是赵谦的顶头上司，同时也是内阁大员，身份地位如日中天。方绝山依稀明白了，黄进的死已惊动了倪清，所以希望尽快破案。方绝山进京之前，曾在边塞任职多年，这里本是他扬名之地，人事皆熟。倪清点名让方绝山负责此案，想必也有这方面的考虑。

凶案现场保留良好，方绝山甚至觉得，保留得有些过于完好了。整个钱庄内只有赵谦和自己两人，再怎么说，也应该有当差的在现场帮忙，不至于如此冷清。

方绝山提出了心中的疑问，赵谦微微颔首道：“果然是神捕，丝毫不妥都瞒不过你的眼睛。封闭钱庄，是为了保证案件内情绝不外传。从现在开始，此案名义上不再属于刑部，要靠你一人之力捉拿凶手。”

方绝山一愣。独自办案倒没什么，但案情秘而不宣，难道其中有更大的隐情？赵谦没再解释，而是神色冷峻地提出了一个要求：务必尽快捉拿凶手，要活的。凶手归案后，该问的、不该问的，都不要审问，直接将凶手交给赵谦即可。

赵谦丢下一根金条，说道：“方神捕，这次办案的费用不要再报刑部了。希望你能记住我说的话，好好珍惜这次机会。”

方绝山看着赵谦高深莫测的脸色，听着他恩威并施的口气，只能点头称是，内心却苦不堪言。所谓大案，案情不一定复杂，而是因为所涉及的人物不同凡响。刑部尚书的小舅子当着钱庄的老板，又在这样的边塞重地……看来此案内幕重重。方绝山明白，既然自己被召唤至此，肯定再无退路了。

赵谦走后，方绝山在黑暗中深深地叹了口气。他揣起贵重的金条，不愿再去联想更多的内情。当务之急是尽快破案，缉拿凶手。

2. 疑点重重

点亮书桌上的蜡烛，方绝山开始细细地察看现场。从尸体的僵硬程度可以判断，死亡时间刚刚超过十二个时辰，也就是说，黄进是在昨天深夜遇害身亡的。书房内没有打斗的痕迹，黄进死时坐在椅中，可见他是突然遇害的。是来不及反抗，还是没打算反抗，不得而知。这只能说明，来者要不是绝顶高手，就是熟人。

匕首直接插入黄进的心脏，精准有力。方绝山暗道一声“得罪”，伸手握住匕首柄端，小心地拔出。只见匕首的造型简朴，但锋利无比，刃身上还刻有一个篆体的“义”字。凶器有了标识，寻找起线索来就事半功倍了。只是凶手为什么会留下这么重要的凶器？是疏忽大意，还是有恃无恐？

空无一物的书桌上还留有少许喷溅的血迹。方绝山闭目推想：深夜，黄进独坐在书桌前……突然，方绝山想到了什么，不由得睁开双眼：书桌上怎么会空无一物？这不合常理。他端起即将烧尽的蜡烛，在书桌上仔细寻找。蜡烛上也沾染了血迹，端起后在书桌上留下了一个圆形的“疤”。

方绝山灵光一现，在书桌上细细察看。终于，他凭着敏锐的目光看出，书桌上本来应该有一本书，书上多半也溅染了血迹。只是书已经被拿走，所以在原先放书本的位置，有一块方形区域无任何血迹。如果书是凶手拿走的，那么他拿到书后急于逃走，竟然连匕首也忘了带？这会是一本什么样的书？还是说，这不是书，而是……钱庄的账本？

当然，这一切都只是方绝山的推断，暂时无法被证实。这个案子难就难在这里，没有仵作，没有帮手，没有目击者，没有可以询问的人，连推断凶手的杀人动机也无从下手。现场唯一有价值的线索只有一把匕首。

天色渐亮，方绝山来到书房外，四处巡视了一番，钱庄内仍然一片死寂。到底是什么样的人深夜前来行凶，又是从何而来？方绝山思考了片刻，猛地纵身跃上了屋顶。屋

顶的瓦片在他脚下发出轻微响声，一片细瓦已经碎裂。方绝山低头，发现脚边有几片同样碎裂的瓦片，痕迹新鲜。看来，凶手是从屋顶跃入院中行凶，再沿原路逃走的。

顺着碎瓦，方绝山一路追寻，直到临街的一处矮房，痕迹方才消失——看来凶手是从这儿跳下屋顶的。

方绝山跳下了矮房。这是大街上的一个死角，偏僻且肮脏。墙角处，一个乞丐正在昏睡，身边放着拾来的垃圾。乞丐置身其中，仿佛也是垃圾的一部分。

方绝山拿出几枚铜钱，扔在了乞丐的破碗中，发出清脆的响声。乞丐懒洋洋地睁开眼，看见铜钱，立即爬了起来。方绝山又拿出一块碎银子，在乞丐的面前晃了晃，说："问你一个问题，如果知道答案，这银子归你。"

乞丐连连点头。方绝山问道："前天夜里，有没有人到这儿来过？"乞丐摇了摇头，突然想起什么似的，又说道："对了，前天夜里有个和尚，可能是迷路走到这死胡同里来了。一眨眼的工夫，他又不见了，我还以为自己在做梦呢。"

方绝山追问道："只此一人？"乞丐盯着方绝山手上的碎银，讨好地笑道："这里是垃圾胡同，没事谁会来这儿啊！我天天躺在这儿，除了这个和尚，这几天连个鬼影子也没见着。"

方绝山点点头，将碎银扔给乞丐，径自离去。

3. 山重水复

次日清晨，东阳城内传遍了一个消息：悦来钱庄的老板黄进突发疾病身亡。方绝山听后苦笑一声，这世间，很多事的真相被掩藏起来，不为人知。比如这个案子，方绝山要寻找的也并不是真相，而是真凶。从目前的线索来看，凶手很可能是一个和尚。

东阳城只有一个寺庙——南山寺。中午时分，方绝山到了此地，这是一座萧条破败的小庙，香火并不旺盛。边境连年的战乱早已使得人们无心拜佛。寺中，一个小沙弥正在井边打水，他看到方绝山，笑问施主来此何事。方绝山也不说话，挥拳就向小沙弥打去。小沙弥情急中跳向井后，勉强躲过。只一招，方绝山就已经明白，小沙弥虽会些武功，但从其身手来看，还不足以飞檐走壁。

小沙弥受惊之后，喝问方绝山是谁。方绝山微微一笑，反问小沙弥寺中还有何人，小沙弥扭过脸不愿回答。此时，一声佛号响起，一个独腿的老僧撑着木拐从屋内走出。老僧打量了一眼方绝山，低眉淡然说道："施主腰佩青翼刀，如果老衲没猜错的话，您是神捕方绝山吧？本寺中只有老衲和小徒，以医药为生，从不问世事。不知神捕来此，有何贵干？"

方绝山暗叫一声惭愧，他掩不住心中的失望，眼前这老僧就算武功再高，也不可能独腿飞上屋顶，看来这趟是白来了。想到此，方绝山不再遮遮掩掩，他坦然承认了身份，又掏出那把匕首，问道："大师可识得这匕首？"

老僧看了一眼，神色微变，道："这匕首的主人是老衲的大徒儿，不知它为何会在施主的手中？"

方绝山苦于无法说出实情，只好硬着头皮问道："大师，你的大徒儿叫什么名字，现在何处？"

老僧长叹一声，说道："他俗名古有义。三年前，为了保家卫国，他毅然还俗，投奔了顾家军。这把匕首，就是那时他找人定制、用来防身的。不久前，有军中的人寻来，告诉老衲，顾家军已全军覆没。如果小徒没当逃兵，想来也难逃此劫。"

方绝山曾在边塞多年，自然听说过顾家军的威名。顾家军的统帅顾守境是个铁血汉子，带领手下将士抵御敌军，保边塞一方安宁。只可惜在两个月前，顾家军被敌军以十倍军力困在千岩山城，最后突围失败，据说全军覆没，无人生还。这样说来，匕首的主人早在两个月前已战死沙场，那这把匕首为什么又会扎在黄进的胸口？

此行唯一的收获就是确定了匕首的主人叫古有义。如今古有义活不见人，死不见尸，又该如何寻找？

老僧望着陷入沉思的方绝山，轻叹了一声，说道："如果小徒真的还活在世上，我相信以您的能力，想找他应该不是难事。"说完，老僧让小沙弥拿出一张画像，交给方绝山——这正是古有义的画像。或许，老僧也在期待徒儿未死的消息吧。

江湖人有江湖人的规矩，也有江湖人特有的门路。方绝山是官家人，道不同不相为谋，平时都尽可能地远离江湖是非。可是这一次，他不得不求助丐帮，因为凭借他一个人的力量，要在茫茫人海中寻找古有义，恐怕比登天还难。丐帮的耳目遍布天下，有画像在手，找一个人应该不算难事。

方绝山将一根金条放在丐帮帮主的面前。帮主将金条推回，瞟了方绝山一眼，说道："绝山兄，你轻看我丐帮了。我帮你是因为你我多年的情谊，不然，就算是你们刑部尚书亲自来，我也不会帮这个忙的。"方绝山无奈苦笑，抱拳致谢。

案发才过两日，如果古有义是凶手，应该还没走多远，丐帮寻找起来也不会太费时。方绝山独自在客栈中枯等了几日，却一直没有任何消息。直到七日之后，方绝山才接到丐帮的讯息：古有义在千里之外的清风镇当郎中。

方绝山心中奇怪，短短几日，古有义怎么去了如此偏远的地方？他来不及多想，快马加鞭、日夜兼程地向清风镇赶去。一路上，他敏锐地发现，有人一直在暗地里跟踪自己。会是谁呢？回想起赵谦的慎重，方绝山猜测，刑部可能在暗中派人监视着自己。

这起案子，让方绝山内心五味杂陈。

好在已经有了古有义的下落，相信一切很快就会结束了。

4. 命悬一线

清风镇山清水秀，宛如世外桃源，在这样的小镇上寻找一个郎中并不难。夕阳西下，方绝山走进一个农家小院，院门上挂着一个药葫芦。郎中正在院中专心地碾着草药，方绝山朗声问道："你就是古有义？"

古有义浑身一震，他在此地一直用的是化名，如今有人叫出他的真名，怎能不让他震惊？古有义缓缓地回过头来，像狼一般凶狠地盯着方绝山。方绝山不愿多费口舌，拿出那把匕首问道："这可是你的匕首？"

古有义没有否认，沉声说："你们终于还是找来了。"说罢，他突然先发制人，抡起手中板凳向方绝山砸来。

方绝山早有防备，侧身让过，青翼刀随即出鞘，直指古有义的咽喉，想让他知难而退。谁知古有义对利刃视若无睹，依然拼命地向方绝山进攻，这架势，竟是打算两败俱伤。方绝山冷笑一声，突然改变招式，刀分三路，向对方劈去。古有义再想躲闪已来不及，刀光带着寒风劈向了他的胸口。

这一刀下去，恐怕粗木也会被劈成两半，古有义却只觉得胸口一阵钝痛，跌倒在地。此时他方才明白，方绝山刀下留情，只是用刀背劈中了自己。刀入鞘，方绝山拿出一根绳索，将古有义捆绑起来。

就在这时，传来一阵破空之声，一枚弩箭向方绝山疾射而来。方绝山并未回头，猛然挥动青翼刀。刀击中弩箭，发出清脆的撞击之声。

方绝山感觉虎口震荡，可见这一箭毫不留情。方绝山心中暗惊：跟踪自己的不也是刑部的人吗？怎会如此痛下杀手？

方绝山回身，只见一个蒙面人手持雁翎刀，跃入院中。方绝山脸有愠色，缓缓地说道："在下刑部捕快方绝山，不知这位朋友一路跟随，究竟是何来路？"

谁知蒙面人充耳不闻，雁翎刀径直向方绝山劈来，方绝山只能抽刀应对。招式来往之间，方绝山越来越心惊：这蒙面人的武功竟不在自己之下！方绝山不知他的来路，手下留了余地。蒙面人却毫不留情，趁方绝山一时不备，刀往下走，掠向他的下盘。方绝山急忙后退，但腿间依然传来一阵疼痛，两腿已被割伤。

方绝山喝问："你到底是什么人，为何如此苦苦相逼？"

蒙面人仍不答话，见方绝山受伤后跌坐在地，他突然转头，刀锋竟砍向了一旁的古有义。古有义被捆绑着，毫无反抗之力，只能双眼紧闭，任其宰割。眼看古有义就要成为刀下亡魂，方绝山怒从心头起，力贯手臂，将青翼刀隔空掷向了蒙面人。蒙面人没料到方绝山还有这一招，等他反应过来，青翼刀已经如同箭矢直穿胸口。雁翎刀落地，蒙面人倒地身亡。

方绝山杀了蒙面人，实属为救古有义的无奈之举。他叹了口气，走到蒙面人身边，收回青翼刀，揭开了他蒙面的黑布。细看之后，方绝山不由得大惊失色，这蒙面人不是别人，竟是那日垃圾胡同里的乞丐！就是他说在案发之夜看到一个和尚，方绝山才会根据线索追查到古有义身上。想到此，方绝山顿感不寒而栗，看来，从一开始，自己的行动不但在人监视之中，而且还在别人的算计之中。

还未理清思路，方绝山突然感觉眼前一黑，一阵眩晕。雁翎刀上有毒！这是方绝山昏迷前发现的最后一个真相。

也不知道过了多久，方绝山缓缓地醒来。他发现自己睡在床上，一旁，古有义依然面无表情地在碾药，只是没了初见时的凶狠。

见方绝山醒了，古有义冷冷地说道："要不是你救了我一命，你就是死在我的眼前，我也不会救你，因为我再也不会相信官家的人！"

方绝山暗叹一声侥幸，如果古有义不是郎中，只怕自己已经中毒身亡了。他挣扎着起身，说道："即便如此，我也要拿你归案！”

古有义苦笑一声，说：“请问我身犯何罪？我不是逃兵，难道丢了一把匕首也有罪吗？”

丢了一把匕首？难道说，杀死黄进的凶手不是古有义？方绝山原本只想捉拿古有义，结束这蹊跷的案件，但现在，古有义否认自己杀死了黄进，那就必须追问出这把匕首的来龙去脉，再作打算。

古有义接过方绝山递来的匕首，细看了一会儿，长叹一声，慢慢说起了两个月前发生的事情。

5. 任重道远

两个月前，顾家军被敌军围困于千岩山城。山城中天寒地冻，粮草殆尽。生死攸关的时刻，统帅顾守境决定吃完最后的粮食，三日后突围。敌军的军力是顾家军的十倍，突围本是不得已为之，唯一的希望是请来救兵，从外围攻打敌军，里应外合，或许还有一线生机。于是，顾守境在军中挑选武艺高强的将士，组成敢死队，向山外送信请救兵。最近的救兵就是百里外东阳城驻守的军队。

古有义熟悉地形，又会武功，主动报名参加了敢死队。敢死队一共十人，他们攀绝壁，渡冰河，一路上又有敌军的阻击，最终，十人中九人丧生，只有古有义死里逃生，好不容易杀出重围，到达东阳城，见到了东阳城的总兵胡永权。

胡永权看了古有义带来的求救信，露出将信将疑的神色。这可以理解，毕竟东阳城的军队和敌军相比，也不足其一半，到时定有一场恶战。但如果计划成功，则可保全顾家军。

古有义见胡永权犹疑不决，又亮出顾守境的令牌，胡永权这才吩咐人安排他在营内休息。

半夜里，古有义怎么也睡不着。他偷偷潜入总兵大营，想打探一下胡永权到底是否打算出兵，不料却偷听到胡永权正和几个心腹在密谈：如果出兵，难免一场恶战；如果按兵不动，又有违军法。最后，胡永权下令，杀掉古有义灭口，装作不曾接到求救信。

古有义在营外听得心惊胆战，没想到自己出生入死来搬救兵，竟落得这个下场。他来不及多想，立刻连夜逃出大营。刚逃出不久，就遇到有人追杀，看来胡永权已经发现他逃跑了。反抗中，古有义的匕首被打落。无奈之下，他跳入了冰

冷的护城河，游到对岸，才得以脱身。此时再想回山城报信，已不可能，古有义甚至不敢想象，三日后顾家军的兄弟们突围时的情景。

在逃亡的途中，古有义果然听说顾家军全军覆没。心灰意冷之际，他远遁到千里之外的清水镇，想隐姓埋名了此残生。他也清楚，胡永权一旦知道他在哪儿，肯定不会善罢甘休。可惜就算他再小心，还是被方绝山找上了门，并引来了胡永权的杀手。

古有义艰难地说完这一切，从怀里取出顾守境的令牌置于案上，双眼已经含满了泪水。

方绝山看到令牌，心头响起了一声炸雷。令牌是真的，古有义所言不虚。这样说来，胡永权是一个千古罪人！

对胡永权这人，方绝山也有所耳闻。他是刑部尚书倪清的得意门生，经倪清在内阁举荐，平步青云，成为驻守东阳城的总兵。

现在有一点已经可以确认，蒙面人确实是军中派来的杀手，雁翎刀正是军营的官用兵器。南山寺的老僧说，曾有军中的人向他打听古有义，现在想来，肯定也是胡永权派去的人，只不过无功而返。

随后，就发生了悦来钱庄的杀人案，方绝山被牵扯进来，靠着江湖力量在茫茫人海中找到了古有义。这盘根错节的一步步，到底是怎么实现的？胡永权与悦来钱庄杀人案又有什么关联？方绝山陷入了沉思。案件的每一个细节在他脑中闪现，良久，方绝山突然长叹一声，事件的脉络终于变得清晰起来。

胡永权虽是总兵，但他只有军权，要找到远逃的古有义，还是十分困难的。而古有义一天不死，胡永权的心病就一天去除不了。如何才能找到古有义，胡永权深思熟虑之下，想到了一个办法——借助刑部的力量。

胡永权本就是刑部尚书倪清的人。倪清的小舅子黄进开的悦来钱庄里有什么猫腻，胡永权自然深知内情。其实，胡永权和黄进都是为倪清在边关敛财的人。这样的人，又怎么会为了援救顾家军而拼命呢？他拒不发兵、杀人灭口都是重罪，一旦事发，连倪清也无法保他。所以这件事，胡永权根本无法向倪清明说。

于是，胡永权派杀手刺杀了黄进并拿走账本，想让倪清误以为有人发现了自己的贪腐之事，好让倪清派出得力人手追查，并不会被外界知晓。果然，倪清派来心腹赵谦，并指派神捕方绝山处理此案。

杀死黄进的人，可能和黄进本就相识，所以黄进毫无防备地被杀。随后，杀手故意在现场留下古有义的匕首，并留下屋顶的线索，让方绝山顺着痕迹找到垃圾胡同的乞丐，乞丐也是胡永权的人。胡永权已查过古有义的来历，知道他参军前在南山寺出家，因此借乞丐之口告诉方绝山，凶手是一个和尚。方绝山由此线索，果然追查到了古有义身上。

方绝山用江湖手段找到了古有义，这正是胡永权所期望的。胡永权的杀手一路跟随，好确保在找到古有义的第一时间杀人灭口。死无对证，所有事情都将烟消云散。就算古有义没被杀死，最后落在倪清手里，胡永权手握账本，也有恃无恐。

案情推断至此，方绝山终于恍然大悟。对胡永权来说，这确实是一石二鸟的好计。

古有义听完方绝山的分析，愤然骂道：“奸臣当道，顾家军的血都白流了！”方绝山无奈地看向他，说：“就算是这样，你也得跟我回京城一趟。”

古有义冷笑道：“是啊，你不过是个捕快，又能怎样？把我献出去，你很快就能加官晋爵了。”

方绝山苦笑着摇了摇头，说：“不，我能找到你，证明我有自己的门路。奸佞不除，国将不国。我有方法能绕过刑部，将此案直接呈报给皇上，但你必须成为证人！”

古有义仰天长叹，大义凛然地说道：“好，我答应你！如果真能扳倒这群奸臣，我情愿去死，就当已经和兄弟们战死在沙场上了。”

方绝山沉重地点了点头，他心里清楚，真正的大案才刚刚开始。

（**发稿编辑**：吕　佳）

（**题图、插图**：谢　颖）

故事会微信号：story63，欢迎添加故事会微信，参与互动！

·神探夏洛克·

露馅的足球

夏洛克在机场候机时，身旁坐着一个追星的球迷。两人寒暄起来，球迷还给夏洛克看了他随身带着的足球："这可是限量版，而且上面都是我收集到的各国球星签名。"

夏洛克接过那只足球，看了一下那些笔迹各异的签名之后，赞叹道："精美极了，那么你的下一站是哪里呢？"

球迷答道："美国，洛杉矶。"听完之后，夏洛克便起身说道："时间还早，我去买份报纸。"夏洛克离开后，并没有去买报纸，而是直接叫来了海关警察，因为这个球迷是假冒的，实际上是一个毒贩。夏洛克是怎么发现破绽的呢？

超级视觉

你的眼睛会骗你吗，还是眼睛自己也被图案骗到了？立方体是什么时候偷偷变成圆柱体的呢？聪明的你看出来了吗？

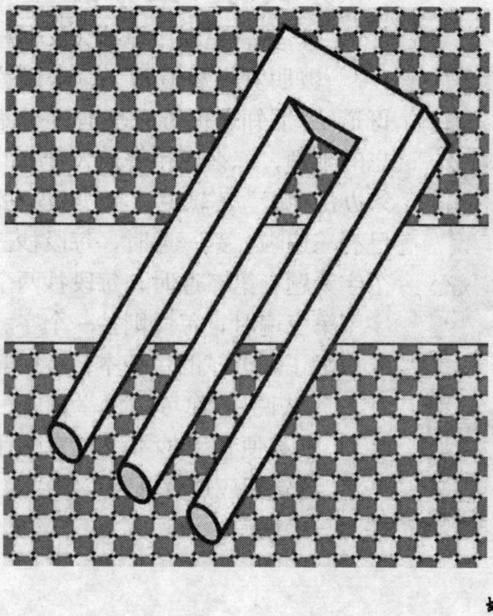

疯狂 QA

8个圆环连在一起，你能只切断其中一个就使8个圆环全部都分开吗？

想知道答案吗？

1. 购买2023年3月下《故事会》。
2. 扫二维码：

动感地带，与您不见不散！上期答案见本期P91。

刘敞博学

北宋学者刘敞博学多才。在长安时，地方长官李士衡家里收藏了一方唐代的端砚，号称是李白用过的，当时以为稀世珍宝。有一次宴会，刘敞看到了这方砚台，砚台下刻字写着："天宝八年冬，端州东溪石，太白书。"他大笑着说："天宝哪里会称'年'？那会儿都称'载'。何况李白也不会自己称自己为太白，那是别人称呼他用的。"在场的人一听有理，一阵唏嘘。于是，李士衡再不敢向人炫耀自己的砚台了。

蔡元培登门"请安"

蔡元培担任北京大学校长时，聘请了很多专家学者来校任教。到了每月发薪日，他都一一登门，亲自"请安"。每次，他都穿着正装，与助手一起前往。到了人家的家门前，先由助手上前轻拍门环，蔡元培则站立一边静候。等教授开门,他已在门口躬身作揖。进了厅堂，不到十分钟的雅叙后，蔡元培起身再躬身作揖，然后离去。而就在双方短暂的叙谈中，薪酬已由助手悄悄交给了教授的家人，蔡元培直到离去，口中也绝不提及薪酬一事。

苏轼的"笨办法"

一日,苏轼正在屋里抄《汉书》,被朋友朱载看到了。朱载惊讶道："都知道你苏东坡有过目不忘的本领，怎么还用普通人抄书的笨办法呢？"苏轼说："我抄《汉书》已有三遍啦，第一遍时，每段抄三个字为题；第二遍时，每段抄两个字；第三遍时，每段则抄一个字。"朱载翻了翻苏轼的手抄本，不解其意。苏轼说："你可以试举题上一字。"朱载便在手抄本上随意念了一字,苏轼即应声背诵题下数百字,并无一字误差。

杨次公巧治米芾

杨次公担任按察使时，听说米芾酷爱奇石，往往因私废公。一日，杨次公见米芾又在摆弄石头，便正色道：“公务都没处理，还有闲心玩石头？”米芾掏出一块奇石，说：“这样漂亮的石头，岂能不爱？”说着，他又拿出另一块更好看的石头把玩。杨次公忽然一把抢过：“这样的石头我也喜爱，姑且先存在我这里，等你把积压的公务处理完，再还你。”米芾连哭带求，杨次公都不为所动，米芾只好老老实实地把公文都批完了。

秦桧之奸

一次，显仁太后说：“如今大一点的子鱼少，不能一饱口福。”秦桧夫人接着话茬就说：“我家就有，改天给您送几百条来。”回家后，夫人得意地把这事告诉了秦桧，不料秦桧把脸一沉：“你懂什么！你这么说，不就暴露了咱的家业吗？”第二天，秦桧夫人带了几百条青鱼进宫。显仁太后见状大笑，事后还说：“我就说这婆子没见过世面，这是青鱼，看着像子鱼，实际上差远啦！”殊不知，这正是秦桧想出的保身之计。

刘承规治理宫廷

刘承规是宋太宗的心腹宫人。一次，他抓到一名偷珍珠的宫女，偏偏宋太宗挺喜爱这丫头，想饶她一命。刘承规却义正词严地说：“必须活取心肝，以儆效尤。”不多时，刘承规带回一个沾着鲜血的盒子，宫里那些宫女、太监见了都吓得直哆嗦。见宋太宗也十分惋惜，刘承规上前打开盒子给他看了一眼，竟然是空的。刘承规说：“我并未杀那宫女，而是打发她走了。之所以这么做，不过是想震慑宫里那些有坏心思的人罢了。”

沈元用强记

一日，宋朝肃王赵枢与沈元用在散步时偶然见到一块唐碑，文辞华丽，有三千多字。沈元用一向善于强记，当场朗诵了一遍。回到住处，他还想再卖弄一下才华，就开始默写那篇碑文。默完后，他说：“可惜还有十四个字没默出来。”这时，肃王开口了：“我来帮你补足这些字。”说罢，肃王拿起笔填上了空缺，还修改了沈元用写错的地方。这下，沈元用不说话了。

（供稿：严　俊 潘光贤 姚秦川）

（本栏插图：孙小片）

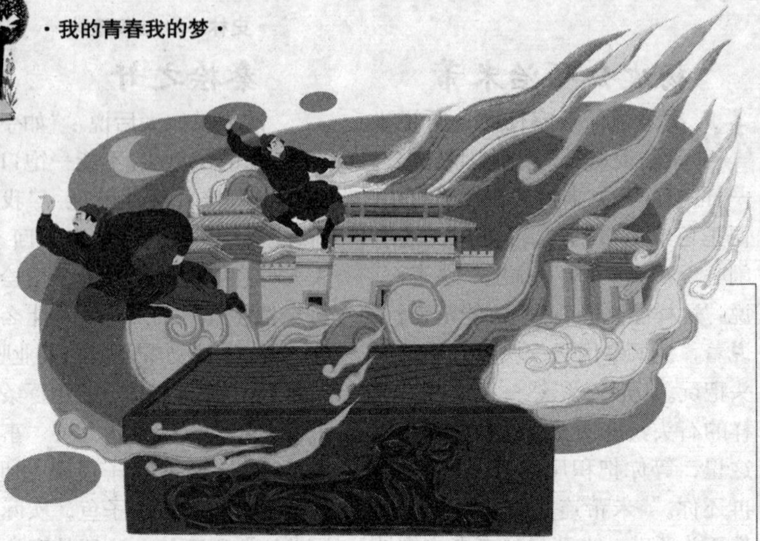

盗宝记

□ 上海市青浦区徐泾中学
王雨茗

大宋年间，都城汴京很是繁华热闹。离皇宫不远的御街上有家小茶馆，门头匾额上书“二里香”。低调的店名和简朴的风格，在周围的店铺中显得毫不起眼。

这天午后，“二里香”有客人上门。那人身着灰衣，操着北方口音，与大掌柜在雅间里喝了一壶茶，临走时留下一箱金元宝。

看不出这小小茶馆，竟有如此大手笔的客人。原来，这“二里香”竟是令人闻之色变的江湖第一大帮派的据点，卧虎藏龙、高手如云，只要银子到位，没有办不妥的事。

次日，大掌柜召大弟子和二弟子到密室中交代任务：这次是要去皇宫大内，从皇帝的龙案上盗取一部全天下独一无二的经书。有线报称，那经书装在一个刻了卧虎的匣子里。

三人商议后，定下今晚行动，正待离开，只听桌下一声闷响。大弟子反应极快，闪身挑开桌布，长剑瞬间便架在了桌下那人的脖颈上。不承想，那人不但毫无惧意，反而赖皮地一笑：“爹……”

桌下的人正是大掌柜的独生儿子，人称“闹小爷”。他自幼顽劣，到处惹是生非，还对飞檐走壁的轻功兴趣非常。近日他又结交了江湖上的飞贼，学得一手溜门撬锁、掏包摸袋的本事，自称“盗侠”。不过，没见他行侠仗义，反倒把“二里香”闹得人仰马翻，大掌柜一气之下将闹小爷禁闭房中。

然而，区区房门又怎能锁得住闹小爷？他不但很快溜了出来，还将“二里香”上上下下的锁都开了一遍。刚开到这间密室，就听到大掌柜带人过来，他只好躲进房内，又钻进桌底。

此时，大掌柜和两个弟子面面相觑，都明白刚才商议的计划被这小子听了个清楚。

闹小爷得意地说：“师兄们干的都是江湖大事，这等盗宝的小生意，可是小爷我的强项啊，不如这次……”

“闭嘴！”不等他说完，大掌柜就一声怒喝，“就凭你，连宫门都进不去，给我滚！”

当晚，在夜色的掩护下，两个身影擦着屋檐瓦角，向京城那守卫最森严的所在飞奔而去。在他们身后，远远地还跟着一个略显鬼祟、却也算得上轻盈迅捷的身影。

两位师兄当真不凡，在号称固若金汤的皇宫内来去自如，不出半个时辰，便已得手，前后只惊动了几只家猫野雀。眼看二人纵身翻出宫墙，即刻便要返回，一直等在墙根阴影处的闹小爷不由得心里焦急——果然如他爹所料，他连宫门都没能进去。

闹小爷心想：此番前来，就是为了给“盗侠”的名号扬名立万，如今竟连出手的机会都没有，难道小爷我要白来一趟？不如——将经书从师兄那里偷过来，这功劳不就成我的了？

说干就干，闹小爷施展轻功，追上两位师兄。两人听到动静，急忙转身戒备。闹小爷迎上前，赔笑道：“两位师兄，小弟来接你们啦！”

两人正疑惑间，闹小爷已走到了跟前，他一眼瞥见二师兄的怀里揣着一个长形盒子。

“二师兄，你这里脏了。”闹小爷出手如电，向二师兄怀里一扫，木匣就到了手中。然而，二师兄何许人也？他一时不备，被钻了空子，立刻反手就抓住了闹小爷的手腕。

闹小爷奋力挣脱，怎知那匣子盖得不紧，拉扯间，里面的经书掉落出来，他大师兄急忙去捡。

“噫！”拉扯的两人都低头看

去，这哪里是什么经书，分明是一张密密麻麻标满了山河关隘的地图！

三人大惊。

“难道偷错了？”二师兄沉吟道，“不对啊，御案上只有这一个刻着卧虎的匣子，难道客人要的就是这个？”

大师兄双眉紧皱：“此图在御案之上，恐怕不是普通地图，而是边军布防图。那客人的相貌和口音，确实不似我宋人。”

二师兄骇然道：“莫非是辽国的探子？”

闹小爷急道：“这图绝不能交给他，险些成了卖国贼！”

大师兄想了想道：“事关重大，还是交给师父定夺吧！”

三人回到“二里香”，向大掌柜禀明了此事。大掌柜思忖片刻，唤来了“二里香”的账房先生——江湖人称“妙手书生”，一手字画篆刻可以假乱真。他按地图的样式仿制了一张，只是将兵力部署乱改一通，又找来一个极相似的匣子，刻上卧虎图样。即便皇帝亲自前来，也未必能辨出真假，何况那从未见过真品的辽人呢！

随后，两位师兄将真图真匣原封不动地放回了皇宫里，只待次日将那赝品与“客人”交货了。

天色破晓，盗宝之事终于圆满完成，“二里香”里，人人疲惫中带着欣慰。虽然他们只是江湖草莽，但国家兴亡，匹夫有责，保住了大宋的机密，也就保住了老百姓的太平生活。

此时只有闹小爷神情迷茫。他这一趟，究竟是白跑了，还是没白跑呢？

（此稿为“我的青春我的梦”第三届中小学生故事会征文获奖作品）

（**指导老师**：顾轶群）

（**发稿编辑**：吕　佳）

（**题图、插图**：孙小片）

仰望天空的小狗

过街天桥上有一个乞丐。偶尔有人把硬币丢在他的小盆里，他总算能填饱肚子。乞丐坚持着一个习惯：每天买张彩票。

夜幕降临，乞丐回到住处：城郊一个废弃的菜园。菜园里有一眼枯井，井边有棵老树。

一天，天桥上跑来一条瑟瑟发抖的小狗。小狗试探着舔舐乞丐的小盆，昨晚，乞丐用它装过食物。乞丐把小狗搂进怀里，两个不被牵挂的生命，紧紧地依偎在一起。

小狗很聪明，会叼着小盆打转。路人惊奇，纷纷把钱放进小盆。接着，好运随之降临，乞丐的彩票居然中了大奖。他买下菜园，建起豪华的房子，还保留了后院的枯井和老树。

乞丐迷上了购物。售货小姐露出迷人的微笑，对他说：“先生好。”乞丐很高兴，有尊严的生活真好！唯一让乞丐感到尴尬的，是他的小狗。尽管它已被梳洗干净，但斑驳的毛色还是暴露了它低贱的身份。

乞丐决心让小狗从自己眼前消失，他要忘掉卑贱的过去。乞丐把小狗关在后院的枯井里，井很深，井底潮湿，除了井壁渗出的水滴，什么吃的也没有，好在乞丐每天会往井里投几块肉。

在井底，无论白天黑夜，小狗一直仰着脑袋向上张望。除了每天落下来的几块肉，什么也没有。

一个多月过去了，乞丐并不快乐。人们微笑的眼神让乞丐想起了动物园里给人们敬礼的狗熊——狗熊看重的只是你手里的食物，根本不在乎你是谁。他意识到，世上只有那条小狗才是自己的朋友。

乞丐跑到井边，救出他的小狗。看着小狗，乞丐痛哭失声——小狗的脑袋一直朝后仰着。因为在井下待的时间过长，小狗的脖子已经无法伸直，只能仰着头在地上打转。

这天，乞丐有了新的打算，他通知其他乞丐："每天到我这里来领钱吧。"

消息迅速传开，领钱的队伍越来越长。电视台的人也来了，晚间新闻播出了这一盛况。乞丐沉醉在自己的壮举之中，钱像水一样流了出去。直到有一天，银行通知乞丐："先生，您的账户已没有一分钱了。"乞丐不得不向众人宣布："我没钱可发了！"

人们开始咒骂，用石头砸他家的门窗。乞丐吓坏了，逃到了后院。他爬下井去，甚至忘了把小狗带上。快到达井底时，绳梯拴在树上的一端突然断开，乞丐和他的绳梯一起摔到了井底。疯狂的人们捣毁了他的房屋，拿走了所有东西。没有人发现井里的乞丐。

半夜，乞丐喊："救命！"

除了小狗，没人知道他在井底。乞丐对着太阳喊，对着月亮喊，却没人听见。

小狗每天四处寻找食物扔下来：变味的骨头，发霉的面包……扔下什么乞丐就吃什么。

好几天，小狗没往下扔东西，乞丐不知出了什么事。他望着井口的天空，猜想自己快死了。

这天早晨，井口隐约传来说话声。乞丐拼尽全力喊了起来，被人们用绳子吊了上来。拉乞丐上来的人说："要不是这条小狗死在井边，没人能听见你的喊声。"

乞丐看见了骨瘦如柴的小狗，它是被饿死的。

乞丐把小狗埋在了后院。从此，人们再也没有见到过这个乞丐，不过有人记得，乞丐走的时候脖子一直朝后弯着，眼睛直瞪瞪地仰望着天空。

（**作者**：保罗·詹尼斯）

（**推荐者**：赵泽浦）

（**发稿编辑**：陶云韫）

（**题图**：孙小片）

神枪手

□徐嘉青

早年间，黄河北沿儿有个村子叫鹅脖湾，村里有个人叫何大宝。要说这何大宝样样都好，只有一点不受人待见，就是爱吹牛显摆。

在离鹅脖湾二十里的黄河滩里住着一帮土匪，领头儿的叫马秃子，他隔三岔五地就带着手下来抢夺附近村子里的钱粮。

这天晌午吃过饭，何大宝跟村里人聚在街口闲聊，说着说着，就提到了马秃子。有人故意埋汰何大宝，说："大宝，你不是样样儿都中嘛，要是跟马秃子比比枪法，谁赢啊？"

何大宝不假思索地说："当年我可是出了名的神枪手，他要是跟我比，一准输！"

旁边的人听了，脸上都露出不相信的表情。何大宝一看，连忙说："你们还别不信，前儿回他来咱村里，那时我正好有事儿没在家。要是有我在，保准让他灰溜溜地滚回去。"

事儿也偏偏凑巧，当天晚上，马秃子就来村里抢东西了。村里有个二愣子，壮着胆子就把何大宝说过的话跟马秃子说了。马秃子一听，眼眉当即就竖了起来："啥？还有人敢这么看不起老子？你头前带路，我倒要看看这个何大宝长了几个脑袋！"

二愣子知道说漏了嘴，可后悔也晚了，只好领着马秃子去了何大

宝家。

到了地方，马秃子一脚就踹开了门，进到院里后高声叫道："何大宝，你不是说自个儿是神枪手吗？马爷今儿个来了，咱俩就比试比试！"

听到响动，何大宝隔着窗子看了看外边，不禁吓得腿直打颤。自个儿连枪咋个使法都不知晓，咋跟人家比呀？他后悔不该吹牛，可事到如今，后悔能有啥用？要是不出去，只怕全家人的性命都难保。最后他咬了咬牙，只得硬着头皮走了出去。

何大宝和马秃子打了照面之后，连忙拱手施礼说："我当是谁呢，原来是马爷大驾光临！"

还没等何大宝接着说下去，马秃子就气呼呼地说："你就是何大宝？哼，你小子说，我跟你比枪法肯定会输，我见着你就只能灰溜溜地夹着尾巴滚回去？"

何大宝打哈哈说："我啥时候说过这话？谁不知道马爷才是真正的神枪手！"

马秃子扭头看了一眼旁边的二愣子，对何大宝说："你抵赖也没用，这话你是今儿个晌午饭后说的，对不对？听到你说这话的人多了！今儿个你比也得比，不比也得比，我倒要看看你这个神枪手是怎么个神法！"

何大宝脸上冒出了汗，他稳了稳心神，说："马爷，我就是想比，也没有枪啊！"

马秃子把手中的枪往前一递，说："用我的枪。"

何大宝一看这架势，知道自己

是在劫难逃了。他抖着手抓过枪，勉强端平枪口，在另一只手上一磕，口里大叫一声："瘩子！"

这两个字刚一出口，就听"砰"的一声响，随即听到马秃子"哎哟"一声，捂着脑袋蹲到了地上。何大宝也是吃惊不小，端着冒烟的枪，愣在那儿一动也不动。

过了片刻，马秃子站起来，冲着何大宝一拱手，说："还是你枪法高，佩服佩服！"说完，他小心翼翼地从何大宝手中拿过那把枪，然后手一挥，领着一众手下"哗啦"就撤走了。

旁边围观的村里人一看马秃子走了，纷纷围了过来，七嘴八舌地议论。有人说："大宝，厉害啊，没想到你还真是神枪手！"

何大宝惊魂未定，喘了半天气才回过神来。他小声地问："马秃子走了？"

有人接话说："走了，估摸着以后再也不敢来咱这儿了。"

何大宝说："马秃子咋就走了呢？"

有人说："大宝，你这是咋了？明摆着的事儿装糊涂！"

何大宝一头雾水，问："我装啥糊涂？"

那人又说："刚才你随随便便磕了下枪，连准儿都没瞄，就把马秃子脑袋左侧的瘩子给打掉了。你要是想打他的脑袋，还不是想咋打就咋打？"

何大宝这才明白，原来是这么一回事儿！他干笑两声，算是认同了。

大家伙不知道，马秃子的那把枪是上了膛的。何大宝惊慌之下，磕的时候也没个准劲儿，恰好碰着了枪栓，子弹就被打了出去，恰好将马秃子脑袋上的瘩子打中。其实，何大宝根本不知道马秃子脑袋上有个瘩子。

至于说何大宝开枪时为啥要大喊一声"瘩子"，那是因为昨天他老婆刚给他生了个儿子，生下来眉心上就长着个瘩子，于是起了个小名儿叫"瘩子"。何大宝想着，开完这一枪，自己是再也见不着儿子了，就喊了一声儿子的小名，没想到会是这般结果。

（发稿编辑：吕　佳）

（题图、插图：孙小片）

2023年2月（下）动感地带答案

神探夏洛克答案： 保险柜本身就是开着的，约翰反而又把它锁上了。

思维风暴答案： 骑士。

不戴手套

□ 徐扬辰

这天，一个瘦道士正向一个胖道士炫耀自己珍藏的奇珍异宝。

只见瘦道士从随身的袋子里取出一副粗麻布手套，当着胖道士的面戴上后，摸了摸正在烧水的铜水壶。不一会儿，那水壶竟开始向外面涌出源源不断的铜水，凝固在地上，成了巨大的铜块。

见胖道士的眼神都直了，瘦道士不屑地说道："瞧着点，这才哪到哪呀！"说着，他又取出一副薄棉手套，重复了一遍刚才的动作。没想到更神奇的事发生了——这次流出的不是铜水，而是银浆！

胖道士简直看呆了，瘦道士愈发得意起来："怎么样，这样的法宝你有吗？"

见瘦道士这般炫耀，胖道士自然不服气。他故意说道："这铜壶可真是个宝贝啊，不过恐怕也仅限于吐出银浆了吧？"

听了这话，瘦道士翻了个白眼，嘲笑道："你可真不识货，看着点吧！"说着，他又拿出了一副丝绸手套，做工极为精致，和前两副全然不同。

瘦道士戴上丝绸手套，又重复了一次先前的动作。这下子，铜壶吐出的不是什么铜啊银啊的了，而是金汤！

眼见这铜壶连金子都吐得出来，胖道士忍不住猜想：看来是手套戴得越薄，出来的东西越好，那不戴手套的话，岂不是……正想着，他光着手就要去摸那铜壶，口中还念叨着："让我看看不戴手套能出来什么吧！"

只听胖道士"啊"的一声惨叫，瘦道士缓缓地说道："不戴手套会烫出水泡……"

（发稿编辑：丁娴瑶）

加名字

□ 朱泽举

阿芬是一名律师。最近，她妹妹的男友约了两家人见面，准备谈婚事。阿芬一听来劲了，自告奋勇地说：“我也得去，免得你吃亏。”

过了几天，双方在约定的饭店碰面了。之前，妹妹已经简单向阿芬介绍了男友小志家的情况：父母做小生意，有间两百平方的自有门面房。近些年生意不景气，家里积蓄不多，所幸没欠债。据小志透露，他家打算把早些年购置的一套郊区房给二人当婚房。就家庭条件来看，阿芬家比小志家要高出一截呢。

两家人一番寒暄，酒过三巡，阿芬在席上提出了高见：“领证前，一定要把婚房加上我妹妹的名字，给婚姻一个保障。”

小志爸爸爽快地说：“没问题！”

阿芬听了，又说：“叔叔，还有你们家的门面房，也得加上我妹妹的名字。”

小志爸爸犹豫了一下，接着说：“这个也没问题！”

这时，小志爸爸手机响了，他扭头接了电话。阿芬坐得离小志爸爸近，听见电话那头传来响亮的声音，断续听见“位置好”“投资价值”之类的话。又听小志爸爸说：“好！我明天就来付钱。”他随即挂断了电话。

阿芬猜想，对方估计新买了不动产，心想不能让妹妹吃亏，忙说：“叔叔，你们要是新买了什么不动产，也要加上我妹妹的名字哦。”

小志爸爸有点蒙，说没有新买不动产。阿芬笑笑，轻声说：“叔叔，刚才的电话我听到了。不管是啥不动产，都得加我妹妹的名字！”

小志爸爸面露尴尬，说：“我说了你别介意。我们老两口岁数大了，前段时间，去城郊的墓园看了一块墓地……”

（发稿编辑：陶云韫）

老婆相信我吧

□ 司仙庆

下班后，大勇和阿明、铁豆几个发小聚会。哥几个边吃边聊，一时就忘了时间。等大勇回到家门口时，已经快 12 点了。楼道里一阵冷风吹过，他打了个激灵，一拍脑门：糟糕，今天还没跟老婆大人“请假”呢！

果不其然，大勇蹑手蹑脚地进了屋，刚打开客厅的灯，就见老婆在沙发上正襟危坐。见了大勇，老婆对他劈头盖脸地一顿训：“一晚上死哪儿去了？微信不回，电话不通，瞒着我跟老相好私会去了吧？”

“姑奶奶，哪有什么老相好！就是和哥几个吃了顿饭……”大勇申辩道，“你要不信，可以打电话给阿明他们去求证嘛！”

老婆“哼”了一声：“得了吧，你们哥几个从小穿一条裤衩长大的，还不是互相包庇？”

大勇百般解释，老婆就是不信。没辙，看来这一夜的“床头跪”是少不了了。大勇正垂头丧气，突然听到窗外传来什么声音。他仔细一听，乐了，连忙将老婆拉到窗户边——发小阿明的家就在对面二楼。透过窗户，正好能看到阿明家的客厅。

在灯光的映照下，阿明挨老婆揍的情景清晰可见，似乎还能听到他跪地求饶的声音。

“叮——”大勇忽然收到一条阿明发来的短信：“哥们，赶紧把咱们今天的饭钱先还我！我老婆查账了，十万火急！”

“叮——”又一条短信，是铁豆发来的：“兄弟，咱吃饭那餐馆有监控不？我老婆说了，要看了录像才信我，不然我进不了门！”

大勇瞥了老婆一眼，指指手机，哭笑不得：“老婆，这回你能信我了吧！”

（发稿编辑：丁娴瑶）

光荣之家

□ 五月榴

胡大爷要强了一辈子，最近却为一块牌子犯了难。原来，同层的其他几家大门上先后都挂上了“光荣之家”的牌子，就他家没有。

好友老张知道胡大爷性子倔，就提议花钱做一块。胡大爷摇头说：“不行，咱不能骗人。”

老张沉吟片刻，突然眼睛一亮：“你女儿小慧不是谈恋爱了？听说对方也是个什么‘军’？”

胡大爷之前只知道小慧交了个男朋友，对方具体是做什么的他还真不清楚。这天晚上，等小慧回来，胡大爷连忙追问：“你男朋友是军人？”

小慧支支吾吾地说：“他啊，其实是‘网络水军’。”

等胡大爷弄懂“网络水军”是啥意思，差点气昏过去。他让小慧分手，找个真正的军人。谁知小慧比他还倔，胡大爷也只得由她。

老张听说后安慰道：“小慧是个明事理的姑娘，会想明白的。”

不久，老张去外地看望儿女，胡大爷也回老家散心了。这天，老张接到胡大爷的电话：“啥时候回来？请你喝喜酒，双喜临门呀！”

喜酒？难道小慧想开了，真找了个军人？胡大爷却卖起了关子。老张赶紧去胡大爷的老家看个究竟。刚到小区，就见胡大爷领着一对母子闲逛，看着像未来女婿和亲家母。

等与那母子拉开距离，老张忙上前道喜：“小慧眼光不错，你这女婿挑得好！”

“那是我新老伴的儿子！我和他妈妈是在老家认识的。见她第一眼我就很满意，而且她儿子有个好名字，叫‘光荣’……”胡大爷笑道，“人嘛，还是要靠自己！待会儿领你去我家看看，现在也是名副其实的‘光荣之家’啦！”

（发稿编辑：曹晴雯）

劝你改行

□ 六月的雨

小张在家卖酥饼。别说，他在厨艺上还真有点天赋，烤出的酥饼香脆可口，十分受欢迎。

这天，小张照常推着车四处吆喝，兜售酥饼。有个老大爷买了一筒酥饼，还亲切地和小张唠起了家常。老大爷说自己姓杨，就住在这附近。杨大爷见小张满身油污，便问：“干你们这一行很辛苦吧？”

小张点头道：“可不是嘛，每天凌晨四点不到就要起床，和面、调制馅料，包好面饼后还要放进烤炉里焙烤，忙得跟陀螺似的！”

杨大爷劝道：“你这么年轻，还是换个行当好！我有个老乡也是做小吃的，整天累死累活，前两年竟然因为劳累过度去世了，才四十岁，不值当啊！”

小张的确累，但说还撑得住。杨大爷又问他结婚没有，小张说结了，还有个儿子。杨大爷又说：“那为了孩子你也得改行！你整天在外奔波，哪有时间跟孩子沟通？万一他因此变得孤僻，怎么办？”

见小张面露犹豫之色，杨大爷趁热打铁又说了一大堆。最后，小张终于被劝动了：“大爷，我听你的，下周我就不卖酥饼了！”

杨大爷眉开眼笑地走了。一回家，老伴就问：“怎么样，成功了没？”杨大爷点点头，老伴笑道：“太好了！这小子一来，把原先买我们煎饼的顾客都抢了，他答应改行，我们的生意就有指望了。”然而，接下来他们的生意并没有好转。

一天，杨大爷外出时又碰到了小张。小张激动地对他说：“我听了你的建议，不卖酥饼，改摊煎饼，我还特地改良了做法。煎饼这东西几分钟就能做好，比做酥饼轻松多啦！现在顾客都排着队买我的煎饼，生意火得不得了！”

（发稿编辑：曹晴雯）

（本栏插图：顾子易 小黑孩）